KB119416

아무
것도
할 수
있는

아무것도 할 수 있는

우울에 관한 이야기

김현경 엮음

위즈덤하우스

다시 펴내며

'우울증을 겪고 있거나 겪은 사람들의 이야기, 그 자체를 모은 책이 필요하지 않을까?' 이 생각이 작은 방에 틀어박혀 지내던 제가 이야기를 모으고 만들었던 독립출판물《아무것도 할 수 있는》의 시작이었습니다. 이 책은 제게 필요한 것이기도, 제 가족과 친구들에게 필요한 것이기도, 그리고 꽤 많은 이들에게 필요한 책이라 생각했습니다.

이제는 '우울증 수기집'이 많이 나오지만, 제가 이 책을 만들던 고작 3~4년 전만 해도 '내가 우울증이 있다는, 정신과에 다닌다는 이야길 남들에게 해도 될까?'라는 고민이 컸습니다. 그때만 해도 우울증에 관한 이야기를 하는 사람들에게 "네 의지가 부족하다", "정신과에 가는 게 자랑이냐" 하는 식의 댓글을 달거나 말을 하는 사람들을 자주 볼 수 있었습니다. 하지만 요즘은 더 많은 분이 용기를 내주고 계시고, 더욱더 서로를 이해하고자 하는 흐름이 보여, 정신 질환을 겪은 한 사람으로서도 많은 용기를 얻고 있습니다.

《아무것도 할 수 있는》은 저에게 여러모로 가장 의미가 큰 책입니다. 많은 분의 도움으로 만든 책 덕분에 제가 살면서 처음으로 눈을 빛내며 할 수 있는 일을 찾았기 때문입니다. 그때 저는 어떻게 될지, 어떤 반응을 얻게 될지 모를 책의 첫머리에 "고마운 사람이 되는 것이 꿈입니다"라고 썼습니다. 제가 무엇을 바라는 사람인지를 써야 할 것만 같은 생각에 썼던 말인데,《아무것도 할 수 있는》 덕분에 그 꿈을 이루게 되었습니다. 한두 분만 그렇게 말씀해주셨어도 기뻤을 텐데, 아직까지도 어딘가에 있는 저를 찾아와 눈을 맞추고 조용히 고맙다고 말씀해주시는 분들이 계십니다.

이 책을 펴내고, 만들고, 많은 사람들을 만나오며 매번 "세상에 힘들고 아픈 사람들이 이렇게 많았나?" 생각했습니다. 힘들고 아픈 시간을 겪는 모든 분들, 그리고 그분들의 주변에서 함께해주시는 분들 모두 내일은 오늘보다 '조금' 더 행복하시길 바라며,《아무것도 할 수 있는》을 다시 펴냅니다.

김현경

시작하며

상담실 앞에서 몇 번이고 돌아섰습니다. 정신과 의원과 상담센터 앞을 서성였지만 차마 들어가 볼 수 없었습니다. 무엇이든 혼자 해낼 수 있다고 믿었기 때문에, 단지 누구나 겪는 힘든 시간을 마찬가지로 보내고 있고, 이 문제는 저의 게으름과 부족함 때문이라고만 생각했습니다. 생각해보면 언제나 다른 사람들에게 잘 보여야 하고 칭찬을 받아야만 한다는 생각이 제 발을 붙잡고 있었던 것 같습니다. 누군가에게 정신적 어려움을 토로한다는 것은 제 약함을 인정하는 것이었으니까요. 그렇게 결국 아무것도 할 수 없는 상태에 다다르게 되었습니다.
이 책을 기획하고, 글을 쓰고 있는 저도 우울증과 공황 장애로 상담과 약물치료를 받았습니다. 하지만 저의 어머니도 제가 왜 병원에 다녔는지, 어떤 어려움을 겪고 있는지에 대해 정확히 모릅니다. 떠올려보면 상담이 계획보다 장기간으로 이어진 것도, 의사 선생님께 항상 듣던 "좀 더 솔직히 말해주세요"라는 말도 모두 제가 솔직하지 못했던 탓이었습니다. 어느 날 일기를 쓰다가 글로는 어느 정도 솔직하게 마음을 털어놓을 수 있겠다는 생각이 들었습니다. 그리고 이 책을 기획하기 시작했습니다.

우리 주변에는 생각보다 우울증을 겪는 사람들이 많습니다. 한 조사에 따르면 전문가 상담이 필요한 우울 장애가 있는 20대는 10만 명당 8,200명(8.2%)이지만, 그중 우울증 진료를 받은 비율은 10명 중 1명도 안 된다고 합니다. 당신이 20대라면, 주변 사람들 12명 중 1명은 우울증 치료가 필요하지만, 그 사람은 혼자 마음 앓이 하고 있을 가능성이 크다는 뜻입니다.

이 책에는 우울증을 겪고 있거나 겪은 분들의 글과 인터뷰를 비롯한 여러 테마의 콘텐츠가 담겨 있습니다. 이 책을 통해 우울증 환자들이 어떻게 생각하고, 어떤 어려움을 겪는지에 대해 그들의 주변 사람들이 조금이라도 이해할 수 있었으면 좋겠다고 생각했습니다. 우울증을 겪어 보지 못한 분들은 이 병이 어쩌면 보통의 우울감 정도이며, 개인의 의지만으로도 충분히 이겨 낼 수 있다고 생각할지도 모릅니다. 하지만 혼자만의 의지로 우울증을 이겨내는 것은 어려운 일입니다. 전문가와의 상담과 적절한 치료, 또 주변 사람들의 노력이 함께 필요한 하나의 병이라는 것을 많은 분이 이해하고 서로에게 관심을 두었으면 좋겠습니다.

사실 책을 한 권 만든다는 것이 누군가에겐 크게 대단한 일이 아닐지라도, 이 책을 내기까지 저에게는 많은 어려움이 있었습니다. 오롯이 저 자신만의 문제였습니다. 언젠가부터 항상 저를 따라다니던 '과연'이라는 말 때문입니다. 과연, '나와 이 책을 함께 만들 사람들이 있을까', '글을 써 주실 분들이 계실까', '인터뷰에 응해주실까', '후원이 성공하긴 할까', '완성할 수 있을까' 하는 생각들이었습니다. 그 걱정들을 무의미하게 만들어주신, 도움을 주신 많은 분 덕분에 '아무것도 할 수 있는' 시간을 맞이하고 있습니다. 그 모두에게 감사하다는 말을 드리고 싶습니다. 저 자신도 누군가에게 고마운 사람이 되고 싶은 것이 꿈입니다.

처음 이 책을 만들 때 너무 한없이 우울하기만 한 책을 만들진 말자라고 했지만, 그렇게 되어버린 것 같습니다. 이 책을 읽으시는 분들이 지독한 우울함에 책을 덮게 될지라도 가감 없이 써주신 그대로를 옮겨야 한다고 생각했습니다. 여전히 많은 사람들이, 어쩌면 저 또한, 혼자 슬퍼하고 외로워하고 있습니다. 더는 '우리'가 사라지지 않았으면 좋겠습니다. 시작하는 말의 끝으로, 힘드신 분들은 조금만 더 자신을 지켜주시길, 주변 분들은 그분들을 조금만 더 지켜봐주시길 바랍니다.

김현경

차례

글 · 그 림
전 인 범

언젠가부터 그림 그리는 것을 멈췄다. 빈 여백의 종이에는 아무것도 하지 않는 하루들로 채워져 나갔다. 새벽의 푸른빛을 봐야 잠이 들었다. 그 빛을 그린다면 쉽게 잠들 수 있지 않을까 하는 생각에 밖으로 나가기로 결심했다.

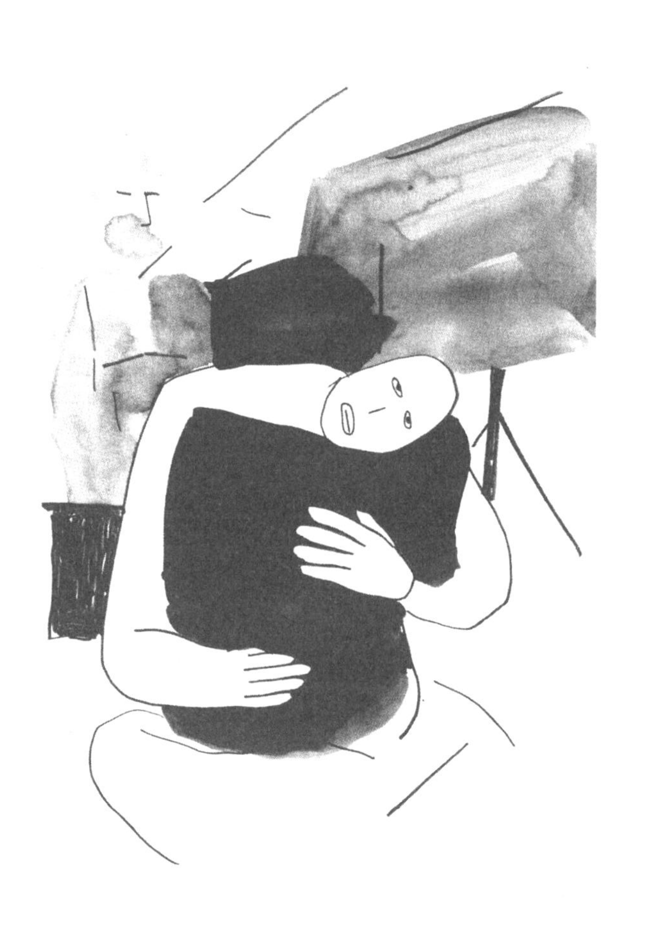

문을 열자 밝은 빛이 쏟아져 들어왔다.
눈이 부셔 손으로 가려보아도 손가락
틈으로 빛은 새어나왔다.

밖을 나와 걷는 게 언제였는지 기억이
잘 나지 않는다. 유난히 밝은 빛에 한
걸음, 한 걸음이 힘겹기 시작했다.

얼마 가지 않아 사람들이 보이기 시작했다. 사람들이 보이지 않는 어두운 골목에서는 나에게 오라며 손짓을 하고 있었다. 그 골목으로 들어간다면 우울 속에서 나오지 못할 것 같은 기분이 들었다.

많은 사람들 사이를 스쳐 지나갔다. 사람들 사이를 걷는 일은 헤엄을 치는 일과 같았다. 앞이 흐리고 숨이 차올랐다. 아무 일도 일어나지 않는 이 상황이 슬펐다. 한편으로는 다행이라고 생각했다.

자주 가던 화방에 들러 숨을 다시 들이마셨다. 그곳에서 원하는 빛의 색을 찾을 수 있을 거라 생각했지만 보이지 않았다.

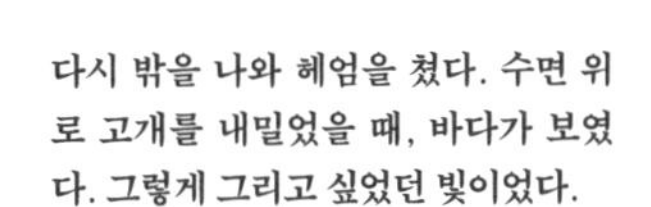

다시 밖을 나와 헤엄을 쳤다. 수면 위로 고개를 내밀었을 때, 바다가 보였다. 그렇게 그리고 싶었던 빛이었다.

1.

그날의 시작

나의 우울의 시작

당신의 우울이

시작되었던 계기는

무엇이었을까요?

잘 모르겠어요. 언제부터인지, 무엇 때문인지. 그냥 켜켜이 쌓인 것 같아요. 저는 원래 예민하고 감성적인 아이였고, 불편한 감정들을 지우면서 그렇게 되었던 것 같아요. 남들보다 생각이 많았고, 그게 학창 시절의 저를 힘들게 했어요. 그걸 견딜 만큼 강하지 못했던 거죠.

윤

딱히 우울증이 시작된 계기가 '이것'이라고 할 만한 것은 없는 것 같습니다. 그 당시의 제가 처했던 이런저런 상황들이 복합적으로 작용하여 우울증이 시작되지 않았을까 싶습니다.

가을

평생 함께하는 자기혐오를 가지고 있습니다. 어린 시절의 부끄러운 나 자신과 원망스러운 아버지, 그로 인해 집착할 수밖에 없었던 연인 관계, 그래서 떠난 그 사람까지 저를 우울하게 만드는 것 같습니다.

S

제 기억에 처음 우울증을 느낀 건 20대 초반이었어요. 그때 집이 서울에서 경기도로 이사한 후였는데, 직장과 학교는 서울이라 대중교통으로 왔다 갔다 하는 그 상황이 너무 싫고 힘들었어요. 그러다가 눈이 많이 내린 겨울의 어느 날, 갑자기 지하철 안에서 증상을 처음 겪게 되었어요. 그 이후로 대중교통을 멀리하게 되었고, 점차 집에 있는 시간이 늘게 되었지요.

초롱이

글쎄요. 다양한 계기들이 있었죠. 퇴사와 실연이 있었고, 친구들과 크게 싸운 적도 있어요. 그래도 딱 하나를 꼽자면 집안에서의 문제였을까요. 부모님이 이혼하시고, 아버지랑 같이 살고 있는데, 아버지가 주사가 심하신 편이라, 좀 크게 싸우고 난 다음부터 잠을 못 자고, 활력도 없고 그랬죠.

금요일

현재 상황에서 더 이상 나아질 수 없다는 것을 깨달았을 때 시작되었던 것 같아요.

하나

아마 초등학교 6학년 때, 누군가를 도와주다가 학교 폭력에 노출되면서 우울증이 나타났던 것 같습니다만, 자세한 계기는 기억나지 않습니다. 후에 병원에서 진단을 받았을 때, 저의 진단명은 DMDD(Disruptive Mood Dysregulation Disorder)였습니다. DSM-5에서 추가된 새로운 진단명이고, 우울 장애의 하위로 분류되는 병명입니다.

Sseleman

처음에는 이게 우울인지도 몰랐어요. 선배 한 명이 강제로 병원에 데려가지 않았더라면 더 심해지고야 알았을 거예요. 자율 신경 검사로 스트레스와 우울증 증세가 심각하다는 진단을 받고는 병원에서 주기적으로 상담과 약물치료를 받았어요. 학교 때문에 가족들과 떨어져 있었지만, 학기가 한 달 남은 상태라 휴학을 할 수 없었고, 대신 제한 시간 없이 과제들을 낼 수 있게 배려를 받았어요. 병원 말고도 학교 상담센터에서 상담을 주1회 받았지만, 학교보다는 병원 상담이 더 큰 도움이 되었어요.

겨울비

일부러 기억에서 떠올리려고 하지 않지만 생각해내고자 한다면 지나칠 만큼 생생하게 기억이 납니다. 그중에는 부끄러운 일도 있고 아직도 생각하면 화가 나는 일도 있고 그래요. 특별한 계기가 있었다거나 어떤 사람 때문이라고 단정 짓고 싶지 않아요. 실제로 그렇다고 믿고 있기도 하고.

사이

제게 우울이란 태어날 때부터 가지고 있던 꼬리표였습니다. 어렸을 때의 기억에는 부모님의 잦은 싸움과 자살 소동까지 있어요. 저는 매우 어렸고, 그러한 환경에 노출되면서 스스로를 고립시키며 부모님의 눈치를 보았고 어린 동생을 보호하려는 일념 아래 순하고 착한 모범적인 아이로 자랐습니다. 남들 앞에서는 그들의 생각에 공감하고 감정을 위로하는 철든 어른아이처럼 자랐습니다. 어른들은 저에게 어른스럽다고 했고, 저는 모범생이자 우등생이라는 칭찬을 들었습니다. 괜찮지 않아도 항상 괜찮다고 했고, 남들 앞에서 우는 것을 수치스럽다고 규정하며 항상 속으로 삼켰어요. 그리고 그렇게 쌓아

둔 감정들이 사춘기 때 겪은 따돌림으로 인해 극대화되었고, 그 뒤로 저는 성인이 될 때까지 곪아 터진 감정들을 부둥켜안고 감내해야만 했습니다.

모랄

"넌 문제가 있어." 그런 말을 많이 듣던 시기가 있었어요. 어디가 문제인지는 가르쳐주지 않았어요. 물어봐도 그것도 모르냐는 대답만 돌아왔죠. 이해하긴 어려웠지만 다들 그렇게 말하니까 분명 무언가 잘못된 것이 있을 거라고, 다는 아니겠지만 성격이든 행동이든 할 수 있는 만큼은 고치면서 살려고 발버둥쳤어요. 내 마음은 될 수 있으면 들키지 않으면서 좋은 게 좋은 거라고, 다른 사람들이 원하는 대로 사는 게 좋다 생각했고요. 처음에는 힘들었지만 결국에는 익숙해졌어요. 그래서 괜찮은 줄 알고 살았어요. 나중엔 그게 아니었단 걸 알게 되었지만요.

겨울비

시험. 중간고사, 기말고사라는 걸 보기 시작했을 즈음이었던 게 아닐까 싶어요. 첫 시험에서 좋은 성적을 거두었어요. 그 이후로 스스로에 대한 기대치를 높였고, 그 기대에 미치지 못

하면 자책하기 시작했어요. 나는 왜 이것밖에 못 할까. 나는 왜 이것밖에 안 되는 사람인 걸까. 시험에 대한 공포가 나에 대한 혐오로 바뀌었던 게 아닌가 싶어요. 그렇게 중고등학교 시절을 거치면서 조금씩, 조금씩 더 우울해져 갔어요.

꿈꾸는 방랑자

우울증 비스름하게 느낀 건 초등학교 6학년 무렵입니다. 수학 시험을 최악으로 망쳐서 세상 무너진 것처럼 울었습니다. 그 상태 그대로 집에 가서 방에 처박혀 울다가 엄마한테 갔습니다. 글자로 '죽고 싶다'라고 썼습니다. 엄마가 괜찮다고 말할 줄 알았는데 아무 말 없이 그대로 나가버린 게 마치 버려진 양 서러웠습니다. 어떻게 죽는지도 모르면서 올가미를 만들어 매달렸습니다. 물론 숨이 멎는 게 무서워 순간 다시 내려왔지만, 그 후로 진짜 무너지는 게 뭔지, 혼자가 뭔지 알았습니다. 그런데도 죽지 못한 구차함 때문에 꽤 오래도록 자살의 환영이 따라다녔습니다.

중학교 내내 어떻게 죽는지를 상상하는 버릇이 들었습니다. 버스에 치이면 안 아플까, 5층에서 떨어지면 죽을 수 있을까, 아프기 싫은데 한 번에 죽으려면 뭐가 좋을까, 교실에 있는 선풍기에 신발 끈을 매고 그대로 툭, 한 번이면 충분한데…. 그런 생각에 매몰됐습니다. 활기찬 학교생활도, 종교도, 가족도 소용없었습니다. 궁극적으로 가장 결정적인 순간엔 혼자라는 사무침, 그런데도 비굴하게 살아보려는 애씀이 속에서 충돌하며 10대라는 시절을 가득 메웠던 것 같습니다.

K

어렸을 때부터 이랬던 것 같아요. 학교도 의지가 안 됐고, 집도 의지가 안 됐습니다. 선생에게 듣기 힘든 나쁜 말들도 많이 들었고, 뺨을 맞은 적도 있었습니다. 같이 맞았던 친구와 저는 부모님에게 이야기했는데, 왜 맞을 짓을 했냐며 더 맞곤 했습니다. 그러다 그냥 문득, 자해 충동이 생겼습니다. 길을 걸으면 지나가는 차에 뛰어들고 싶다거나, 높은 곳에 올라가면 떨어져야겠다는 생각이 들었습니다. 죽고 싶다는 생각이 아니라, 죽어야 한다는 생각이 들었습니다. 그 후엔, 어쩌다 보니 대학교에 가게 되었습니다. 어느 날 학교 가는 길에 '왜 학교에 다니는 거지?'라는 생각에 버스에서 내렸고, 다음 날 자퇴를 했습니다. 고등학교 때는 대학에 간다는 목표가 있었기 때문에 그림을 그리면서 좀 나았었는데, 지금은 그림을 그려야 하는 이유가 없어서 다시 우울해진 것 같습니다.

태평

원하는 고등학교에 가지 못했어요. 그렇게 간 인문계에서 성적도 좋지 않았고요. 어느 날 아침에 너무 일어나기가 싫었어요. 그래서 그날 바로 자퇴를 했어요. 자퇴를 하고 나서 첫날은 너무 좋았죠. 둘째 날도, 셋째 날도. 일주일이 지나니 '망했구나' 하는 생각이 들었습니다. '나한텐 아무것도 없구나' 하는 생각과 함께요. 고등학교를 자퇴한 이후로 지금까지 쭉 이랬던 것 같아요. 계속 다른 사람들과 다르다는 콤플렉스가 있었어요. 그 전에는 관심을 많이 받았어요. 스스로 이런 말을 하긴 좀 그렇지만, 예전엔 모든 사람이 제게 먼저 말을 걸어주고 관심을 가져줬어요. 그리고 어느 순간 제가 당연하다고 생각했던 것들이 모두 사라졌어요. 그래서 사람들에게 집착하게 되었고, 사람에 대한 그리움을 많이 느꼈어요. 지금은 사람들을 더 소중하게 생각하게 되었고요.

Z

중학교. 열네 살. 영국. 이렇게 세 가지가 떠올라요. 제가 처음으로 한국 땅을 떠나 가족들과 함께 타지 생활을 시작했을 때 저는 열네 살이었어요. 말도 잘 통하지 않는데다가 아시아인이라고는 전교에 저 한 명뿐이었던 터라 대놓고 티를 내는 사람은 없었지만 이질감은 아무렴 이루 말할 수 없었죠. 한국을 그리워하는 마음과 암묵적인 차별, 그리고 방황. 적어도 제가 기억해낼 수 있는 선에서는 그때 처음 '우울하다'라는 생각을 했었던 것 같아요. 열네 살이라는 나이는 아직 성숙하게 사고해낼 수 있는 수준이 아니었고 상처를 품거나 토해 내는 방법을 몰라 못된 마음도 많이 품었었죠. 엎친 데 덮친 격으로 사춘기까지 찾아들어 부모님과의 관계도 결코 원만하지 못했어요. 세상에 나 혼자 남겨진 것만 같은 기분이 들었어요. 다르다는 것이 잘못되거나 이상한 것이 아니었음에도 그 당시에 저는 저 자신을 많이 원망했고 또 제 주변도 많이 원망했어요. 지금 와서 생각해보면 그냥 미움과 화투성이였던 것 같아요. 모든 것이 하루아침에 360도 뒤바뀌어 버렸었거든요. 음식, 생활, 문화 등등. 마치 원래부터 익숙했던 것처럼, 마치 그것들이 원래부터 나의 삶이었던 것처럼 살아가야 한다는 압박감에 숨을 쉬기가 어려웠었어요. 인정을 받고 싶었던 것인지, 그들처럼 되고 싶었던 것인지, 튀고 싶지 않아서였던 건지는 잘 모르겠어요. 어떤 방식으로든 거기에 '나'는 없었던 거죠.

밤

사실 정확하게 우울증이라는 것이 언제 시작되었는지, 어느 사건이 시발점이 되었는지 잘 기억하지 못합니다. 제가 우울증과 불안장애를 갖고 있다는 것을 깨달은 것은 이미 그것들과 오랜 시간을 함께하고 난 뒤였습니다. 그래도 시간을 되짚어서 생각해보면, 제 우울함을 불러일으킨 크고 작은 이유가 떠오릅니다.

어렸을 때 우리 집은 나름 부유했습니다. 하지만 부모님은 감정적으로 여유가 있는 분들이 아니었습니다. 지금보다 부모님은 더 엄격했고, 날카로웠고, 예민했습니다. 부모님 앞에서 잘못된 행동을 한 번이라도 보이거나 오해를 살 법한 행위를 하면, 그것은 부모님의 곧 편견으로 자라나 저를 몹시도 괴롭혔습니다. 찰나의 실수는 곧 저의 성격적 오류로 정의되었습니다. 저는 눈치 보는 법을 스스로 익히고 '착한 아이'가 되는 방법을 깨달아야 했습니다. 그럴수록 제 성격의 양면성은 짙어졌고 홀로 자괴감을 느끼는 시간이 늘어났습니다. 아마 우울증의 시작은 이때쯤인 듯합니다.

제가 중학교 3학년이 되어 입시 준비를 하던 해, 아버지가 사업에 실패하고 빚을 떠안게 되었습니다. 가족들 모두가 극심한 불안감과 우울감에 시달려야 했고, 저 또한 입시에 실패하여 패배감과 좌절감을 온몸으로 느껴야 했습니다. 가족들은 거의 매일, 울거나 싸우기를 반복했고, 저는 마치 불나방처럼 매번 가족들의 싸움에 끼어들어 중재를 시도했습니다. 이때의 불안감은 이루 말할 수 없을 정도로 심각했습니다. 저 자신을 돌아보기에 앞서 가족들의 정신적 건강과 심리를 챙기기에 바빴으니까요. 그리고 이러한 생활이 반복되면서 저의 불안장애 또한 시작되었습니다.

여자 3

처음 제 상태가 이상하다고 생각한 것은 지금으로부터 3년 전입니다. 당시 저는 병가 휴학을 했고, 그때 어쩌면 제가 하고 싶은 일을 평생 할 수 없을지도 모른다고 생각했습니다. 또 만나던 친구와 헤어졌고, 그 사실을 받아들이기가 힘들었습니다. 그 후 매일 실체가 없는 무언가가 불안해 잠을 잘 수 없었고, 새벽이면 아무도 모르게 훌쩍이다 아침이 되어서야 잠들곤 했습니다. 그렇게 두어 달이 지났고, 한 달간 외국에 나가 있었습니다. 시간이 지나 나아졌고, 복학했습니다.
병가 휴학을 했을 때 신경안정제를 복용했었는데, 그 후에 듣게 된 바로는 약을 장기간 복용하다가 갑자기 끊으면 불안장애 증상이 나타날 수 있다고 했습니다. 이런 약을 상의 없이 끊는 건 위험합니다.
제가 다시 이상해졌다고 느낀 것은 저보다도 어머니였을 겁니다. 여느 때처럼 과제에 치이다 집에 돌아온 제게 어머니는 쪽갈비를 내주셨습니다. 저는 쪽갈비를 먹다 말고 왜 이것 하나 뜯기지 않느냐며 쪽갈비와 젓가락을 냅다 던지고 엉엉 울었습니다. 저는 그때의 제가 너무 어이가 없어 친구들에게 '쪽갈비 사건'이라며 웃으며 말했지만, 어머니는 아니었던 것 같습니다. 얼마 후 집에 갔을 때, 또 별거 아닌 일로 무기력하게 엉엉 울고 말았습니다. 이때도 어머니는 제가 이상하다고 생각했던 것 같습니다. 그래서 어느 날 제가 그동안 심리 상담실에 다니고 있었고, 이젠 대학병원에 가서 약물치료를 받아야 한다고 말씀드렸을 때 아무렇지 않게 그러라고 했던 것 같습니다.

이 문제를 크게 느끼게 된 것은 학교에서였습니다. 예전에 존경할 만하다고 생각했던 교수와 학생이 한 명씩 있었는데, 둘 다 제게 이 분야에서는 재능이 없다고 말했습니다. 그 후로 2년 동안 그들을 매일같이 마주할 수밖에 없었는데, 그중 그 교수의 언행은 저의 존재 자체를 부정하는 것처럼 느껴졌습니다(사실이 그렇다는 것은 아니고, 제가 그렇게 느꼈다는 것입니다). 그 교수의 수업에 들어가면 숨을 쉴 수가 없었습니다. 숨이 콱 막힌다는 비유적인 표현이 아니라 실제로 숨을 헐떡대다 나올 수밖에 없었습니다.

제한된 시간 안에 기발한 아이디어를 내고 완성도 있는 결과물을 만들어내야 하는 일이 더는 어려워졌습니다. 제대로 잠도 못 자고 밥도 못 먹는 불규칙적인 생활에 몸은 상할 대로 상했고, 그렇다고 해서 이렇다 할 결과물도 나오지 않았습니다. 또 당시 맡고 있던 일에 대해 크게 부담과 강박을 느끼고 있었습니다. 점점 보통의 일상생활이 불가능해졌습니다. 학교를 가는 것도 어려웠고, 이해할 수 없고 설명할 수 없던 이상한 상태가 되는 경우들이 잦아졌습니다. 그러다 더 이상 견딜 수 없어 상담실에 방문하게 되었고, 그 이후에 병원에서 우울증과 공황장애를 진단받았습니다.

V

계기를 보려면 유치원 때로 건너가야 할지도 모르겠네요. 전 항상 어릴 때부터 이상하게 무리에서 홀로 남겨지는 일이 자주 있었어요. 예를 들면, 두 사람이 가위바위보를 해서 이긴 사람부터 모인 아이들 중 마음에 드는 아이를 팀원으로 뽑는 게임 방식 아시죠? 이 게임을 하면 항상 끝에 남는 최후의 1인이 저였죠. 이런 일이 종종 있다 보니 혼자 남겨지면 안 된다는 불안감이 저도 모르게 마음속에 도사리고 있었어요. 그 게임만 하려고 하면 심장이 쿵쾅거릴 정도였다니까요? 그래서인지 초등학교 때부터 무리를 모았고 그 무리 속에서야 안심할 수 있게 되었죠.
어쩌면 저한테 독이었는지도 몰라요. 중학교에 가서도 매번 사람들을 모아 반 안에서 무리를 만드는 일에 앞장섰는데도, 일단 무리가 만들어지면 그 무리에서 홀로 남겨질까 봐 노심초사하며 지냈죠. 그래서 제가 무리를 만든 뒤에 하던 일은 항상 단짝 친구를 만드는 일이었어요. 그래야 혼자가 될 일이 없어지고 안전해지니까요. 그런데 중학교 3학년 때 왕따를 당하게 됐습니다. 왕따라기보다는 시쳇말로 '은따(은근한 따돌림)'라고 하죠?
제가 기억나는 가장 마음 아팠던 순간은 사물함 앞 빈 곳에서 친구들이 노는데 제 눈을 안 마주치면서 서로 장난을 치는 거예요. 그래서 저는 사물함 위에 앉아서 혼자 노는 척했어요. 그 모습을 남학생들에게까지 들키고 싶진 않았거든요. 저는 애들이 저를 따돌린다는 생각은 하지 않았어요. 그저 내가 재미가 없어서, 내가 지금 이상하구나, 하고 생각했지요.
청소년 상담센터도 질릴 만큼 다녀본 것 같아요. 상담을 받으러 가는 길은 이상하리만큼 편안했어요. 아는 사람도 하나 없는 그곳에 가서야 비로소 안심할 수 있었죠. 상담을 마치고 돌아오는 길에 일기장을 사 들고 육교를 건너는데 어둑어둑해서인지 달이 참 밝더군요. 일기장에 쓸 내용이 뭔지 뻔히 알면서, 일기장을 한 손에 붙잡고 육교 위에서 한참이나 서 있었어요. 그때부터 제게 우울이라는 아이가 찾아오게 되었어요. '우울이'가 모습을 드러낸 첫 순간이죠.

유순이

처음 우울증을 겪게 된 것은 열 살 무렵이었습니다. 아직 어려서였을까요? 그 당시에는 이유를 잘 몰랐습니다. 그냥 서러워서 눈물이 났고, 매일 밤 이불을 뒤집어쓴 채 숨죽여 울었습니다. 시간이 지나도 그 우울감은 사라지지 않았고, 그러던 어느 날 엄마한테 '죽고 싶다'는 말을 꺼냈습니다. 엄마는 제가 단지 학원에 가고 싶지 않아서 그런 얘기를 한다고 생각하시고는 저를 몹시 혼냈습니다. 그 후로도 몇 번 그런 말을 꺼냈었고, 하루는 그럼 같이 죽자면서 저를 끌어내 아파트 2층 복도에서 뛰어내리려 했습니다. 만약 그때 뛰어내렸더라도 조금 다치기만 했을 뿐이었겠지만 어린 저는 몹시 충격을 받았고, 그 뒤로는 그런 말을 하지 않게 되었습니다. 하지만 여전히 저는 슬펐고 아무도 제 마음을 알아주지 않아서 외로웠습니다. 그렇지만 한편으론, 저도 제 마음을 잘 이해하지 못하고 있었습니다.

시험이 싫었고, 숙제가 싫었습니다. 매일 밤 졸음을 참아 가며 학교 숙제를 해야 하는 것이 싫었고, 매번 숙제를 안 해 왔다며 학원에서 혼나는 것이 싫었습니다. 그뿐인데 왜 살기 싫다는 생각까지 드는 걸까. 살고 싶지 않다는 생각은 늘 머릿속에 맴돌았고 그럼 어떻게 살고 싶은 것인지는 알지 못했습니다. 그래서 그냥 그렇게 살아갈 수밖에 없었습니다.

시간이 흘러 중학생이 되었고, 저는 혼자가 되었습니다. 생각해보면 저는 늘 혼자였습니다. 친구는 있었지만 편한 친구는 없었고, 바쁜 부모님 대신 할머니가 계셨지만 그래도 무언가 부족했습니다. 쉬는 날 없이 일하셔야 하는 부모님의 입장을 모르는 것은 아니었지만, 원망스럽기도 했고, 그 누구보다 저를 사랑한다는 것을 알았지만 부족하다고 느꼈습니다. 그런 저를 보며 엄마는 네 아빠처럼 성실하게 사는 사람이 어디 있냐며 평생을 그렇게 살아오신 분이라 그런 것이니 네가 이해하라는 말만 했습니다. 1년이 지나 열다섯 살이 되었고, 정말 좋은 친구들을 만났습니다. 그 어느 때보다 행복한 생활을 하고 있었는데, 그해 가을 불안장애와 공황장애가 찾아왔습니다. 시작은 수전증과 시야의 흔들림이었습니다. 온 세상이 진동하듯 흔들려 보이기 시작했고, 심할 때는 글씨조차 읽지 못할 정도였습니다. 이런저런 병원들에 가 보았지만 뚜렷한 이유를 찾지 못했고, 정신과에 가보라는 진단이 나왔지만 그때는 그냥 그러고 말았습니다. 하지만 계속해서 저의 세상은 흔들렸습니다. 가슴이 아프고 심장이 미친 듯이 뛰어서 이대로 가다간 심장이 터져 죽지 않을까 싶은 일들이 종종 일어났지만, 그 당시에는 그것이 공황장애라는 것을 잘 몰랐습니다. 또다시 이불을 뒤집어쓴 채 우는 나날들이 시작되었습니다. 이해가 되지 않았습니다. 좋은 친구들을 만났고, 크게 스트레스를 받을 만한 일도 없었습니다. 그 어느 때보다 행복한 시간을 보내고 있는데 왜 이렇게 슬픈 것일까. 그렇게 또 스스로를 이해할 수 없는 시간을 보냈습니다.

또다시 시간이 흘러 고등학생이 되었고, 본격적으로 공황 발작이 시작되었습니다. 더는 그것을 숨길 수 없었고, 증상도 점점 심해졌습니다. 때로는 처음 보는 사람들 앞에서 그렇게 발작을 경험하게 되는 것이 수치스러웠고, 저를 향한 그 시선들이 너무 싫었습니다. 열여덟 살의 가을에 온갖 일들이 겹쳐서 저의 스트레스는 극에 달했습니다. 동시에 우울증과 공황장애도 최고조에 이르렀습니다. 하루가 멀다하고 공황 발작을 일으켜 저는 물론이고 주변 사람들 모두 지쳐갔습니다. 제 주변에는 아무도 남지 않았고, 저는 그렇게 홀로 방치된 채 모든 것을 이겨내야 했습니다. 정신은 죽었고, 몸만이 이승을 떠도는 귀신처럼 헤맸습니다. 미쳐버릴 것만 같았습니다, 아니, 차라리 미쳤으면 했습니다.
스트레스를 주는 요인들이 일단락됨에 따라 조금씩 아주 조금씩 나아졌고, 그 상태로 열아홉 살을 맞이했습니다. 많이 나아지기는 했지만 매우 지쳐 있었고 쉬고 싶었습니다. 하지만 주변에서는 또다시 저를 채찍질하기 시작했고, 저는 이를 악문 채 달려야만 했습니다. 제 생활은 점점 엉망이 되었고, 본래의 목표를 잊은 채 부모님의 바람인 고등학교 졸업장만을 바라보게 되었습니다. 그렇게 버티고 또 버티는 생활 끝에 드디어 고등학교를 졸업하게 되었습니다. 그리고 저는 자그마한 제 방에 틀어박혀 텅 비어버린 나를 채우는 일을 시작했습니다.

가을

우울증에 관한 정보를 자문과 참고 자료를 토대로 재구성하여, 인터뷰 형식으로 엮어 보았습니다.

우울증이란 무엇인가요?

우울증이란 흔히 마음의 감기라고 불리기도 합니다. 지속적인 우울감과 의욕과 흥미, 식욕을 저하하고, 불면증 등의 수면 장애를 불러오기도 합니다. 사고와 행동의 장애와 다른 신체적 증상을 불러옵니다. 생물학적으로 봤을 때, 우울증은 세로토닌, 노어에피네프린 등의 신경전달 물질과 코티졸 등 호르몬 체계에 이상이 생기는 문제입니다.

또한 일시적인 우울감과 우울증을 혼동하기 쉽습니다. 우울증이 우울감과 다른 점은, 개인의 의지로 없애버릴 수 없는 상황이라는 것입니다. 우울증은 단지 '마음을 굳게 먹는 의지'만으로 이겨내기 어렵습니다. 적절한 치료를 받지 못한다면 오랜 기간 지속될 수 있습니다. 일시적인 생활환경에 대한 반응인 우울감과 달리, 우울증은 기분, 사고, 신체 기능에 다양한 증상을 보이며 지속적이고, 전문적인 치료를 필요로 합니다.

우울증을 겪게 되는 이유는 무엇인가요?

우울증의 원인으로는 심리적, 사회적 상실이 있습니다. 삶에서 안정감을 유지시키는 것들인 친밀감, 애정, 소속감, 물질적 도움 등의 상실로 인해 만들어지는 상실감을 뜻합니다. 인간관계와 물질적인 상실은 사람과 그 수위에 따라 영향을 끼치는 정도가 달라지고, 이 점이 우울증에 빠지게 할 수 있습니다. 또한 세로토닌이라는 신경 전달 물질의 불균형으로 인한 생물학적 원인도 이유가 될 수 있습니다. 질병과 노화, 그리고 신경질환 약의 남용으로 인해 우울증이 발생할 수도 있습니다.

우울증인 건 어떻게 알죠?

전문가와의 충분한 상담이 필요하지만, 먼저 다음 우울증의 아홉 가지 주요 증상 파악을 통해 우울증을 의심해볼 수 있습니다.

1. 우울감을 적어도 2주 이상 매일 느끼고 있다.
2. 일에 대한 흥미나 즐거움이 없어졌다.

3. 체중 감소 또는 증가가 5퍼센트 이상이다.
4. 불면 또는 과수면으로 거의 매일 잠드는 것과 숙면하는 것이 어렵거나 아침에 일찍 깨게 된다.
5. 생각과 동작이 느리거나 초조하며 심한 불안을 느낀다.
6. 늘 피로하거나 활력, 기력이 없다.
7. 자존감이 낮아지고 자신에 대해 무가치함 또는 죄책감을 느낀다.
8. 결정과 생각, 집중이 계속해서 어렵다.
9. 죽음과 자살에 대해 반복적으로 생각하고 자살 계획을 세운다.

이 중 처음 두 증상 중 한 개와 나머지 일곱 증상 중 네 개 이상이 자신에게 해당하여 2주 이상 지속된다면, 우울증을 의심해 볼 수 있고 전문가와의 상담이 필요합니다.

우울증에도 종류가 있나요?

우울증의 종류에는 주요 우울증, 기분부전장애, 양극성 우울증, 계절성 정동장애가 있습니다. '주요 우울증'은 가장 흔한 형태의 기분장애로 앞서 설명한 우울증의 증상을 가집니다. '기분 부전 장애'는 약한 우울 증상이 2년 이상 지속되는 우울증입니다. 기간이 길고 그 증상이 비교적 약하기 때문에 치료를 받지 않는 경우가 많지만, 지속적으로 일상생활에 어려움을 겪게 만듭니다. '양극성 우울증'은 조울증이라고 불립니다. 조증은 들뜨는 기분, 피로하지 않아 과도한 활동을 보이는 상태를 뜻합니다. '계절성 정동장애'는 계절에 따라 바뀌는 우울증의 증상입니다. 보통 겨울에 나빠지고 봄과 여름에 나아집니다.

다만 이 분류만으로 모두 같은 분류의 우울증이라고 판단할 수 없고 그 분류 내에서도 개인의 차이가 크기 때문에, 전문가의 적절한 진단과 처방이 필요합니다.

우울증이 의심된다면 어떻게 해야 할까요?

모두가 하는 말이지만, 전문가와의 상담이 필요합니다. 어떤 증상인지를 제대로 파악하고 그에 맞는 적절한 치료가 필요하기 때문입니다. 어떤 사람들은 상담 정도만 필요할 수도 있고 어떤 사람들은 약물치료가 필요하기 때문입니다. 보통 임상적 우울증은 1년 정도의 치료를 통해 80~90퍼센트가 치료된다고 합니다.

또한 자신이 우울증의 어떤 시기에 놓여 있는지를 알아야 어떤 치료를 받고 어떤 노력을 해야 할지 알 수 있습니다. 끊임없는 자살 충동에 시달린다면 입원치료가 필요할 수도 있고, 1년 전에 심각한 우울증을 겪었으나 현재는 꽤 괜찮고 안정적이라면 약을 복용하며 몇 달에 한 번 정도 의사를 만나 상담을 받을 수도 있습니다. 또는 상담만으로 충분한 경우도 있습니다.

치료는 크게 병원에서 처방하는 약물치료가 있고, 전문상담센터에서 제공하는 상담치료가 있습니다. 약물치료는 항우울제, 기분 안정제, 항불안제 등을 상태에 따라 상담 후 적절히 처방합니다.

우울증을 겪는 사람들은 다르게 생각하나요?

객관적으로 입증되지 않은 관점을 가지게 되는 것을 '인지 왜곡'이라고 합니다. 우울증을 겪는 사람들에게 인지 왜곡이 나타나기도 하고, 인지 왜곡이 우울증의 원인이 되기도 합니다. 이러한 문제를 객관적으로 알 수 있고 상황을 개선하는 노력을 할 수 있도록 《자살 예방상담의 이론과 실제》(이광자, 생명의 전화, 2014)의 본문 일부를 인용합니다.

- **감정적 추론**: 자신의 느낌이 틀림없이 옳고 반드시 그렇게 된다고 믿는다.

예) "난 무능력해. 틀림없어."

- **개인화**: 자신이 문제라고 믿는다.

  예) "내가 서두를 때는 늘 문제가 생기지."

- **지나친 일반화**: 한 가지 사건이 다른 사건들에도 모두 적용된다는 생각을 한다.

  예) "내가 하면 어떤 일이든 잘못될 거야."

- **재앙화**: 최악의 경우를 생각한다.

  예) "만약 파티에 간다면 아주 끔찍한 결과가 일어날 거야."

- **강박적 부담**: 자신이나 다른 사람들에 대해 단정적 태도를 지닌다.

  예) "가족들이 나를 보고 싶어 할 때는 언제나 찾아가야만 해."

- **통제에 대한 욕구**: 절대적 통제가 필요하다고 믿는다.

  예) "이번 과제는 누구의 도움도 받아서는 안 돼. 그들은 내 과제를 망칠 거야."

- **부정적 비교**: 자신의 수행을 다른 사람과 비교한다.

  예) "난 동료들이나 상사들만큼 유능하지 않아."

- **장점 무시하기**: 긍정적인 경험을 믿지 않는다.

  예) "나는 이런 칭찬을 받을 자격이 없어."

- **완벽주의**: 완벽해지려는 욕구가 있다.

예) "실수할 때면 난 내가 쓸모없다고 느껴."

- **정신적 여과**: 작은 부정적인 부분에 집착해서 전체를 보지 못한다.

  예) "이런 칭찬은 하나도 중요하지 않아. 비난받았다는 게 중요해."

- **자기 가치의 외재화**: 자신의 가치를 다른 사람들에게 의지하여 정당화한다.

  예) "나의 가치는 다른 사람들이 나를 어떻게 생각하느냐에 달렸어."

- **가정법적 사고**: 소망 혹은 아쉬워하는 생각을 한다.

  예) "만약 내 키가 조금만 더 컸더라면 그녀가 나를 좋아했을 텐데."

- **걱정과 보호의 동일시**: 걱정하는 것이 도움이 된다는 생각을 갖는다.

  예) "오랫 고민하면 해결될 거야."

- **회피사고**: 일종의 방어로서의 회피적인 사고를 갖는다.

  예) "만약 내가 모른 척하면 그 문제는 사라질 거야."

인지 왜곡에서 벗어나기 위해서는 문제를 인식하고, 이런 사고 과정을 변화시키기 위한 노력을 해야 합니다.《자살 예방상담의 이론과 실제》에서는 해결책으로 "상황을 과대평가하고 있지 않은지 검증한다", "장점과 단점을 나열해본다", "어떤 사건을 떠올리고 특정 행동을 머릿속으로 훈련한다", "객관적인 질문자가 됨으로써 현실적이고 정확한 태도로 책임을 분담한다" 등의 방법을 제시합니다. 자세한 사항은 인지 왜곡에 관한 책이나 자료를 통해 더 찾아보실 수 있습니다.

우울증을 이겨낼 수 있는 개인적인 방법은 어떤 것들이 있을까요?

개인마다 모두 다르겠지만, 개인적 측면에서 우울증을 이겨내기 위한 노력은 기본적으로 잘 먹고 잘 자고 잘 쉬는 것입니다. 이런 기본적인 행위가 어려워지는 것은 우울증의 증상이기도 합니다. 어떤 사람은 계속해서 먹거나 잠을 너무 많이 자는 사람들도 있고 또는 아무것도 먹을 수 없고 잠을 잘 수 없는 사람들도 있습니다. 기본적인 유기체로서 해야 할 일들이 가능하지 않게 됩니다. 하지만 이 기본적인 생활을 규칙적으로 하려고 노력하고, 나에게 가장 잘 맞는 방법이 무엇인지 고민하고 시도해보는 것이 중요합니다.

조깅이 좋다고 해서 모두에게 똑같이 좋은 것은 아닙니다. 적은 의욕으로도 할 수 있는 것을 하는 것이 중요합니다. 축구 선수가 다리를 다쳤을 때 아무것도 안 하지도, 그렇다고 해서 바로 뛰는 것도 아닙니다. 재활운동에도 단계가 있듯이, 우울증을 이겨내는 데에도 작은 일부터 단계별로 나아가야 합니다.

※ 다음의 두 답변은 상담사 분께서 직접 작성해주셨으며, 이는 개인의 경험에 기반을 둔 의견이고 상담심리사 전체의 의견이 아닙니다.

다른 사람이 우울증을 겪고 있다는 사실은 어떻게 알 수 있나요?

먼저 우리의 우울증은 알아차리기 어려울 수 있다는 점을 말하고 싶어요. 그건 자신이나 타인이나 마찬가지입니다. 왜냐하면 우울한 사람은 자신의 우울을 숨기기 위해 혹은 들키지 않기 위해 많은 에너지를 쓰고 있을 가능성이 높기 때문입니다. 그래서 여기서는 '우리'라는 말을 쓰고 싶습니다.

대표적인 우울증의 증상은 슬프거나 공허한 기분, 수면 · 식욕 및 흥미 상실, 주의집중 곤란, 자기 자신에 대한 무가치함, 죽음에 대한 생각 등이 있는데요, 우리가 관찰할 수 있는 것은 아무래도 '일상생활의 지속 여부'가 아닐까 싶습니다. 다른 증상들은 개인의 성향, 역량으로 생각해버릴 가능성이 있거든요. 일상생활이라고 하면 충분히 먹고 충분히 자는 것, 즐거운 것을 찾는 것 등이죠. 그와 관련된 우리의 평소 생활 패턴이 이유 없이 달라졌거나 그 달라짐의 기간이 별 이유 없이 지속될 때를 주목해주세요.
또 해야 할 일들을 최소한만 하거나 '조용하게' 거의 하지 않는 것처럼 보일지도 모릅니다. 그래서 주변 사람으로 하여금 화가 나게 할지도 모르지요. 하지만 그때 '이 사람이(내가) 혹시 우울한 것은 아닐까?' 생각해봐주세요. 그리고 한번 물어봐 주세요. "너 혹시 요즘 우울하니? 내가 전에 봤을 땐 이러했었는데, 지금은 좀 힘겨워 보여"라고요.

우울증을 겪고 있는 것 같은 사람이 주변에 있다면
어떻게 행동하고 어떤 말을 해야 할까요?

언제나 유용한 자세는 '나는 잘 모릅니다. 하지만 당신이 궁금합니다'인 것 같아요. 이 자세로 사람을 대한다는 것은 너에 대해서, 너의 우울에 대해 나는 아는 것이 없으니, 나에게 이야기를 들려달라는 것입니다. 이는 섣부른 조언을 하지 않게 되지요. 흔히 그 사람을 돕기 위해 '운동을 해봐, 곧 괜찮아질 거야, 네 생각에 달려 있어' 등의 말을 할지도 모릅니다.
안타깝게도 그런 건 이미 스스로 다 해봤을 가능성이 높습니다. 또 운동을 할 수 있을 정도면 모두가 염려하는 깊은 우울이 오지 않았을 것이라는 게 제 생각입니다. 그 대신 '내가 무엇을 하면 너에게 도움이 될까? 네가 말해주면 좋겠다'라는 말과 자세를 보여주면 좋겠습니다. 또 '너를 생각하고 있어'라든지 '언제든 내가 필요하면 얘기해'라는 메시지도 도움이 될 것입니다.

다만 우울을 경험하고 있는 사람들에게 너무 앞서서 도움을 주려고 하면 때로는 '내가 저 사람에게 걱정을 끼치나 보다. 다 내 잘못이야'라고 생각하고 더 숨기도 합니다. 그래서 도움을 주기가 쉽지 않을 수 있어요. 때론 다른 사람의 도움을 거부하는 것처럼, 어떤 도움도 자신에게는 도움이 되지 않는 것처럼 이야기할지도 모릅니다(사실 그들은 사람들을 잘 돕지만 정작 도움을 받는 것은 어려워하는 경우가 많습니다). 그럴 때 함께 버텨주시면 좋겠습니다. 언제까지 버티면 되냐면, '내가 이 정도까지 기다려줬는데 왜 아직도 우울한 걸까?'라는 인내의 한계가 왔을 때, 그때 조금 더, 조금 더 버텨주시면 좋겠습니다.

때론 직접적인 도움이 필요한 경우도 있습니다. '같이 밥을 먹자', '같이 산책하자'라거나, '나와 같이 병원이나 상담실에 가 보자'와 같은 말과 행동을 보여주면 좋겠습니다.

그 사람의 혼자 있는 시간을 줄여주는 것도 필요합니다. 함께 특별한 무언가를 하지 않아도 좋습니다. 단순한 일상을 공유하면서 생활 패턴을 유지하게 하는 것, 그리고 우울증은 자신의 잘못이나 의지에 의한 것이 아니라 마음의 병이니 치료가 필요하다는 것을 말해주면 좋습니다.

어떤 사람들은 스스로가 충분히 괜찮은 사람이라는 것을 알게 되는 데 많은 시간이 필요합니다. 그 증거들이 너무나 선명해서 더 이상 반박할 수 없게 되면, 그제야 서서히 우울감이 줄어드는 듯합니다. 그러니 시간이 걸리는 편이지요. 우울을 흔히 마음의 감기로 비교하는데 감기처럼 흔할지는 몰라도, 그처럼 쉽게 낫지 않을 수 있다는 것을 알아주셨으면 좋겠습니다.

자문 울산과학기술원 헬스케어센터
정두영 교수님, 이지혜 상담사 님

참고도서 《자살 예방상담의 이론과 실제》(이광자, 생명의 전화, 2014)

2.

그날의 일기

두 번째 테마

위로의 글과 영화

우울과 함께한 기분과 생각들

그때의 당신은 어땠나요?

어떤 상태였고, 할 수 있었던, 없었던 일에는

무엇이 있었나요?

기분과 생각들

깊고 깊은 바다 아래에 가라앉은 기분.

우엉

이미 소멸하고 있는 점으로 내가 빨려드는 것 같은 기분.

K

상담을 받았고 많은 것을 마주 보고 인정하게 되었지만, 행동으로는 따라가지 못해 마음이 괴로운 상태였습니다.

하나

정말 가감 없이 쓰자면, '아 정말 죽어 버리고 싶다', '살기 싫다', '미래고 나발이고 다 없어졌으면 좋겠다' 등등.

Sseleman

헷갈립니다. 하고 싶지 않아서인지, 할 수 없다고 느껴져서인지, 혹은 진짜로 할 수 없는 상태가 되어버린 건지. 또 내가 이런 이야기를 당신들에게 지속해서 하는 이유가 하기 싫음을 합리화 하려는 건지, 스스로 나는 괜찮다고, 이 정돈 아무렇지 않다고, 그렇게까지 심각하지는 않다고 최면을 걸고 싶은 건지, 혹은 제발 도와달라는 건지, 무엇인지 모르겠습니다.

V

우울함 대신 분노가 자리한 마음속에선, 조금만 더 살아보자 버티던 제 노력을 송두리째 흩뿌릴 상실이 자라고 있었습니다. 이 부정적인 기운마저 몸 밖으로 떠나 텅비어버리면, 그 잠깐 사이 바닥으로 푹 꺼질 것만 같습니다. 충동보다 무서운 건 깊은 단념이었습니다. 내가 사랑하던 것들이 나를 죽이고 있습니다.

K

어느 책에서 그런 구절을 봤던 것 같아요. 우울은 우물과 비슷해서, 있는지 몰랐다가도 쑥 빠지고 나면 그때야 알아채는 것이고 그 깊이에 따라 나올 수도, 나오지 못할 수도 있는 거라고. 우울을 겪으며 진심으로 공감했어요.

겨울비

나는 나 자신이 이미 활활 타버려 더는 어찌할 수 없는 존재라고 생각했다. 가장 많이 들었던 생각은, '나는 더는 쓸모없는 존재야'라는 것이다. '더는'에 방점이 찍히는데, 그러다 보면 현재 혹은 미래에 내가 존재해야 할 이유와 가치조차 잃게 된다.

V

직접적으로는 어떤 상담도 치료도 받지 않았어요. 그저 나를 이해해줄 수 있는 사람들에게 내 이야기를 털어놓는 게 전부였죠. 아무것도 할 수 없다고, 내가 이 세상에 존재할 이유는 단 하나도 없다고. 그렇게 생각하는 상태였어요. 하지만 가깝지 않은 사람들에게 무너져버린 모습을 들키지 않기 위해 겉으로 괜찮은 척은 할 수 있었어요.

꿈꾸는 방랑자

저는 걱정이 많아요. 질투도 많고. 생각도 많고. 바람 빠진 풍선처럼, 물에 젖은 휴지처럼 몸도 마음도 늘어지죠. 몸은 아무것도 하지 않지만, 머리는 이미 많은 생각들로 가득 차 있어요. 계속 그 상태예요. 한 번 늪에 빠지면 계속 파고드는 느낌. 자고 일어나면 많이 괜찮아지지만 자는 게 쉽지 않아요.

윤

우울은 주로 어두운 생각들을 불러왔어요. 존재하지 않던 어둠까지 생성해내곤 했는데 '내가 이런 생각을?' 하고 스스로 놀랄 정도로 무서운 어둠도 있었어요. 죽음에 관해서였던 것 같아요. 내가 사는 이유와 내가 존재하는 이유 또는 나의 가치에 대해서 끊임없이 질문을 던졌고 제대로 된 답변을 내리지 못하는 날이면 더 우울해지고는 했어요. 부정당한 것 같았거든요.

밤

'옳지 않은 일을 했다'라는 죄책감을 느꼈고 죽고 싶다는 생각을 자주 했었어요. 한때는 매일같이 지나치게 울거나 깨어 있는 시간이 별로 없었던 적이 있었어요. 마음만은 계속 조급하고 미안하다가 화가 나다가 원망스러웠다가…. 가슴 속에 어떤 장기를 무언가가 꽉 움켜쥐고 있는 느낌이 들 때도 있었어요. 어떨 때는 며칠 내내 잠이 오지 않는데 아무것에도 집중할 수 없고 뭐가 뭔지 모르겠고 머릿속이 멍한 느낌이 들 때도 있었어요.

사이

'내가 존재하는 것이 나에게, 주위에게, 이 세계에 온통 마이너스일 뿐이구나' 하는 생각이 머릿속에서 반복되고 한없이 미안해져요. 좋아하는 대상일수록 더 미안해져요. 나 때문에 피해 보는 게 너무 많으니까. 나와 마주하는 모든 사람이 "너 왜 아직도 살아 있니" 하고 내게 묻는 것만 같고, 날 배려하느라 차마 직접 말로는 못하고 있는 게 아닐까 의심이 들어요.

겨울비

오늘은 누군가를 만나야겠다는 생각을 했다. 나라는 사람을 온전히 이해하려 노력할 누군갈 말이다. 그냥, "다 이해해" 하며 머리를 쓰다듬어줄 수 있는 사람이 필요하다. 그게 누구든, 어떤 성별이든 상관없다. 오롯이 홀로 마주해 감당해야 하는 밤은 내게는 아직도 어색하기만 하다.

H

일상생활이 어려운 정도로 우울했던 시기가 있다가 또 한동안은 아무렇지 않은 것처럼 괜찮아지기도 하고의 반복이라 특정한 우울한 시기를 꼽기는 어려운 것 같아요. 아무도 없는 곳으로 가서 울었어요. 친한 친구들 몇몇에게는 "죽고 싶다"라는 말을 자주했던 것으로 기억이 납니다.

사이

제 기분 자체가 너무 불안했기에 노래의 분위기도, 마주하는 그림들도 다 불안한 것들이 마음에 들었습니다. SNS를 보면 사람들은 다 행복해 보였고 부러웠습니다. 저에게 행복은 정말 멀리 있는 단어였고 내일이 오는 것이 기쁘지 않았습니다. 지금은 '내일 뭐 하지?' 하는 기대가 있지만, 그때는 '내일도 우울하겠지'라는 생각만 되풀이하는, 저에게 있어서 가장 어두웠던 시기였습니다. 하루하루를 '괜찮아질까?' 하는 고민으로 시작하고 끝났습니다. 그 고민의 끝은 항상 부정적이었습니다.

우울이라는 감정은 나에게 내가 어떤 사람인지, 어떤 존재인지 생각하게 해요. 종일 침대에 누워서 '나는 어떤 사람일까', '왜 살아야 하는 걸까', '살아야만 하는 걸까', '나의 문제점은 뭘까', '나는 왜 이렇게 힘들게 살아가고 있는 걸까'와 같이 나의 존재 가치, 그리고 삶의 의미에 대해 끊임없이 생각했어요. 온종일 내 삶을 끝내고 싶다는 생각에 사로잡혀 있을 때도 있었어요. 어느 날은 내가 살아야 하는 이유를 생각하다가 정말 별거 아닌 것들을 핑계로 잠시나마 행복해졌어요. '나도 살아가야 할 이유가 있구나.' 나를 낮추고 낮춰서 그런 생각에 이르렀다는 건 숨기고 말이죠.

마이웨이

내 감정을 믿을 수가 없게 돼요.
'나는 우울한 걸까?', '우울해지고 싶어서 우울한 건 아닐까? 그것을 어떻게 구분할까?', '내가 이 순간을 모면하려고 극도로 우울한 감정을 불러와 나를 쓰러뜨리는 거라면 어떻게 해야 하지?'
나의 우울을 바라보는, 나를 평가하는, 또 다른 나를 관조하는 내가 무한히 반복되면서 무엇이 진짜 '나'인지 혼란스러워져요. '내가 우울하다는데 다른 설명이 뭐가 필요해'라고 자신을 변호해보려다가도, 어차피 세상 사람들 모두 사는 게 힘든데 나만 유난 떠는 것 같고 그런 내가 참 저열해 보여요.

겨울비

아주 위태로웠어요. 아무렇지 않은 척하는 것에 신물이 날 정도였고 전부 다 토해내자니 스스로 감당할 자신이 없었어요. 언제 터질지 모르는 시한폭탄 같았어요. '내 편은 아무도 없다'라는 생각이 강했던 것 같아요. 피부색을 원망해본 적은 없지만 다른 아이들을 부러워해본 적이 없었다면 그것은 또 분명 거짓말이겠지요.
그 당시 상담이나 치료를 받아본 적은 없었지만 제가 저 자신을 위해 할 수 있었던 일은 책을 열심히 읽는 것과 일기를 열심히 적는 것뿐이었죠. 그 시간만큼은 너무도 행복했고 현실과 동떨어져 있는 것 같은 기분이 들었어요. 혼자만의 세계를 부유하는 기분이랄까. 그곳에는 미움도, 화도, 차별도, 평가도, 그 어느 부정적인 것이 단 하나도 존재하지 않았어요. 이게 건강한 방법인지 그렇지 못한 방법인지는 중요하지 않았던 것 같아요.

밤

아침에 눈을 뜨는 순간은 가장 끔찍한 시간이었어요. 왜 또 하루가 시작돼야 하는지, 도대체 나한테 이 하루를 또 어떻게 버티라고 하루가 시작되는 건지, 매일 아침은 저에게 절망이었습니다. 살이 다 떨어져 나가고 피가 철철 흐르는 다리를 질질 끌며 걷는 심정으로 꾸역꾸역 하루를 버텨내고 밤이 되면, 이 하루가 끝나고 다시 아침이 오는 게 두려웠습니다. 아침이 정말 무서웠어요.

사월

잠깐의 틈이 있을 때마다 주저앉아서 울고 싶다거나, 아무것도 하고 싶지 않다거나, 그냥 잠들어서 계속 깨어나지 않았으면 하는 기분이었죠. 자살 생각도 많이 했고.
그나마 밤새워 게임을 하면 피곤하기도 하고, 수면제를 타서 먹으니까 잠을 바로 자는 편이긴 했는데 이따금 잠을 잘 수 없을 때는 지금까지 있었던 일들이 모두 내 잘못이라는 생각이 들었어요. 그때 내가 그렇게 하지 않았으면 잘 됐을 거라는 희망적인, 하지만 이미 지나버린, 오히려 상처를 벌리는 그런 생각들이 들고는 했죠.
그래도 '미래의 나'에 대한 막연한 자신감이나 기대감이라고 할까요. '분명 10년, 20년 뒤의 나는 잘되어 있을 거야'라는 생각이 있어서 실제로 행동으로 옮기진 않았던 것 같아요. 지금도 비슷하네요.

금요일

아무것도 할 수 없는, 무력

그냥 자고 싶습니다. 죽으면 모든 게 끝이니 행복할 거라 생각합니다.

하나

치료를 받은 것은 한참 뒤의 이야기였고, 당시 저는 아무것도 할 수 없었습니다. 정말 '아무것도'. 숨을 쉬는 것을 제외한다면 말이죠. 무기력의 구렁텅이에서 한 발자국도 나오지 못했습니다.

Sseleman

외부적으로는 사람들이 나를 굉장히 좋게 봐주지만, 실제 내 속은 너무도 다르다고 느꼈고, 그 괴리감과 무력함이 굉장히 지배적이었습니다. 아무것도 할 수 없을 것 같은 느낌이었습니다.

우엉

감정을 느끼는 일이 어려웠습니다. 무엇에든 크게 화가 나고 짜증이 나던 시기가 있는가 하면, 그 후로는 어느 것에도 화가 나지 않았고, 슬픈 영화를 본다든지, 슬픈 내용의 책을 읽는다든지, 슬픈 음악을 들어도 슬프지 않았고, 기쁜 감정에도 마찬가지였습니다.

H

아침에 눈을 뜨면 침대에서 나올 수 없습니다. 누군가를 만나기 전까지는 그저 멍한 상태이고, 물건이나 해야 할 일들을 자꾸 잃어버립니다. 입맛이 없고 말하고 싶지 않습니다. 움직이고 싶지 않습니다. 무언가를 먹고 화장실에 가는 내가 혐오스럽습니다. 출근은 할 수 있었고, 모르는 사람에 대한 예의는 지킬 수 있었지만 가까운 사람과 눈이 마주치면 끊임없이 울었습니다. 10회기 상담을 받았으나 울기만 하고 도움이 되지 않았습니다.

S

정말 아무것도 할 수 없던 나날들의 연속이었습니다. 억지로 아침에 일어나 학교에 가고, 수업을 듣고, 밥을 꾸역꾸역 먹고 있지만 이게 다 무슨 소용이랴 싶었습니다. 나의 정신은 이미 죽은 지 오래인데 몸뚱어리만 살아 움직이고 있다는 생각이 머릿속에 가득했습니다. 아무것도 할 수가 없어서 더는 내 모습을 꾸며내 숨기지도 못했고, 엉엉 울지도, 죽음에 대해 생각할 수도 없었습니다. 이미 정신은 죽어 있었으니까요.

가을

심장이 너무 아렸어요. 가슴에 손을 대면 손가락 사이로 멍물이 흘러나올 것 같은 기분. 마음은 점점 만신창이가 되어가는데 정신만은 또렷한 게 너무 괴로웠어요. 차라리 그냥 이대로 미쳐서 정신병원에 들어가면 좋겠다고 생각했습니다. 이 모든 괴로운 기억, 감정들이 지워질 수 있게. 몸이 모두 녹아 흔적도 없이 사라지길 바라기도 했습니다. 정말 간절히, 간절히 바랬습니다. 할 수 있는 건 아무것도 없었어요. 뭘 해야 할지도 몰랐고, 그냥 나 좀 어떻게 해줬으면, 이 괴로운 마음을, 제발 누구라도, 나를 제발 좀 어떻게 해줬으면 하는 생각만 했어요. 아마도 살고 싶었던 거겠죠. 하지만 방법을 찾을 수 없었습니다. 점점 더 무력해져만 갔죠. 아무것도 보이지 않는, 사방이 막힌 그 깊은 곳에 빠진 채 제발 나 좀 꺼내달라고, 어떻게든 그 안에서 벗어나고 싶은 마음에 발버둥 쳤지만 그럴 때마다 갈수록 더 폐허가 된 마음만 남았습니다.

사월

강박과 집착

착한 큰딸로, 가족들이 저에게 부담을 주지 않아도 스스로 뭔가를 해내야만 한다는 강박관념이 있었습니다. 매 순간 살아 있지 않았고, 지옥이었습니다. 저는 어느 날 퇴근하자마자 택시를 타고 다리로 가서 목숨을 끊어야겠다는 생각을 했어요. 순간순간이 너무 괴로워 그게 가장 행복할 것 같았습니다.

모랄

꿈에 굉장히 집착했던 것 같습니다. 매일매일 악몽에 시달리고 깨어나고를 반복했습니다. 꿈속에서 정체불명의 괴한에게 살해당하고, 다시 살아나고의 무한 반복이었어요.

Sseleman

저는 완벽주의자였습니다. 걱정과 불안이 저를 완벽주의자로 만들어주었지만, 저는 그만큼 날이 서고 예민한 사람이었습니다. 그리고 실패에 너무나도 쉽게 좌절했습니다. 그것은 저의 업무, 공부, 연애 모든 면에서 전반적으로 드러났습니다.

여자 3

어렸을 때부터 무엇에서 기인한 습관인지는 잘 모르겠지만, 항상 혼자 해결해내야 한다는 강박 비슷한 것이 있었어요. 그래서 제게 온갖 어둠이 몰려올 때도 스스로 이겨내야 한다는 생각만 했던 것 같아요. 그러다 보니 자신을 밀어붙이기 바빴어요. 물론 우울을 만끽하려는 기이한 행동을 자처하기도 했어요. 우울할 때 글이 잘 써졌거든요. 그 당시에는 일기를 많이 쓰곤 했는데 지금 그 일기장을 꺼내서 읽어볼 엄두는 안 나요.

밤

우울증을 극심하게 겪던 시기에 가족들에게 과하게 집착하는 버릇이 생겼습니다. 이유도 없이, 수시로 가족들이 불의의 사고로 잘못되거나 다치는 상상을 했습니다.
이 생각들을 떨쳐버리기 위해 제가 선택한 행동은 다소 우스웠는데, 우선 생각을 쫓기 위해 머리를 좌우로 세차게 흔든 다음 직사각형인 물체, 이를테면 모니터나 공책을 뚫어지게 쳐다보며 머릿속으로 물체를 8등분 하는 습관을 들였습니다. 영국 국기 모양처럼, 머릿속으로 선을 긋는 겁니다. 한 번, 두 번, 그래도 안 되면 머릿속이 비워질 때까지. 이러한 행동들은 제가 생각해도 참 어처구니가 없고 한심해 보였습니다. 그것이 불안장애와 강박증에 의한 것임을 알기 전까지는요.

지금은 여러 가지 괴상한 버릇들은 없어졌지만, 여전히 일어날 확률이 극히 적은 불행에 대해 상상하거나 머리를 흔드는 버릇은 고쳐지지 않았습니다. 빈도수는 꾸준히 줄고 있고, 언젠가는 지금보다도 더 호전될 거라 생각합니다. 이제는 제 상태에 대해 스스로 자각하고 있으니까요.

여자 3

그동안 저는 계속 남이었습니다. 제가 아니라 다른 사람이었죠. 저 자신이 되지 못했다고 생각해요. 나는 남들처럼 그러지 말아야겠다고 생각하면서도, 남들이 생각하는 성공에만 집착했습니다. 내가 원하는 게 뭔지 몰랐고요. 하고 싶은 것이 무엇인지 몰랐어요. 뭘 하려고 해도 다른 사람들의 눈치만 보고, 현재를 살지 못하고, 계속 미래만 봤던 것 같아요. 미래만 보고 과거만 한탄했어요. 그러다 보니 불안했고, 미래에 대한 두려움 때문에 강박감이 심했어요.

Z

제가 배워온 것은 자신을 극한으로 몰아 붙여서 최고의, 최선의 작업물을 만들어야 한다는 것이었습니다. 도달하지 못한다면 언제나 노력이 부족한 것이었죠. 충분한 노력이 있다면 뭐든 할 수 있다고들 했으니까요. 당시에도 이뤄내고자 하는 가치와 제가 가지고 있던 목표가 있었고, 그 목표는 저 혼자서 도달하기 힘든 목표였습니다. 그렇게 작업물에 대한 강박으로 상담실을 방문하기 시작했습니다.

상담의 주제는 우울과 불안의 원인이었습니다. 저는 아니라고 했지만, 상담사 선생님의 생각은 제가 가진 완벽주의 때문인 것 같다고 말씀하셨습니다. 그 전까지의 생각과는 달리, 선생님은 '이 정도면 됐다'라고 생각하라고 하셨습니다. 그때는 '모두가 다 나 이상으로 열심히 하는데?' 하며, '그럼 나만 약한 건가', '나만 할 수 없는 건가' 하는 생각과 함께 그 말이 이해가 되지 않았어요. 결국 작업물은 만족스럽지 못한, 좋지 못한 결과를 가져왔고, 아직도 그 강박에 만족하지 못한 작업물에 대해 사람들이 수군거리는 악몽을 꾸곤 합니다.

상담사 선생님께서는 창작하는 사람들이 작업물에 대한 완벽주의 때문에 비슷한 어려움을 많이 겪는다고도 하셨어요. 지금은 먼저 건강과 정신을 해치지는 않는 선에서 최선을 다해 보되, 어느 정도 선에서는 '이만하면 됐다'라고 생각하며 지내보려 노력하고 있어요. 점수와 결과물, 작업물보다 저와 건강이 중요하단 걸 너무 늦게 알았어요.

V

일상

저는 우울증을 병으로 받아들이기 힘들었습니다. 그래서 가족들에게도 알리지 않았고 병원도 가지 않았습니다. 그땐 사람을 만나는 게 무서워서 밖을 나가도 사람이 많은 길가로는 걷지 못해서 대부분을 집에서 생활해야 했습니다. 하루의 대부분을 컴퓨터를 통해 사람을 보고 저의 우울의 이유를 찾아 나갔습니다.

마이웨이

기숙사에 살았었습니다. 기숙사 방에 혼자 있을 때 공황 상태에 빠지게 되는 경우가 많았습니다. 가끔은 혼자 방으로 가는 길에 공황에 빠지기도 했습니다. 혼자 있는 걸 좋아한다고 생각했는데, 무서워서 그럴 수가 없었습니다. 혼자 있는 게 두려웠습니다. 결국 택한 방식은 전공 상 매일 밤을 새우는 사람들이 있었기에 그 사람들 사이에 있고자 학교에서 밤을 새거나 소파에서 쪽잠을 잤습니다. 그렇게 10일 정도 방에 안 들어간, 혹은 못 들어간 적도 있었습니다.

V

하루는 남자친구와 걸어가는데, 웃음이 하나도 나지 않는 거예요. 갑자기 마음속에서 이런 생각이 들더군요. '웃음이 난다는 게 뭐지?' 그 순간 극도로 무섭고 두려워서 바로 기숙사 안으로 들어갔어요. 침대에 웅크리고 누워 생각했죠. 고등학교 2학년 때 겪었던 일을 다시는 겪기 싫다고. 그 기억에서 벗어나고 싶다고. 하지만 그런 생각을 하면 할수록 우울감과 불안감이 심해지기만 했어요.

유순이

잠깐씩 깨 있던 시간을 빼곤 5일 동안 잠만 잔 적이 있습니다. 생각하기 싫었기 때문이었습니다. 그 어떤 사람도 만나기 싫어서 배가 고플 때는 배달 음식을 시켰고, 배달원이 오면 화장실에 숨어 있거나 문 앞에 두고 가달라고 부탁했습니다. SNS도 비활성화했고, 휴대폰도 꺼놓거나 비행모드로 해뒀습니다.

태평

출근길 버스 안에서 눈물이 찔끔 났다. 서울 한복판 이 많은 사람 중에 얼굴이라도 아는 사람을 만난다면 부둥켜안고 엉엉 울 것만 같았다.

V

극단적인 생각들

어렸을 때 우울증 약을 먹는 친구가 있었습니다. 함께 죽자고 친구와 아파트 옥상에 올라간 적도 있었습니다. 하지만 그때 엄마 생각이 나서 그러지 못했습니다.

태평

술을 많이 마셨던 건 현실 도피의 이유도 있었지만, 가끔은 술을 마셔야만 이 모든 것을 끝낼 수 있다고 생각했기 때문이었어요. 친구들과 왁자지껄 술을 마시고도 집에 들어갈 때만 되면 너무 무섭다고 느껴졌고, 그래서 늦은 시각 누군가에게 전화를 하기도 했는데 끊으라고 말하더라고요. 그렇게 혼자 남은 집에 덩그러니 누워 있다 보면 정말이지 모든 걸 그만두고 싶어졌어요. 지금 생각하면 집이 낮은 층이었던 게 다행인 건지도 모르겠네요.

H

오후 수업으로 학교에 가는 길, 햇살에 반짝이던 한강을 지날 때마다 '이 시간에 빠져야겠구나' 생각했어요. '죽고 싶다'가 아니라 '어떻게 죽을까'를 고민하며 살았습니다. 자살보다는 사고가 남은 사람들에게 덜 상처가 되지 않을까 싶어 버스를 탈 때마다, 길을 건널 때마다, 어딘가에서 오토바이 소리가 들릴 때마다 제발 사고가 나기를, 제발 나를 치고 가기를 간절히 기도했습니다.

사월

당시에는 자동차를 못 탔어요. 차를 타면 문을 열어버리고 싶어서요. 그런 충동이 계속 일어났고, 지금도 차를 타면 꼭 문을 잠그게 되었어요.

Z

'이러다가 곧 죽을 수도 있겠다', '미리 죽음을 준비해둘까?', '어떻게 하면 좀 더 편하게 죽을 수 있을까?' 이런 생각을 종종 했던 것 같아요.

초롱이

우울증이란 게 끊임없이 죽음에 대해 생각하게 되는 것 같아요. '난 왜 살아 있지?'라는 생각이 계속 들어요. 그러면서 존재의 의미가 없어지고, 세상에 없는 게 나은 사람인 것만 같고. 별다른 일이 있는 것도 아니었는데, 높은 곳에 올라가면 아래를 한참 쳐다보기도 하고, 길을 걷다 빨리 달리는 차가 있으면 뛰어들고 싶고, 지하철이 올 때마다 뛰어들고 싶어지고요. 그런 충동이 끊임없이 들었어요. 그러다 보면 스스로 어떻게 죽어야 할지에 대해 계획을 세우게 되기도 하고요.
그런데 이런 날들이 오래되다 보면 그런 생각 자체도 잘 하지 않는 것 같아요. 너무 무력하고 아무 의지도 없으니까요.

H

할 수 없었던 건 감정에 대한 컨트롤 같아요. 원래 한 번도 죽음에 대한 것을 실행에 옮겨야겠다는 생각은 없었지만, 점차 그 생각의 주기가 일주일 단위도 안 될 만큼 짧아지면서 어떻게 해야 성공할 수 있을지를 검색하는 게 일상이었습니다. 눈을 돌려보면 주변의 모든 것이 저에게는 다 무기였습니다.

모랄

사실 그냥, 내가 빨리 사라졌으면 좋겠어요. 사고 같은 것도 좋고요. 살아 있기 싫다는 건 아닌데… 글쎄요. 두 가지 생각이 양립하고 있다고 해야 하나? 그리고 이따금 '내가 스스로 우울증과 불면증을 만드는 건 아닐까' 하는 생각도 들어요. 스스로 계속해서 우울한 생각을 하고, 잠을 잘 자려는 의지도 없고. 누군가 나의 모든 것을 이해해줄 수 있다면 참 좋을 텐데요. 저는 연초에 3개월 정도 치료를 받다가 다시 한두 달 정도 괜찮았다가, 다시 치료를 받기 시작한 상태라서 이제는 왜 이러는지, 뭘 원하는지도 잘 모르겠어요. 앞으로도 계속 우울감과 같이 살아가야 하는 건가 싶기도 하고 말이죠.

금요일

어느 날, 미래와 인간관계에 대한 계속된 고민에 시달리던 저는 그 모든 것을 그만두기로 결심했습니다. 매일 밤을 울면서 보내는 생활이 너무나도 지겹고 하찮게 느껴졌습니다. 이렇게 우울하게 시간을 보내다 죽게 된다면, 차라리 마지막으로 하고 싶은 것은 다 해보고 죽자. 적어도 무언가에 갇혀 있다 죽진 말자. 그런 생각에 갑자기 다음날 휴학 신청서를 작성하고, 얼마 뒤 하고 있던 일을 그만두고, 또 얼마 뒤에는 제가 얽매여 있던 모든 인간관계를 정리하고 연락처를 없애버렸습니다. 그런데 의외로 그런 것에서 벗어나니 너무 홀가분해졌습니다.
그 뒤로 저는 제가 하고 싶은 아르바이트와 하고 싶었던 취미생활을 즐기면서 매일을 보냈습니다. 거창한 위시리스트 같은 것은 없었습니다. 억지로 기분전환을 위해 굳이 먼 곳으로 떠나지도 않았고, 문화생활을 즐기지도 않았고, 홀로 게임과 드로잉에만 치중했습니다. 오히려 그런 것들이, 대학을 다니던 동안 억지로 학교 밖을 나가 기분전환을 하겠다고 발버둥 치던 그 모든 것들보다 더 행복하고 마음이 편했습니다. 미래에 대한 걱정도 하지 않고, 당장 하루하루를 즐기며 사는 시간이 제겐 그 어떤 치유보다 효과적이었습니다.

그런 여유를 가지고 나니 자연스럽게 과거의 저에 대해 돌아보는 시간을 갖게 되었습니다. 도저히 이해가 가지 않을 만큼 집착과 걱정에 미쳐 있는 제가 보였습니다. 저는 항상 같은 생각을 반복하고 있었습니다. 우울함이 찾아오고, 미래에 대해 걱정하고, 또다시 걱정하는 나를 혐오하고, 그렇게 스스로를 혐오하는 나에 대해 또다시 부정적으로 생각하고, 또다시 우울함이 찾아오고, 그렇게 시간을 소모하는 자신을 한심하게 여기고….

어디에선가 생각을 끊어주지 않으니 우울의 굴레에 갇히게 된 겁니다. 하지만 그 생각을 부자연스럽고, 강제적인 방법으로 끊으려 하니 자꾸만 스스로를 혼내게 되고, 그럴수록 우울함은 멈추지 않았습니다. 하지만 그 굴레에서 벗어나는 방법은 의외로 간단했습니다. 순간순간 드는 감정들을 자연스러운 현상으로 이해해버리는 것이었습니다. 확신할 수 없는 미래에 대해 걱정하는 것은 당연한 것이고, 우울함과 무기력증이 찾아오는 것은 너무나도 당연한 일이라고. 그렇게 스스로를 다독이며, 다가오는 현실을 억지로 막으려 하지 않고 그저 받아들이기로 마음먹었습니다.
그렇게 생각하니 막상 현실로 다가온 걱정들은 별것 아닌 사소한 것들이었고, 제가 항상 과민반응과 앞선 걱정으로 초조해했음을 알게 되었습니다. 또다시 우울함이 찾아와도 그것을 인정하고 취미 생활로 풀어내는 습관을 가지게 되었습니다.
그렇게 시간이 흐르고 나니, 어느 순간 저는 제 우울함을 혐오스럽고 흉측한 것으로 생각하지 않게 되었습니다.

여자 3

가을의 일기

필명 '가을' 님께서 보내주신 일기를 옮겼습니다.

2014. 05. 점점 지쳐간다. 이리저리 일에 치이고 사람들에 치이고…. 그냥 똑같은 하루하루의 반복에 지쳐간다. 이러다간 나만 홀로 뒤에 남겨질 것 같다. 다른 사람들은 앞으로 나아가는데 혼자 퇴보하고 있는 것 같다. 두렵다.

2014. 06. 차라리 태어나지 말았더라면. 너무 힘들고 벅차 내겐, 이 세상이.

2014. 09. 힘들고 외롭고 지쳐 있는데 이유를 모르겠다. 가슴이 먹먹하고 답답해 죽겠는데 이유를 모르겠다.

2014. 10. 아파. 어딘지는 모르겠지만 그냥 막 아파.

2014. 11. 살고 싶지 않아. 더 이상 살아야 할 이유가 없어.

2014. 11. 가끔은 충고나 조언보다는 그냥 위로 한마디가 듣고 싶은데….

2014. 11. 나는 이미 죽었어. 정신은 이미 죽은 지 오래야.

2014. 12. 오늘은 많이 웃었어. 그랬더니 다들 내가 괜찮은 줄 알더라.

2014. 12. 차라리 미쳐버리면 편할까?

2015. 01. 내 마음대로 되는 것이 아닌 일들에 대해 내가 잘하면 된다는 소리를 듣는 것이 싫다.

2015. 01. 왜 나는 내게 이리도 힘들고 벅찬 존재인지…. 내겐 벗어난 듯싶으면 또 찾아오고, 또 벗어난 듯싶으면 다시 찾아오는 아주 집요한 녀석이 있다. 아니, 어쩌면 벗어났다고 생각한 것은 나 혼자만의 착각일지도 모른다. 이번에도 벗어났다고 생각했는데, 아니었나 보다. 힘들다. 지친다. 이 의미 없는 혼자만의 싸움은 언제까지 계속되는 걸까. 나는 잘 모르겠다. 이것들이 과연 내 의지만으로 해결되는 것들일까? 그렇다면 나의 의지는 이것들을 이겨낼 만큼 강하지 않은 것일까? 얼마나 더 노력해야 하는 것일까? 아니, 애초에 내가 노력이라는 것을 하고 있었을까? 지금의 나는 아무것도 모르겠다. 그렇게

계속 애써 외면하며 피하고만 있다.

2015. 01 가끔 너무 힘든 날들이 있어. 그래도 현관문 앞에 서서 감정을 죽이고 눈물도 닦고 문을 연 다음 크고 밝게 외쳐야만 해. 다녀왔습니다, 라고.

2015. 03. 나는 내게도 한낱 짐 덩어리일 뿐이야.

2015. 03. 내가 나를 죽여가고 있어. 끊임없이 죽였다 살렸다를 반복해. 정말 미쳐버릴 것 같아. 죽고 싶은 건지 살고 싶은 건지 더 이상 나도 모르겠어.

2015. 06. 모르겠다. 나는 지금 너무 지쳐서 그대로 주저앉아만 있는데 모든 것이 끊임없이 나를 채찍질한다. 이렇게 죽을 때까지 이 악물고 달리기만 해야 하는 걸까?

2015. 11. 나는 나야. 그게 나야. 그 모든 것이 나야. 나의 모든 것을 사랑해주세요. 나의 슬픔, 우울, 불안까지도.

2015. 07. 모두 끌어안은 채로는 단 한 발짝도 뗄 수 없어. 그래

서 나는 여전히 여기 있어. 내 발목을 단단히 묶은 채 나를 붙들어두고 있어. 이제 그만 나를 놓아 줘.

2015. 07. 넌 또 다시 나를 집어삼켰다가 내뱉는 걸 반복해. 내가 멀미하는 것을 보고 즐거워하지.

2015. 09. 난 울어. 난 또 울어. 고통스러워 매 순간순간이. 텅 비어버렸어. 아무 생각도 안 나. 왜 살아 있는 걸까? 왜 존재하는 걸까? 이대로 시간이 멈춰버렸으면 좋겠어. 이대로 모조리 사라져버렸으면 좋겠어. 마치 그 무엇도 애초에 존재하지 않았던 것처럼.

K의 이야기

필명 'K' 님께서 보내주신 글을 옮겼습니다.

지금은 그런 생각을 잘 하지 않지만 한때 끼니처럼 죽고 싶다는 생각을 하곤 했다. 딱히 엄청난 우울감이나 피해의식에 사로잡혀 죽어야겠다고 소리친 것도 아니고, 세상살이가 허무하다는 자조 때문에 자살을 꿈꿨던 것도 아니다. 뭔가 아무 색깔 없는 어떤 체념이 있었다. 그리고 나는 줄곧 죽음을 생각했다. 진짜 죽음을 목도하기 전까지 나는, 죽음이 내게 구원이 되리라 믿었다.

아마 초등학교 6학년 때였을 것이다. 시험을 망치고 속상했던 나는 처음으로 죽고 싶다는 말을 꺼냈다. 사실 그 말은 빈껍데기에 가까웠다. 어떤 자극적인 말이 내 좌절감을 가장 잘 가다듬어 나타내줄까 무의식적으로 찾아 헤맨 듯했다. 심지어 그마저도 마음이 새가슴이라 죽고 싶다는 구절을 핸드폰에 적어 엄마에게 보여줬다. 나는 최대한 불쌍한 표정을 지었다. 엄마가 성적 같은 건 상관없다고 말해주길 바랐던 것 같다. 물론 엄마는 아무 말 없이 집 밖으로 나가버렸지만.

지금 나이 들어 생각해보면 엄마의 상심도 컸던 것 같다. 별문제 없이 알아서 잘 크던 애가 갑자기 '죽음'에 대해 말했으니. 내 아이만은 안 그럴 것 같던, 삶의 맹목적 그림자가 언뜻 보이며 그녀는 자기가 지켜본 죽음의 현장들을 떠올렸겠지. 장례식, 흰 천, 하관, 화장. 어린 나에겐 막연한 도구에 불과했던 그 말이 그녀에게는 너무나 분명한 이미지일 수 있다는 걸 그 나이에는 몰랐다. 내 상심을 돌아보지 못한 엄마의 상심을 포착하기엔 다소 이기적일 나이였다.

집이 텅 빈 후에 나는 가만히 앉아 철철 울면서 어떻게 죽어야 할지에 대해 생각했다. 막상 어떻게 죽어야 할지 모를 정도로 순진했으면서, 나는 그 당시에 필사적으로 내 존재를 지워야겠다고 마음먹었다. 얼마나 순수했던지, 숨이 탁 끊기면 내 몸뚱이도 자연히 스르륵 사라질 줄 알았나 보다. 그나마 얼핏 영화에서 본 장면을 따라 의자에 줄을 묶었다. 목에 감았다. 몸의 힘을 풀었다. 숨이 멎었다. 순간 놀란 마음에 벌떡 일어섰다. 무엇인지 모르는 죽음마저 해내지 못한 패배감에 아이는 온종일 장롱 속에 있었다. 그 순간의 아찔함, 거기에 지고만 자기 자신까지 어둠이 묻어주기를 바라며 잠깐 잠이 들었던 것 같다.

중학교에 올라간 후에도 끊임없이 죽을 생각을 했다. 신호를 기다릴 때는 지나가는 버스에 치이면 안 아플까, 교실에 혼자 앉아 있을 때는 선풍기에 줄을 매달까, 옥상에 있을 때면 한 순간의 낙하쯤이야⋯ 그런 상상을 했었다. 물론 실행에 옮기지 못할 정도로 잠깐 숨이 멎은 그때를 또렷이 기억했고, 나는 지나치게 비겁했다. 그럼에도 행동으로 존재하지 못한 채 그저 유령처럼 내 뱃속 어디쯤을 떠도는 외로움은 곧잘 죽음이 답이라고 느끼게 했다. 학교에서 상을 받고, 성적이 올라도 마찬가지였다. 남들이 칭찬해 마지않는 '행복한' 삶 속에서도 내게 허락된 비빌 언덕은 영영 없는 듯했다.

더 이상 죽음에 대해 떠올리지 않게 된 건 스무 살이 넘은 후, 정확히는 몇 차례의 장례를 치른 후였다. 그제야 나는 죽는다는 게 뭔지 알았다. 병든 몸이 흰 천에 둘러진다는 게, 죽음이 갉아먹은 얼굴에 분을 바른다는 게, 아무리 세차게 태워도 골반 뼈마저 으스러트리진 못한다는 게 눈앞에 펼쳐졌다. 사람들이 울기도 하고, 호상이라고도 하고, 안도하기도 하는 복잡한 감정의 호우 속에서 받쳐 들 우산조차 버거운 채로 나는 흠뻑 시간을 맞고 있었다. 죽는다는 게 이런 것이구나. 신조차 줄 수 없는 구원이라 여겼던 자살을 포기하게 된 건 죽음이 낭만이 아닌 현실임을 목도한 후였다. 난 아직 그때 떠나간 영혼들이 어떻게 지내고 있는지 알 길이 없다.

슬프게도 우리나라는 정말 자살을 많이 하는 나라다. 내가 자살에 대한 미련을 버린 후에도 종종 누군가의 자살 소식을 접했다. 엄청 안타깝지도, 그렇다고 부럽지도 않았다. 그들을 이해하면서도 이게 과연 자살(自殺)일까, 그런 의문을 품었다. 참 이상하지.

나는 내가 한 명의 인간이라는 걸 배워본 적이 없었다. 교실에 혼자 남겨졌을 때, 집에 홀로 있을 때 나는 '아무도 없다'고 생각했다. 하지만 여전히 그 공간의 한 자리에 내가 있었다. 왜 나는 아무도 없다고 생각해버렸고, 쓸쓸함에 몸부림쳤을까. 온갖 관계의 홍수 속에서 인간관계를 중시하면서도 정작 혼자 있을 때 '나'라는 개체를 증명할 길은 없었던 걸까. 사람에 중독됐던 내가, 그만큼 무언가에 기대고 싶던 내가 만약 나 자신을 위로하는 일을 그저 정신승리쯤으로 치부하지 않았다면 나는 엄마의 부족함 내지 가난함에 그렇게 쉽게 베이지도 않았을 텐데. 나 혼자 서 있어도 괜찮을 수 있는 어떤 첨언이라도 들어봤다면 그 힘으로 살 수 있지 않았을까. 무엇이 우릴 휘두르는 걸까.

아버지는 어떻게 보면 좋은 스펙을 가졌다. 서울 4년제를 나와 대기업에 들어갔다. 실적도 높았다. 아내와 자식과 함께 마당 있는 집에서 꽤나 '당당하게' 살고 있는 것처럼 보이는 사람이었다. 하지만 그의 이면에는 늘 억눌린 그늘이 있었다. 그는 다소 예민했고, 내향적이었으며, 글쓰기를 좋아하는 사람이었다. 여러 회사를 전전하며 사는 와중에 정작 그의 삶에 그는 없었다. 자식을 위해, 회사를 위해 그의 영혼은 저당 잡혔다. 언젠가 자기가 쓸 판타지 소설에 대해 말하던 그의 눈동자는 노쇠한 몸에는 어울리지 않았다. 그 눈은 소년의 것이었다. 왜 그에게는 자기 이름 하나를 위해 사는 삶이 허락되지 않았을까. 왜 그런 삶을 꿈꾸기만 한 채 괴로워만 했을까.

이젠 많이 달라졌다. 우리가 쉬이 업신여기는 것들이 우리를 구원할 때가 있다고 생각한다. 알량한 성취감이 큰 체념을 생각보다 손쉽게 막아낸다고 생각한다. 누군가 내 결과물에 침을 뱉을 때 '나레기'라는 말보다 '좆까'라는 말을 하는 것, 조금 내향적이더라도 소소한 내 삶을 꾸려가는 것, 그게 공인 인증된 '행복'과는 거리가 멀어도 어차피 나를 챙겨줄 것 같은 그들은 날 책임져주지 않는다는 것, 프렌즈팝 레벨을 올리거나 두꺼운 고전을 완독하는 것 같은 별 볼일 없는 저항이 어떤 높은 이상이나 뛰어난 능력보다 우릴 더 수월하게 구원할 수 있다.

열여덟의 나

필명 '유순이' 님께서 보내주신 글을 옮겼습니다.

오늘은 아침부터 힘들었습니다. 아침에 일어나자마자 가방을 뒤적여 약을 찾아 한 모금에 털어 넣었어요. 이제는 무엇이 힘든지도 모르겠습니다. 아무 일도 없는데 내 심장은 왜 불안함에 두근거리고, 내 신경은 왜 경직되어 있을까요. 학교에 가기 싫은 발걸음을 느리게 떼어봅니다. 아이들은 뭐가 그리 즐거운 걸까요? 다른 이들의 웃는 소리가 나는 밉습니다. 어쩐지 마음이 조금 더 차가워진 건 겨울이기 때문일까요?
1교시가 시작되고 수업이 시작됐어요. 아아, 수업 시간만큼은 좀 괜찮았으면 좋으련만 집중하려고 해도 집중이 되지 않아요. 선생님께 화장실에 다녀오겠다고 하고 뛰쳐 나와버렸어요. 애들이 이상하게 보지 않았을까 걱정이 되네요. 화장실에선 펑펑 울어버렸어요. 내 자신이 무서워서, 내 미래가 무서워서요. 나는 착하게 살았다고 생각했는데 왜 이런 일을 겪어야 하는 걸까요? 나는 아직 어려요. 나는 자신이 없어요. 어떻게 하면 견뎌 낼 수 있을까요?
야자를 마치고 집으로 가는 길은 제가 가장 좋아하는 시간이에요. 뺨을 스치는 바람도 시원하고요. 밝은 빛을 내는 둥그런

달도 좋아요. 이렇게 걷고 있으면 불안도, 우울도 저와는 상관 없는 이야기처럼 느껴져요. 그래서인지 집으로 가는 먼 길이 하나도 힘들지 않아요. 낮엔 가만히 있어도 숨이 벅찼는데. 참 이상해요.

저는요, 제가 행복했으면 좋겠어요. 행복은 가까운 곳에 있다고 하던데, 제 행복은 무지개 건너에 있나 봐요. 사람들의 미소엔 행복이 있는데, 제 미소에는 행복이 없어요. 이건 정말 불공평해요. 저도 언젠가 행복해질 수 있겠죠?

그래도 말이에요, 저는 믿어요. 제가 힘을 내서 오늘을 살아간다면 언젠가의 내일은 진심으로 웃을 수 있다는 것을요. 전 그럴 만한 자격이 있으니까요. 분명 그런 날이 올 거예요. 사람들에게는 저마다의 행복이 있다고 해요. 그렇다면 언젠가는 나를 닮은 행복이 마치 문틈으로 조용히 들어온 바람처럼 그렇게 제 곁에 와 있을 거예요.

불안장애와 우울증이 처음 찾아왔을 땐 제 인생이 저주받았다는 생각을 많이 했어요. '집은 가난한데다, 열여덟 살에 우울증이라니… 내 인생은 망했어!' 같은 패턴이었죠. 어릴 때부터 부정적으로 생각을 해왔던 터라 이런 생각의 흐름은 저에겐 당연한 일 같은 거였어요. 내가 얼마나 고통 속에서 사는지 심지어 가족조차도 관심이 없을 거라는 생각이 들면서 인간 관계에 대한 회의가 많이 생겼죠. 그땐 스스로 친구라고 여기던 동급생이 없기도 했지만 어찌됐건 반 누구와도 이야기하고 싶지 않았고 가족도 편히 여겨지지 않았어요. 학교도 가시방석, 집도 가시방석이다 보니 밖으로 떠도는 때가 많았죠.

기분은 한마디로 말하자면 무력감과 우울의 극치였죠. 충동과 권태의 도가니라고 할까요? 영원히 끝나지 않을 좌절의 수레바퀴를 돌리는 느낌이었어요. '언젠가 끝나기는 할까'라는 생각이 절 괴롭혔죠. 그런데 이 녀석이 묘한 게, 평소에 몰랐던 나를 알게 해주더라고요. 항상 밖으로 향하던 시선이 마음으로 향한 첫 순간이었어요. 내가 누군지, 나는 어떤 사람인지 생각하게 되었죠. 모든 생각이 스위치가 켜지듯 한 번에 바뀐 것은 아니었지만 서서히 스스로에 대한 자책을 덜게 되었어요. 다른 사람에게 의지하는 법도 배우면서 나를 위한 길이 무엇인지 알게 되었죠. 제가 가장 먼저 결심한 것은 억지 긍정은 버리자는 거였어요.

아침에 일어났다고 한번 가정해보세요. 우울증을 앓고 있는 사람 중에 몇 명이나 아침에 상쾌하게 일어날까요? 대부분의 사람들은 아마도 일어나자마자 무미건조하게 "하루가 시작됐군. 제기랄"이라고 말할지도 몰라요. 전 아침에 일어나서 기지

개를 켜면서 외쳤어요. "상쾌한 아침이야!" 상쾌할 리가 있나요. 얼른 약이나 챙겨 먹으면 다행이었죠. 하지만 상쾌한 아침이 있는 반면에 상쾌하지 않은 아침도 있는 법이죠.

저는 그 사실을 받아들이기로 했어요. 그렇지 않은 일을 그렇다고 제 자신에게까지 거짓말할 필요는 없다고 생각해요. 매일 아침 일어날 때면 기분이 좋지는 않았지만 기분 좋은 일이 많이 생길 거라고, 오늘은 특별한 날이라고 말했어요. 있는 그대로를 받아들이되 오늘을 특별한 날로 만들고 싶었죠. 매사에 긍정적일 필요가 없다고 스스로를 다독이던 날들은 지금의 긍정적인 저를 만들어준 밑거름이 되었어요.

책은 어떻게 위로가 될 수 있을까?

글 김인숙(《안녕 엄마, 안녕 유럽》 저자)

옥상에서 떨어지면 바로 죽을 수 있을까 생각해본 적이 있습니다. 그때는 열세 살이었고, 남기고 싶은 말을 편지지에 빼곡히 써서 봉투에 넣어 들고 옥상으로 올라갔습니다. 아빠는 외환위기 이후 사업실패로 방에서 나오지 않는 사람이 되어버렸고, 엄마는 집을 나갔습니다. 아무도 제 곁에서 무슨 일이 벌어지고 있는지 말해주지도 않았고, 사는 것 자체가 너무 힘들어서 빨리 어른이 되거나 빨리 죽었으면 좋겠다고 생각했습니다. 편지봉투를 손에 쥐고 옥상에서 땅 아래를 한참 바라봤습니다. 갑자기 바람이 세게 불었고, 편지봉투가 날아가 버렸습니다. 그날 저는 옥상에서 뛰어내릴 수 없었습니다.

사실은 죽기 싫었습니다. 그저 내 말을 들어줄 누군가가 필요했습니다. 힘들다고, 엄마가 보고 싶다고 아기처럼 엉엉 울고 싶었습니다. 그날 편지가 날아간 순간, 바람을 타고 누군가에게 내 편지가 닿지 않았을까 하는 생각이 들었습니다.

만약 내게도 그런 편지를 받은 기억이 있냐고 물으신다면 그때 이후 읽었던 《나의 라임 오렌지 나무》가 시공간을 초월한, 누군가가 내게 보내는 편지 같았다고 대답할 것입니다. 스무 살이 된다는 것이 까마득하게 느껴졌던 십 대 시절에는 '책'이 내 밍기뉴였고, 뽀르뚜가였습니다. 하고 싶은 일이 생기면 제일 먼저 도서관으로 가서 책을 찾아봤습니다. 도서관은 신기한 곳이었습니다. 도서관에 가득한 오래된 많은 책에서 풍겨 나오는 냄새를 맡으면 모든 걱정거리가 날아가는 것 같았습니다. 속상한 일이 생기면 어김없이 도서관으로 달려가 000에서 990까지 한 바퀴 돌아보고 몇 권을 골라 폐장시간까지 읽곤 했습니다. 어떤 책은 제목이 맘에 들어서 읽어보기도 하고, 어떤 책은 책표지가 예뻐서 읽어보기도 했습니다. 학교 벽면에 붙어 있는 청소년 필독도서보다는 친구가 재밌게 읽었다며 쥐여준 파트리크 쥐스킨트의 《향수》가 더 좋았고, 《셜록 홈스》와 《괴도 뤼팽》 시리즈를 읽는 즐거움으로 학창시절을 보냈습니다.

스물세 살이 되었을 때 담낭암으로 엄마가 돌아가셨습니다. 1년 뒤, 책으로만 꿈꾸던 한 달간의 유럽여행을 다녀왔습니다. 1년 뒤, 아빠는 심장마비로 돌아가셨습니다. 부모라는 존재가 갑자기 사라진다는 것은 예상했던 것보다 매일 눈물이 나고 불안한 일이었습니다. 처음으로 상담을 받아보라는 얘길 들었습니다. 내가 정신병자라고 생각하냐고 상대방에게 화를 내다가 스스로 너무 힘들어 결국 상담을 받으러 갔습니다. 상담 선생님께서 "인숙 씨는 너무 잘해왔고, 강한 사람"이라고 말했습니다. 그 말을 듣는 순간 눈물이 계속 났고, 감정이 파도처럼 넘실거리고 울렁거려서 너무 힘들었습니다. 상담 선생님의 권유로 노트 한 권에 엄마에 대한 제 마음을 썼습니다. 그 이야기들이 2016년 6월에 나온 책 《안녕 엄마, 안녕 유럽》의 시작이었습니다.

지금은 커피와 책을 함께 판매하는 카페 책방 '커피는 책이랑'을 운영하고 있고, 제 곁에는 남편이라는 또 다른 가족이 생겼습니다. 행복하기도 하지만 마음이 들쭉날쭉하기도 합니다. 가끔 내가 어딘가 이상하고 잘못된 사람이 아닌가 생각할 때도 있습니다. 엄마의 그늘이 덮칠 때가 있고, 아빠의 트라우마가 남아 있음을 느낄 때도 있습니다. 하지만 이제는 조금 압니다. 내 잘못이 아니라는 걸, 그때 옥상에서 뛰어내리지 않길 잘했다는 걸. 이제 제 주변은 남편을 비롯해 저를 아껴주고 좋아해주는 사람들로 채워지고 있습니다. 그리고 제 책을 읽어주신 분들이 SNS와 메일을 통해서 자신의 이야기를 들려주기도 합니다. 이 자리를 빌려서 고마운 마음을 전합니다. 정말 고맙습니다.

앞으로 저는 더 많은 책을 만날 테고, 더 많은 글을 쓸 것입니다. 그리고 '커피는 책이랑'을 운영하며 하루하루를 충실히 살아내고자 노력할 것입니다. 당신과는 어떤 모습으로 만날지 모르겠지만, 우리 모두 건강히 웃으며 만났으면 좋겠습니다.

글은 어떻게 위로가 될 수 있을까?

인터뷰 이윤재(어플리케이션 '씀: 일상적 글쓰기' 디자인 및 운영)

간단한 소개 부탁드려요.

안녕하세요. '씀: 일상적 글쓰기'를 만들고 운영하는 10B의 디자이너 이윤재입니다.

'씀'은 어떤 서비스이고, 무엇을 목표로 하나요?

'씀 : 일상적 글쓰기'는, 부제에서 말하듯 '일상적인 글쓰기'를 위해 만들어진 모바일 서비스입니다. 하루 두 번 글쓰기에 영감을 주는 '글감'과 인용구를 제공하며, 떠오르는 생각을 기록하고 여러 사람이 공개한 글들을 읽어볼 수 있습니다. 현재까지 씀은 자신의 생각을 글로 써 내려가고, 다른 사람의 생각을 읽어보는 것에 중점을 두고 있는 서비스입니다. 다른 어떤 복잡한 기능은 없습니다.

'글쓰기'는 어떻게 읽고 쓰는 사람들에게 위로가 될 수 있을까요?

글쓰기는 우선 가장 쉽게 자신의 생각을 표현할 수 있는 방법입니다. 그림과 음악, 사진, 영상 등 여러 가지 표현 방법 중에서도 글은 누구나 쓸 수 있고, 또 공간이나 도구에 제약을 받지 않는 도구입니다. 그러면서도 또 가장 다채롭고 깊이 있는 내용을 담을 수 있고요.

글을 쓰는 것은 어떤 이야기나 정보를 전해줄 수도 있고, 어떤 일이 나에게 무슨 의미를 가졌는지를 나타낼 수 있습니다. 하루의 일상을 일기로 적거나, 내일 약속을 메모하는 방법도 글입니다. 그리고 글의 가장 멋진 부분은 추상적인 것들을 표현할 수 있다는 것입니다. 글을 통해 자신이 가지고 있는, 혹은 느꼈던 무언가의 실체를 끌어낼 수 있고, 조금은 객관적으로 바라볼 수 있습니다. 두려움이란 대부분 그 실체를 알지 못할 때 생기게 되는데, 글로 적고 나면 그것은 꽤나 별거 아닌 경우도 있습니다.

제가 글을 잘 쓰는 편은 아니지만, 막연히 무언가 나를 두렵게 하는 것들이 있을 때면, 가장 먼저 글로 표현합니다. 이는 거울을 보는 것과 같아서, 손으로 더듬어보니 얼굴에 뭔가 난 것 같아 마음이 쓰이는데, 거울을 보지 않으면 이게 무엇인지 알지 못한 채로 계속해서 걱정하게 되지만 막상 들여다보고 나면 별거 아니기도 한 것과 마찬가지입니다.

물론 때로는 글로 옮겨진 저의 내면을 보고 나서 더욱 두려워지기도 합니다. 내 불안감의 근원이 무엇인지 알 수 없고, 해결할 방법조차 생각나지 않아 곰팡이처럼 시커멓게 속을 채운 불안을 바라만 봐야 할 때도 있습니다. 이때, 저는 글을 읽습니다(물론 이때만 읽는 것은 아닙니다만!). 많은 다른 사람들이 저와 비슷하게, 혹은 다르게 불안하고 흔들린 내용을 여러 방향으로 표현했습니다. 다른 사람의 글에서 내 불안의 병명을 알아내듯 이야기를 찾습니다. 내가 미처 다하지 못한 표현을 대신해서 말해주는 글도 있고, 어떤 (혹은 대부분의) 경우는, 타인의 이야기가 나에게 그 어떤 것도 맞지 않을 때도 있습니다. 아마 이 책의 글들도 어떤 독자에게는 맞지 않을 수도 있습니다. 하지만 큰 상관은 없습니다. 글은 누군가를 위로하고, 다독여주는 것이 아니라, 단지 나를 바라볼 뿐입니다. 알게 된 것은 더 이상 크게 두렵지 않으니까요.

글과 '위로'에 관한 사연이 있나요?

위에서 말했듯 '위로'에 대해서는 사실 잘 모르겠습니다. 정확히 글과 관련된 일은 아니지만, 여러 번의 실패로 심각하게 무기력한 상태에 빠졌던 시기가 있었습니다. 공들인 여러 프로젝트들이 그저 그렇게 끝나버리고, 누구도 서로 "잘했다", "수고했다"라고 말하지 못하는 결과로 남았습니다. 내가 만들어낸 결과물에 대한 실망과, 그에 따라 무너진 자존감에 1년 가까이 힘들게 보냈습니다.

주변의 위로나 격려는 아무런 도움이 되지 않았어요. 누군가 나에게 "그래도 열심히 했잖아"라는 말은 조롱하듯 들렸고, "그 정도면 됐다"라는 말은 '넌 고작 그 정도야'라는 듯 들렸습니다. 더 무서운 것은 그 말들은 사실이었고, 아무리 발버둥쳐도 난 이 정도일 뿐이라는 무력감에 모든 걸 놓아버린 상태가 찾아오기도 했습니다. 끝없는 자기 부정은 저를 마음속 가장 어두운 곳으로 끌고 내려갔습니다.

변화의 시작점은 여러 가지가 있지만, 가장 큰 부분은 '무엇인가 하게 되었다'인 것 같습니다. 이 '무엇'인가가 지금 만들고 있는 '씀'이고, 이것을 만들게 된 이유도 여러 가지지만, 개인적으로는 김연수 작가님의 영향이 컸습니다.

2년 전쯤 학교에 김연수 작가님이 강연을 오셔서 자신이 글을 쓰는 이유와 과정을 이야기한 적이 있었습니다. 개인적 불안감에 한창 여기저기 찾아다니던 시기이기도 했고, 제가 가장 좋아하는 작가님이기도 해서 강연을 듣게 되었습니다. 그 전에는 김연수 작가님 정도 되는 사람은, 엄청난 천재여서 고민 없이 훌륭한 글들을 한 호흡에 써 내려 갈 줄 알았는데, 그 자리에서 자신에게 글쓰기가 얼마나 크고 무거운지, 그리고 이를 어떻게 풀어나가는지 말씀해주셨습니다. 그런데 그 방법은 참 단순하게도 '꾸준히 쓴다'가 다였습니다. 본인이 쓴 글을 그날 다시 읽으면 너무나 부끄럽고 한심해서 다 지워버리고, 고민하고, 괴로워하며 다시 글을 쓰게 되지만, 마라톤을 하듯이 꾸준히 쓰고 난 뒤에 나온 글은 나를 뛰어넘은 무언가가 되어 있다고.

사실 이 내용은 처음 들었을 때, 그리 인상 깊지 않았습니다. 그냥 가볍게, '작가님은 노력파인가보다' 정도로 생각했습니다. 이후에 무기력한 상태가 점점 심해지고, 뭐라도 해야겠다는 마음에 '씀'을 시작했을 때, 이 말이 다시 되살아나서 많은 부분에 영향을 주었습니다. 꾸준히 무언가를 한다는 것은 부족함이 많은 내가 하는 일이지만 그건 어제의 나와 오늘의 나, 그리고 앞으로의 수많은 내가 협업하고 있는 것이라는 것. 오늘의 부족함은 미래의 내가 채워 나갈 것이라는 것. 나는 나로서 혼자임이 아니며, 나로서 함께 있다는 것을.

'씀'을 만드는 과정은 그런 나를 확인할 수 있게 해주었습니다. 그리고 그때부터는 다시 타인의 위로와 격려에 눈을 돌릴 수 있었습니다. 내가 할 수 있는 일이 무엇이고 얼마나 할 수 있는지는 모르겠지만, 수없이 많은 과거와 미래의 나, 그 일부분인 지금의 나는 누군가로부터 칭찬받을 수 있고, 격려받을 수 있으며, 또 다른 누군가를 위로할 수 있게 되었습니다.

위로의 영화

글을 써 주신 분들이 함께 소개해주신 영화들입니다.

〈와일드〉, 장 마크 발레 감독, 2014

마약에 빠졌던 여자가 미국의 긴 산맥을 트래킹하는 이야기입니다. 산을 오르며 떠올리는 과거의 기억들, 그리고 그녀가 중간중간 방명록에 적는 글귀들이 인상 깊었습니다. 자신을 이겨내기 위한 도전인 그 트래킹을 마치 함께하고 있는 것 같은 느낌이 들었습니다. 그녀의 트래킹을 가장 어렵게 만든 것은 육체적 힘듦이 아니었습니다. 그녀를 계속해서 뒤돌아보게 만든 건 친구의 "힘들면 그만둬도 돼"라는 말이었습니다. 자기 자신을 이겨내는 일을 하고 있는 누군가에게는 그런 말을 하지 않았으면 합니다.

〈꾸뻬 씨의 행복여행〉, 피터 첼섬 감독, 2014

정신과 의사 헥터가 삶에 지쳐 행복을 찾아 세계여행을 떠나는 이야기예요. 유치한 내용이라 생각할 수도 있지만 헥터는 이 여행에서 겪는 에피소드를 통해 행복이 무엇인지를 찾게 돼요. 어떤 철학자가 한 말로 기억하는데, "행복은 추구해야 하는 것이 아니라 추구에서 온다"는 말이 떠오릅니다.

〈스틸 라이프〉, 베르토 파솔리니 감독, 2014

고독사한 사람들의 장례를 치러주는 직업을 가진 사람의 이야기예요. 그곳에서 더 이상 그 사람을 필요로 하지 않아, 잘리게 되죠. 마지막 장례일로, 얼굴도 모르던 이웃이 죽었는데 그 사람의 가족이나 친척을 찾을 수 없어서 그 사람의 가족들을 찾아가는 이야기예요. 꽤 재미있기도 하고 좋았어요.

〈립반윙클의 신부〉, 이와이 슌지 감독, 2016

가게에서 점원이 나를, '나 같은 것'을 위해 과자를 담으며 분주하게 움직이는 손에서 너무나 고마움을 느낀다고 해요. 원하는 곳까지 짐을 옮겨주는 택배 직원, 가끔 길에서 우산을 주는 모르는 사람들에게서도.
언젠가 제가 우울의 끝에 빠져 있을 때, 나와 마주하고 말을 걸어주는 모든 사람들, 그 모든 것들이 고마웠던 적이 있어요. 그 부분이 많이 공감이 됐어요. 다른 부분은 사실 꽤 혼란스러웠어요.

〈우리들의 행복한 시간〉, 송해성 감독, 2006

열 번은 넘게 본 것 같아요. 언제 어느 대사가 나오고 배우들이 어떤 표정을 지을지도 다 알 것 같은데 여전히, 지루하지 않게 그 영화를 봅니다. 가장 기억에 남는 장면은 대략 세 개. 하나는 피해자의 어머니가 죄수를 만나러 온 장면. 갓 지은 백설기를 잡으려다가 부들거리던 손바닥이 녀석의 멱살을 잡으려는 걸, 등을 때리는 걸 잠잠히 봤습니다. "왜 우리 딸이야, 돈만 훔치지 왜 죄도 없는 우리 딸을 죽여!" 그렇게 악을 쓰던 여자는 다시 제정신을 차리고 말했습니다. "내가 너를 바로 용서할 순 없지만. 용서할 때까지 오마. 여기가 너무 멀어서 자주 오진 못 하지만 명절마다 오마. 그러니 죽지 마라. 내가 널 용서할 때까지… 죽지 말어."

두 번째 장면은 젊은 여주인공이 울분에 차 죄수를 찾아온 것. 그날은 목요일도 아니었는데 여자는 늦게 그를 찾아가 대면합니다. 자신의 인생을 망쳐버린 기억을 털어놓으며 덜덜 떱니다. 눈물을 뚝뚝 흘리면서도 읊조려요. "이거 말하고 나면 쪽팔려서 죽어버릴 줄 알았는데. 죽진 않네."

마지막에 사형을 집행하기 전 죄수가 애국가를 부르며 그래도 무섭다고, 애국가를 불러도 무섭다고 울부짖는 것으로 영화는 끝납니다. 어찌 보면 굉장히 신파적이고 뻔하기 이를 데 없는 이 영화를 중학생 때부터 봤어요. 억울하고, 화나고, 수치스럽고, 용서받고, 사랑하고, 끝내 행복하진 못하는 이야기가 뭐가 그리 좋다고, 울거나 울지 않으면서 챙겨 봤습니다.

〈My Mad Fat Diary〉, 영국 드라마

잦은 자해로 방학 동안 정신병원에 있다가 온 여학생의 성장 드라마입니다. 자해를 하고 자존감이 낮은 주인공이 어떻게 주변 사람들과 관계를 맺고, 병을 이겨나가는지를 보고 있자면 마치 나도 할 수 있을 것만 같은 생각이 듭니다. 또 주인공, 주인공의 친구들, 주인공의 상담사, 모두의 대사들이 여러모로 마음에 와 닿아요. 다음은 극 중에서 상담사가 주인공에게 하는 말이에요.

> "You see yourself as a fragile thing. Like a little broken bird sloshing around in a bottle. But if you trust me, if we trust each other, you'll be all right. Because, basically, I think you're a pretty tough cookie."
> (너는 네 자신을 부서지기 쉬운 존재로 생각해. 작은 병 속에서 퍼덕거리는 작고 다친 새처럼 말이야. 하지만 네가 나를 믿는다면, 그리고 우리가 서로를 믿는다면, 다 괜찮을 거야. 왜냐하면, 내 생각에 너는 사실 꽤 강한 놈이거든.)

3.

그날의 증상

세 번째 테마

모바일 심리상담 서비스 '소울링' 인터뷰

나의 우울증 증상과 치료

우울증을 겪을 때 어떤 증상이 있었나요?

그를 위해 어떤 치료를 받았고,

어떤 변화가 있었나요?

증상

매일 혼자 밥을 먹어서 제가 폭식을 한다는 사실을 몰랐습니다. 어느 날 아는 언니와 햄버거 가게에 가서 세트 두 개를 시켜서 다 먹고도 햄버거를 두 개 더 먹었어요. 그리고 더 먹을까 생각하고 있을 때 언니가 놀라는 모습을 보고 내가 많이 먹고 있었다는 사실을 알았어요. 미친 듯이 먹고 싶었고 먹어야 할 것 같았습니다. 닥치는 대로 먹었죠. 그래서 그 사이 20키로가 쪘어요.

태평

우울증의 문제인지 스트레스의 문제인지, 혹은 다른 문제인지는 잘 모르겠는데, 기억과 인지에 문제가 생겼던 것 같아요. 밥을 먹었냐는 질문에도 먹었는지 안 먹었는지 혹은 먹었다면 무얼 먹었는지 기억이 나지 않았어요. 밥을 먹었는지에 답하기 위해 굉장히 집중해서 생각해봐야 했는데, 그것도 힘들었고요. 또 며칠에 한 번씩은 치약과 폼클렌징을 혼동하거나 샴푸와 린스, 트리트먼트의 순서를 잊거나 했던 것 같아요. 하루는 머리에 물을 적신 채 트리트먼트를 손에 올려놓고 한참 생각했어요. 내가 샴푸를 했던가, 하다가 안했구나, 하곤 다시 린스를 짰어요. 지금 떠올려보니 많이 이상했네요.

H

집에만 있을 때는 제게 대인기피가 있는지 몰랐어요. 집에서는 가족들에게 말을 잘했거든요. 그런데 밖에 나와 사람들을 만나면 말을 할 수 없었어요. 너무 작게 말해서 사람들이 알아듣지도 못했고요. 사람을 마주하고 이야기하는 것보다도, 차라리 문자로 얘기하는 게 낫다고 생각했어요. 안면마비도 왔어요. 웃으려고 해도 웃지를 못했어요. 어느 날은 거울을 보고 웃어봤는데 한쪽 입꼬리가 올라가지 않았어요. 오른쪽이 거의 완전히 마비되었어요. 스트레스가 너무 커서였던 것 같아요.

Z

무기력했습니다. 우울이 심했을 때는 환각을 봤습니다. 매번 불을 끄고 제 방구석에서 숨죽여 울었는데 천장 끝까지 닿아 있는 제 오른쪽 책꽂이가 제 앞으로 넘어지고 모든 책이 쏟아지며 제가 깔릴 것 같은 느낌을 항상 받았어요. 대인기피증도 있어 밖에 나가지 않았고 항상 제 방에만 있었습니다. 밖에 나가면 사람들이 모두 저를 쳐다보고 손가락질하고 비웃는 것 같았어요. 누군가에게 귓속말을 하면 그게 모두 절 미워하는 말인 것 같아 두려웠습니다.

모랄

"공황이 도대체 어떤 상태냐"라는 질문을 받은 적이 있습니다. 저도 당시에 횡설수설하며 "저 자신이 아주 이상해져서 견딜 수 없을 때가 종종 있다"라고 의사 선생님께 말씀드렸을 뿐이라, 질문에 적절한 답을 할 수가 없었습니다.
어느 날 TV를 보다가 방송에서 사람들이 "공황장애는 당장 죽을 것 같은 느낌"이라고 말했는데, 바로 저렇다고 생각했습니다(방송에서 '나는 공황장애가 있다'라는 말들을 해줘서 고마웠습니다. 그래서 저도 말할 수 있었거든요). 정말 그냥 죽을 것 같은 상태입니다.
사실 당시의 상황은 거의 기억이 나지 않고 또 모두에게 같은 느낌인지 다른 느낌인지도 저는 모르겠습니다. 떠올려보자면, 어떤 안 좋은 느낌이 서서히 엄습했고, 숨을 제대로 쉬지 못했던 것 같습니다. 무엇 때문인지는 모르겠지만 극도로 불안했고, 그대로 있다가는 정말 죽어버릴 것 같았습니다. 당시 눈이 보이지 않았던가 싶을 정도로 시각적인 기억이 없습니다.

하루는 친한 언니와 인사를 하고 웃으며 방에 들어갔다가 공황 발작이 일어났습니다. 문제가 있으면 도움을 청하라고 하시던 상담사 선생님의 말씀이 떠올라 눈에 보이던 우울증 약한 움큼과 응급약을 먹고, 떨리는 목소리로 전화했으나 다른 분이 받았고 선생님은 부재중이라고 하셨습니다. 휴대폰을 끄고 잠이 들었는데, 걱정이 되셔서인지 상담 선생님께서 개인 문자도 보내셨고, 기숙사에 연락하셔서 직원 분께서 잠든 저를 찾아오시기도 했습니다. 업무 외 시간에도 걱정해주시던 선생님이 아직도 감사합니다.

한번은 상담을 받던 때, 어느 날 말끔히 모든 것이 나은 듯한 긍정적인 기분에 상담사 선생님께 더는 상담을 받지 않아도 될 것 같다고 말한 적이 있습니다. 선생님은 제가 어쩌면 지금 '조증' 상태인 것 같다고 말씀하셨습니다. 저는 "기분이 전혀 좋진 않은데요"라고 답했습니다. 그러자 선생님께서는 조증은 기분이 좋은 상태가 아니라, '무엇이든 할 수 있을 것만 같은 상태'라고 하셨습니다. 상담 선생님께서 전에 상담하던 한 학생은 조울증이 심해 2주간은 학교에서 모범생이었지만, 다른 2주 동안은 학교를 나가지도 못했다고 하셨습니다.
저도 대부분 시간은 아무것도 못한 채 그냥 시간을 보냈지만, 가끔 엄청난 생산력으로 몇 명 치 분량의 일을 끝내곤 했고, 그때의 저를 보고 친구들은 대단하다고 말했습니다. 선생님께서 조증의 문제는, 그런 사람들이 조증인 상태를 자신의 원래 상태와 능력이라고 믿고, 그 정도의 기대에 미치지 못하는 상태를 인정하지 못하며 크게 좌절하는 것이라고 했습니다. 저도 그랬고요.

V

나의 상태에 대한 메모.
- 스멀스멀, 안 좋은 생각들이 나타난다. 친구가 카톡에 답을 하지 않은 작은 일들마저 나를 싫어해서라는 생각이 든다. 불안하고 무서워짐. 모두가 나를 미워한다는 생각. 세상에 혼자 남겨져 있다는 생각.
- 혼자 있는 게 무서웠다. 혼자 집에 가는 길조차 싫어졌다. 무섭다는 사실이 무서웠다. 진짜 이러다 정신이 어떻게 되는 것은 아닐까.

- 현재. 아무런 욕구 자체가 없다. 잠을 제대로 못 잠. 판단능력 상실. 우울, 피곤, 짜증, 계획과 결정 못 함. 사고회로 고장. 무능력 상태.
- 술 때문일까, 술을 끊어 보기로 했다.

H

처음엔 제가 공황장애라고는 생각하지 않았어요. 단순한 불안장애라고 생각했죠. 병원에 가서야 공황장애라고 판정받았어요. 불안장애는 뭐랄까 가슴이 기관차 마냥 뛰는 느낌이에요. 특정한 무엇 때문에 불안한 게 아니라 막연히 불안해요. 가슴이 쿵쾅거리고 식은땀이 나고 몸이 경직되죠. 한마디로 표현하면 안절부절못하겠는 느낌이에요. 사실 일반 사람들은 이런 느낌을 느낄 수가 없어요. 애초에 무언가를 느끼고 받아들이는 내면 공간이 다르거든요. 기차가 달려오는데 선로 사이에 다리가 끼어 옴짝달싹 못할 때 느낄 수 있는 기분 정도가 될 것 같아요.
불안장애를 앓게 되면 모든 생각과 관심이 내면 공간으로 가요. 나의 내면에 대한 관찰이 두드러지죠. 하지만 가장 위험한 게 이 관찰이에요. 하루 종일 긍정적인 말을 속으로 속삭이는데 사실 이것도 불안에서 비롯된 강박 증세거든요. 저는 이

걸 깨닫고 최대한 머리를 빈 상태로 만들려고 노력했어요. 그리고 불안장애를 앓다 보면 여러 가지 증상이 있는데 두 가지로 나눌 수가 있어요. 내면적으로 나타나는 불안감, 우울감 등이 있고 신체로 나타나는 다리 저림, 어지러움 같은 신체화 증상이 있는데 둘 다 사람을 미치게 하지만 제가 가장 극복하기 어려운 건 신체화 증상인 거 같아요. 하나가 없어지면 또 다른 증상이 생기는 패턴을 반복하기 때문에 골치 아프게 만들죠. 그래서 건강염려증으로 발전하는 환우 분들도 많고요. 저는 다리 저림, 호흡곤란을 앓았어요. 혹시나 건강에 이상이 생긴 게 아닐까 했는데 역시 다 불안 때문이었어요. 고2 때 소화 기능에 문제가 발생한 적이 있었어요. 그때 마치 제가 암에 걸린 것 같더라고요. 하도 걱정한 탓인지 혈뇨까지 보게 되었죠. 건강에 문제가 있다고 거의 확신하고 병원에 갔더니 암은 둘째 치고 너무 건강한 내 몸이 신기하기까지 하더라고요.

유순이

치료

상담은 받은 적 있지만, 치료는 안 받았습니다. 항상 먹고사는 현실의 문제가 앞섰습니다. 슬퍼하기엔 해야 할 일이 많았습니다.

K

발병하고 몇 년이 지나서야 병에 대해 의식을 했고, 그 이후에야 비로소 병원을 찾아 약물치료를 시작했어요. 그 전에는 엘리베이터나 대중교통은 물론, 집 밖을 나가는 것조차 너무 힘들었어요. 일주일에 한 번 아빠 차를 타고 병원만 오가는 정도였지요.

초롱이

중학교 때부터 상담을 받았습니다. 상담을 받으면서 여러 검사를 했어요. 점차 이렇게 행동하면 사람들이 이상하게 생각한다는 것을 알게 되어 검사지에서 '정답'을 꼽게 되었습니다. 비밀을 보장한다고는 했지만, 부모님께는 결과가 갔기에 상담을 받을수록 점점 더 정답만을 꼽게 되었습니다. 상담에 돈이 많이 들었는데, 도중에 부모님이 "너는 발전이 없다"며 상담을 중단하셨습니다. 상담 선생님은 "나는 너를 치료해주는 사람이 아니라 부모님과 네 사이를 치료해주는 사람"이라고 말씀하셨지만 말입니다. 상담 선생님이 정말 좋으셨는데 갑자기 말도 없이 못 가게 되어서 아직도 미안합니다.

태평

일주일에 한 번 한 시간씩 선생님과 만나 제 이야기를 했습니다. 전 평소에 그랬던 것처럼 제 본 모습을 숨기고, 하고 싶은 말을 자꾸 포장했습니다. 선생님은 항상 제게 "포장하지 마세요. 그 상황에서 당신의 감정은 어땠어요?"라고 자주 묻곤 했습니다. 저는 누구한테도 항상 제 감정을 표현하지 못했고, 상대방의 기분에 맞추었습니다. 그러면서 그들을 자꾸 긍정적으로 포장하며 모든 상황의 원인의 화살을 저에게 돌리고 있었다는 걸 알게 되었습니다.

모랄

정신과 약을 복용했습니다. 약을 먹으면 모든 게 좋아질 줄 알았는데, 그렇진 않았어요. 장기간 먹어야 하는 것이기도 했고, 바로 효과가 나타나진 않았어요. 기분 탓인지 원래 그런지는 모르겠는데, 잠은 잘 수 있게 되었지만 낮에도 많이 멍해졌어요. 약 설명서에 '체중이 증가할 수 있음'이라고 적혀 있었는데, 그 때문인지 살이 많이 쪘어요. 그래도 효과가 있었다면, 기분 변화의 폭이 많이 줄어들었다는 점이었어요. 음식을 많이 먹게 된다는 건 나중엔 스트레스였지만, 그 전처럼 거의 음식을 잘 먹지 않는 상태는 아니게 되었고요. 공황장애에는 응급약이 많이 도움이 되었어요. 사실 병원까지 가는 게 너무 귀찮고 힘들어서 약을 더 이상 먹고 있진 않은데 이게 굉장히 위험한 행동이라고 하더라고요.

H

엄마 손에 이끌려 병원에 갈 결심을 하게 된 것은 공황장애 때문이었습니다. 오랫동안 우울증을 겪고 있었지만, 병원에 갈 생각은 하지 못했었습니다. 아마 공황장애도 그렇게까지 심해지지 않았다면 병원에는 영영 발도 디디지 않았을 것 같습니다. 큰 용기를 내어 찾은 병원이었지만 별로 좋은 기억으로 남지는 않았습니다.

처음 병원에 간 것은 열일곱 살 때였습니다. 동네에 있는 소아청소년 클리닉이었고 아이들이 많아 밝은 분위기의 병원이었습니다. 그렇지만 의사도 내게는 낯선 사람일 뿐이었고, 그런 낯선 사람에게 내 이야기를 한다는 것이 쉬운 일은 아니었습니다. 그날그날의 몸 상태에 따라 제대로 된 이야기를 하기는 커녕 얼굴조차 바라보지 못한 날들도 많았고, 그렇게 병원에 가서 마주 앉아 있어야 한다는 일이 제게는 점점 스트레스로 다가왔습니다. 약물치료 또한 잘 맞지 않았는지 오히려 공황 발작의 빈도가 잦아진다거나 일상생활에 지장을 줄 정도로 잠이 쏟아져 몹시 힘들었고, 그 과정을 버티지 못하여 병원에 더는 나가지 않게 되었습니다. 병원에도 다니지 않고 약도 먹지 않았지만 한번 깨져버린 생활 리듬은 좀처럼 돌아오지 않았습니다.

열여덟 살의 가을과 겨울에 걸쳐 인생 최대의 우울증을 겪게 됐습니다. 겨우겨우 마음을 추스른 후, 열아홉 살 봄에 다시 한 번 짧게 병원 방문을 하게 되었습니다. 이전과는 다른 정신건강센터였는데 이번에는 시작부터 난관에 부딪혔습니다. 용기를 내어 병원에 가게 된 것까지는 좋았지만, 의사의 얼굴을 도저히 마주 볼 수가 없었고 대화가 제대로 이루어지지 않았습니다. 그 상황에서 빨리 벗어나고 싶다는 생각만 들었고, 이번에도 약물치료가 잘 맞지 않았는지 공황 발작의 빈도가 잦아졌고, 또다시 치료를 관두게 되었습니다.

지금도 그 당시에 상담을 받거나 치료를 받았더라면 좋았을 거라는 생각을 합니다. 안타깝게도 저는 제 우울증을 신경 쓸 겨를이 없었습니다. 당장 가장 걱정스러운 것은 가족들, 특히 아버지였습니다.

집에서 종종 아버지의 유서를 발견할 때가 있었습니다. 그것들을 읽을 때마다 저는 항상 신경 쓰지 않는 척하면서도, 머릿속으로는 수없이 부정적인 미래에 대해 상상하고 또 상상했습니다. 저에게 가장 끔찍한 것은 제 우울증이 아닌 가족의 붕괴였습니다.

지난겨울, 아버지는 자살 기도를 하셨습니다. 그날은 언니의 생일이었습니다. 제게 문자 한 통 남기고 사라진 아버지를 설득하기 위해 그날 새벽, 수없이 달리고 울며 호소하고, 아버지의 소맷자락을 붙잡았습니다. 그리고 다음 날, 아버지는 정신병원에 입원하게 되었습니다. 그런 상황에서 감히 내가 이런 우울증을 겪고, 불안장애를 겪고 있다는 말을 할 수가 없었습니다. 정확히는 할 생각조차 들지 않았다고 말하는 게 맞겠지요. 그렇게 정신적으로 너무나도 힘겨운 겨울을 보내야 했습니다.

아버지가 다시 사회생활을 시작하고, 마음을 열며 가족들이 제자리로 돌아가던 어느 하루, 저는 방에 누워 있었습니다. 그렇게 그저 누워 있는데 눈물이 왈칵 나왔습니다. 모두가 제자리로 돌아가는 것 같아 너무 기쁜데, 정작 제 얘기는 어느 곳에도 할 수 없다는 사실이 너무 억울하고 슬펐습니다. 그 억울함마저 천박하다는 생각이 들어 내가 너무 한심하고, 그러다 죄책감이 들고, 또 그런 생각의 굴레에 갇히는 내가 너무 혐오스럽고…. 그 시간을 떠올리니 더욱 그런 생각이 듭니다. 어떤 치료든, 상담이든, 아니면 누구에게라도 내 얘기를 할 수 있는 용기가 있었다면 어땠을까. 그런 여유가 있었으면 어땠을까. 항상 아쉬움뿐입니다.

여자 3

조금 더 자란 뒤에는 교내 상담실에서 몇몇 검사를 한 뒤 상담을 받은 적이 있었습니다. 검사 결과를 알게 된 다음 두어 번 상담실을 가다가 곧 상담을 종료했었어요. 상담 선생님은 커플끼리 싸웠을 때도 이곳에 와서 상담을 받는다고 말씀하시면서 제가 하는 말들을 펜을 들고 기록했었고 한편으로는 녹화나 녹취에 대한 동의를 구했는데 저는 녹취를 하겠다고는 했지만 왠지 실험 대상이 되는 것 같았습니다. 그 당시의 저는 학교에 거의 출석하지 않았고 무기력하지만 마음만은 조급한 이상한 상태였던 걸로 기억이 납니다.

이후 시간이 좀 더 흐른 뒤에 스무 살 초반 무렵부터는 약국에서 쉽게 구할 수 있는 신경안정제나 수면유도제를 먹었는데 신경안정제는 별로 효과가 없었고, 수면유도제는 많이 잘 수는 있었지만 다음 날 맑은 정신이 들지 않았어요.
한번은 지인과 함께 회당 10만 원 상당의 센터를 간 적이 있었는데 15회차 정도에 상담을 종료했습니다. 개인적으로 그 상담을 지속할 만큼 경제력이 되지 못했고 돈이 아깝다는 생각도 들었어요. 그 상담에서는 분리불안장애일 가능성이 있다고 말했는데 실제로 그런 것인지는 잘 모르겠습니다. 그 상담 선생님에 대해서도 믿음이 가질 않았고요. 저는 의심이 많은 성격인 듯해요.

사이

처음 정신과에서 상담을 받은 이후, 고등학교 때 용기 내어 찾아왔으면 더 좋았겠다는 생각을 했어요. 성인이 되고 나서는 그리 큰 용기가 있어야 하는 일이 아니었지만, 그때 저에게는 꽤 큰 용기가 필요한 일이었거든요.
가장 심한 우울을 앓았던 고등학교 때는 어른이 필요했어요. 저의 이야기를 할 수 있지만, 엄마와는 모르는 사이인 그런 어른이요. 학교 선생님은 그래서 안 됐고, 주변에는 그럴만한 어른이 없었죠. 제가 할 수 있는 일은 저의 물음에 제가 대답하는 것뿐이었어요. 왜 사는지 스스로에게 계속 물었지만, 답이 나올 리가 없으니 괴로웠죠. 주변 친구들에게 물었지만, 그 친구들에게 명쾌한 답이 있을 리가 없었죠. 나중에 그 상태를 빠져나오고서야 생각했어요. '우울하지 않으면 그런 의문도 생기지 않겠구나', '내가 우울해서 그런 생각을 한 걸까 아니면 그런 생각을 했기 때문에 우울했던 걸까' 하고요.

그 이후로 저는 저에 대해 잘 알고 있다고 생각했고, 예민한 제가 상처받지 않도록 조심하고 마음을 다스리는 연습을 했어요. 하지만 결국 정신과에 가봐야겠다는 생각이 들었고 가게 되었어요. 처음 병원을 찾아갔을 때, 의사 선생님도 저도 가벼운 우울증이라고 생각했지만, 심리검사 이후로 상태가 생각보다 심각하다는 것을 깨달았어요. 선생님은 저에게 미술 심리치료를 권하셨어요. 방어기제가 강해서 미술 심리치료를 해야 할 것 같다고. 저에게도 남에게도 아닌 척 잘했던 거죠. 상담을 받으면서 저 스스로가 많이 이해됐어요. 모순적이라고 생각했던 내 모습이 사실은 이래서였구나, 깨닫는 그런 것들이요.

윤

사실 우울증 치료는 받을 생각 없이 불면증 때문에 처음 병원에 갔어요. 3일 정도 잠을 못 자니까 이대로 가면 진짜로 죽을 것 같아서요. 그런데 불면증이 한 달, 두 달을 넘어갔어요. 그 전부터 심리 검사지에 우울감이 높게 나오기도 했었고, 불면증을 겪을 때도 우울증이겠거니 생각은 하고 있었지만, 처음부터 치료받으려고 하진 않았어요. 병원에 가서야 "아무리 자려고 해도 잠을 못 자겠다. 이러다가 죽을 것 같다. 식욕도 거의 없고, 하고 싶은 일이나 할 일도 당장은 없다" 같은 얘기를 했고, 약을 처음 받았습니다.

그때를 돌아보면, 그냥 하루하루 시간을 죽이는 게 제일 중요했던 것 같아요. 조금 비장하게 말하면 '오늘 하루도 살아남자!' 같은 느낌? 밥도 하루에 작은 컵라면 하나 정도만 먹고, 귀찮으면 안 먹곤 했는데, 그래서 석 달 동안 10킬로그램이 넘게 빠져서 주변에서 많이 걱정했어요. 할 수 없던 일을 꼽자면… 글쎄요. 제 몸이나 마음이 안 따라줘서 그렇지, 환경적으로 뭘 못 할 환경은 아니었어요. 그냥 뭔가 새로운 것을 시도해보려는 의욕이 도저히 생기지 않았어요.

금요일

저는 처음에 집안 사정이 제게 너무 큰 스트레스를 줘서 그걸 해결하고자 상담센터에 찾아갔어요. 그리고 주1회, 상태가 심각해질 땐 주2회 정도 상담을 받았어요. 그때 당시 고시원 같은 정말 좁은 방에서 살았는데, 매일 그 좁은 방에서 울었어요. 침대와 책상 사이가 채 한 발짝도 되지 않는 곳에서, 불도 켜지 않고 지냈던 것 같아요. 몸을 뉘이면 딱 맞는 그 침대에 온종일 누워 있으면서, 눈을 감고 잠을 청했어요. '이대로 눈을 감으면 내일이 오지 않았으면 좋겠다고 생각할 때도 있었고, 피치 못하게 밖에 나가야 하는 날엔 횡단보도를 건너다가 내가 어떻게 하지도 못할 짧은 순간에 교통사고가 나버렸으면 좋겠다고 생각했어요.

제가 할 수 있었던 일은 단지 제 삶을 비관하는 일이었고, 그러면서도 어깨를 짓누르는 책임감에 못 이겨 학교는 꾸준히 나갔던 것 같아요. 그에 비해 할 수 없었던 것은 너무나도 많았지요. 아침에 이부자리에서 일어나는 것, 밥을 챙겨 먹는 것, 상담에 제때 가는 것부터, 자해 충동과 자살 사고를 억누르는 것까지… 하지 못했던 것들이 많았어요.

상담을 몇 개월 지속해서 받고 나서도 상태가 호전되지 않아, 상담 선생님의 권유로 병원에 다니기 시작했어요. 우울장애, 불안장애, 그리고 강박까지… 생각보다 많은 것들이 절 압박하고 있다는 걸 알았고, 약물치료도 그즈음부터 시작하게 되었어요. 처음엔 '내가 정신과에 가야 한다니' 하는 생각과 진료 기록이 남는 것에 대한 두려움이 너무 커서 한두 번 내원 후에 임의로 약물을 복용하지 않았었어요. 그렇지만, 지금은 최대한 규칙적으로 다니려 노력하고 있지요.
약물은 함부로 끊으면 안 돼요. 생각보다 더 큰 우울함이 몰려올 수 있어요. 그렇다고 약물에 너무 의존해서도 안 된다고 생각해요. 그냥 내 의지로 우울과 싸우는 와중에 날 위해 지원군이 왔다고 생각하면 좋을 것 같아요.

풍덩

윤의 치료 일기

필명 '윤' 님께서 보내주신 치료 일기를 옮겼습니다.

치료 일기 1

환자가 되고 나면 마음이 매우 약해진다. 내가 환자라는 생각이 자꾸 들기 때문이다. 투정 부리지 않을 일도 내가 환자이기 때문에 그래도 된다는 생각이 든다. 자꾸 징징거린다. 그러다가 주변 사람들의 수고로움에 대해 깨닫는다. 내가 민폐를 끼치고 있다는 생각이 든다.

나는 참다가 병이 난 것이다. 머리가 크고 나서부터는 남에게 크게 화내본 적이 없고, 나 스스로도 잘 조절한다고 생각했지만 사실은 조절이 아니라 무시였음을 이제야 안 것이다. 어쩌면 이미 알고 있었을지도 모른다. 나는 나를 매우 모순적인 사람이라고 생각했었다. 나는 그럴만한 일에는 그러지 않고, 안 그럴 일에 그러는 사람이었다. 상황에 따라 다른 사람이라고 생각했다. 그러나 그것은 그저 내가 나의 감정을 무시하고 넘어갔기 때문이었다.

나는 내가 예민한 사람임을 알았기 때문에 나 나름대로 선택한 방법이었다. 해결하는 방법을 모르는데 억압하고 무시하는 것은 어쩌면 당연한 것이 아닌지. 다만 그랬기 때문에 내 뇌

기능에 문제가 생긴 것이다. 번지르르한 말주변으로 아무렇지 않은 척, 완전한 지성인인 척하지만, 사실은 그렇지 않았음을 내가 가장 잘 알고 있다. 나는 무지한 사람이고, 거짓말을 잘하는 사람이고, 겁이 없는 듯 겁이 많은 사람임을 나는 잘 알고 있다. 그럼에도 불구하고 내 나름대로 괜찮은 어른으로 컸기 때문에 지금 여기에 있다고 생각한다.
사실 아무 원망이 없다고는 할 수 없지만, 엄마에게 그리고 아빠에게 별생각이 들지 않는 것은 내가 어른이기 때문이다. 중학교 때인지, 고등학교 때인지 한창 일기를 쓸 때는 엄마가 내 일기를 훔쳐보는 상상을 했었다. 은연중에 내가 힘들다는 걸 엄마가 알아주었으면 해서였겠지. 그때 나는 그랬으니까.

핸드폰이 망가진 김에 나를 위해 시간을 사용하겠다고 생각했지만, 정작 빈 시간을 어쩔 줄 몰라 하는 나를 발견했다. 남 없이는 빈 시간을 어쩌지 못하는 바보 같은 나 때문에 나는 또 외롭고, 또 우울하고, 또 잠이 안 온다. 어쩌면 누군가에겐 협박처럼 들릴 수 있는, 아무렇지도 않은 말에 나는 죄책감을 느낀다. 이 말을 들으면 슬퍼할 누군가가 있기 때문이다.

가장 불행하고, 희망찬 날들을 보내고 있다. 모순적이게도 가장 불행하기 때문에 가장 희망차다. 뭘 해도 이보다 불행하지는 않을 것 같은 기분이 들기 때문이다. 이 불행이 나 때문이 아니라는 것을 알기에. 신은 감당할 시험만을 주신다고 하셨으니까. 그러나 나 혼자 남으면 어찌할 바를 모르는 것은 나도 어쩔 수 없다.
차차 좋아지겠지. 그렇게 생각하는 수밖에.

치료 일기 2

선생님과 오늘은 이야기만 나눴다. 좋아하는 그림과 좋아하는 작가 얘기를 하다가 고흐 얘기를 했다. 내가 제일 좋아하는 자화상에 대해서 그렇게 자세한 얘기를 나눈 사람은 선생님이 처음이었다. 그 그림에서 무엇을 봤냐고 묻는 사람도 선생님이 처음이었다.
나는 그 그림에서 무엇을 봤을까. 오르세 미술관에서 그 그림을 하염없이 바라보면서 나는 그 그림을 왜 좋아하는 걸까, 생각해보았다. 나는 그림에 그려진 고흐의 눈을 좋아한다. 나를 바라보고 있는 것 같아서. 무슨 말을 할 것 같으냐고 물으시기에 한 번도 생각해본 적이 없어 고민하다가 아무 말도 안 할 것 같다고 대답했다. 그림 속 고흐는 슬퍼 보여서 아무 말도 안 하고 그렇게 바라보고만 있을 것 같다고 말했다. 선생님은 나에게 그 그림이 슬퍼 보이는 건 내가 슬퍼서 그런 거라고 했다. 선생님이 노력을 많이 한 것 같다고 해주셔서 솔직히 감사했다. 나는 노력을 하지 않아서 이렇게 된 게 아니니까.
스스로 환자라는 자각 때문에 멋대로 굴 때가 있는 것 같다는 내 말에 선생님은 치료의 목적은 병 이전의 상태로 가는 것이 아니라 삶의 방향을 바꾸는 것이라고 하셨다. 하지만 대충 머리가 크고 나서부터는 계속 이랬던 것 같아서 더 나은 상태라는 게 뭔지 모르겠다. 사실 기대도 안 된다. 뭔지 모르니까. 그래도 지금보다는 낫겠지.
나에게 집중하기, 내가 원하는 것을 알기, 내가 원하는 것을 알고 나의 삶을 살기. 선생님과 이렇게 목표를 적었다.

치료 일기 3

어쩌면 아무것도 하지 않는 것이 나았을 수도 있겠다고 생각했다. 상처를 꺼내 보여야 치료를 할 수 있다는 것을 어렴풋이 알고 있었음에도, 오히려 병원을 찾아가는 것이 나를 더 환자로 만드는 것 아닌가 하는 생각 말이다. 병원에 가는 이들은 환자다. 그래서 나는 환자다. 선생님은 내가 환자라고 말하는 것이 안타깝다고 했다. 그래도 나는 우울증 환자다. 그건 변치 않지.

나는 우울을 즐기는 아이였다.
우울할 때는 우울한 음악을 들으며 우울한 글을 쓰는 것이 내 나름대로 이를 해소하는 방법이었다. 나중에는 그것조차 하지 않아도 될 만큼 내가 단단해졌다고 생각했지만 사실 그게 아니라는 걸 이제야 제대로 확인했다. 나는 나를 방치했다. 내가 컸기 때문이라고 생각했지만, 나를 감당하는 게 힘들어서 나를 방치한 것이다. 나를 돌아보는 것도 못 하는데 내가 어떻게 남을 돌아볼 수가 있겠어.
그래서 지금 힘든 것이 아닐까? 마냥 괜찮다고 생각했던 날들이 사실은 괜찮지 않았음을 확인했으니까. 괜찮지 않음을 자꾸 생각하고 있으니까. 병원을 가서 환자가 된 게 아니라, 나는 괜찮아지는 과정에 있음을 자꾸 인지해야 한다. 선생님 말씀처럼 병 이전의 상태로 돌리는 게 아니라 앞으로의 내가 단단하게 세상을 살 수 있도록 하는 과정이니까. 단단해져야지.

나는 내 감정조차 알 수 없다. 남에게 진심이 담긴 위로를 전하지 못하는 건 그것 때문이었다. 오늘 심리치료 시간에는 바다를 그렸다. 지금 슬픈 상황을 그려 보라고 하셨는데 내가 좋아하는 색들로 무수한 점들을 찍었다. 내가 좋아하는 색이 무엇인가 싶긴 하지만…. 바다를 그렸다. 나는 그 바다에 들어가고 싶지 않다. 그곳에 무엇이 있을지 대충 짐작하기 때문이고, 그것이 부정적인 것임을 알기 때문에. 선생님은 내가 좋은 것을 많이 가지고 있다고 하셨다. 지금은 바다에 빠져서 그것을 제대로 사용하지 못할 뿐이라고.
왜 나에게 상처 준 이에게 복수하겠다는 생각을 하지 않느냐는 선생님의 물음에 그것조차 나에게 도움이 되지 않을 것 같아서라고 대답했다. 선생님은 어떤 의미냐고 물었다. 복수하는 것조차 나에게 남을 것이므로, 나는 나에게 아무것도 남지 않았으면 좋겠다고 생각한다. 이건 아마 그런 일 자체가 내게서 사라졌으면 좋겠다고 생각하기 때문이겠지. 그래서 나는 아무것도 하지 않는다. 선생님은 내가 결국 '아무것도 할 수 없음'에 빠질까 봐 걱정된다고 하셨다.

고흐가 나를 바라본다. 내가 제일 좋아하는 그 그림은 슬프게 나를 바라본다. 그림이 슬프게 나를 보는 것은 내가 슬프기 때문이라고 했다. 아무렇지 않은 게 아니다. 나는 언제 아무렇지 않아질까. 한 번도 최선을 다한 적이 없는 내가 최선을 다하는 날이 오기는 올까. 가장 불행하지만 가장 희망찬 나날을 보내면서, 바람 빠진 풍선처럼 이렇게 푹 꺼지는 날도 있는 거지.

치료 일기 4

2주 만에 가서 오늘은 계속 얘기만 하다 왔다. 선생님은 항상 나에게 수고했다, 고생했다는 말씀을 해주신다. 내가 노력한 것을 안다고. 하지만 나는 여전히 감정의 해소라는 것이 무엇인지 모르겠다. 지금까지 내가 해온 것은 무시였는데, 그럼 해소는? 의사 선생님께 여쭤보니 기쁠 때 웃고, 슬플 때 우는 것이 해소라고 했다. 나는 지금도 그러고 있는 것 같은데.

되게 괜찮다고 생각하지만, 사실은 괜찮지 않은 것인가. 남들에게 괜찮은 척을 참 잘하기 때문에 나 스스로도 속는 것일지도 모르겠다. 선생님과 얘기하다 보면 울게 되는 순간이 온다. 나는 그래서 내 얘기를 하는 것이 싫다, 사실. 그런데도 선생님은 나에게 지금까지 고생했다는, 많이 노력했다는 얘기를 해주신다. 응. 사실은 노력을 많이 했다. 내가 생각해도 나는 노력을 많이 했다. 그 노력이 어떤 방향인지는 모르겠으나. 핸들은 내가 잡는 것이다. 우울증은 브레이크를 잡고 달리는 자전거와 같다고 선생님이 말씀하셨다. 핸들은 내가 잡는 것이다. 선생님은 브레이크를 풀 수 있도록 도와주실 뿐이다. 나의 핸들은 내가 잡는 것이다. 어느 방향으로 갈지는 나만이 알 수 있고, 나만이 결정할 수 있다.

종이를 사다가 그림을 그렸다. 제주에서 본 김영갑 씨의 사진이 기억에 남아서 사온 엽서를 보고. 풍경 작품 사진에는 별 감흥이 없었는데, 김영갑 씨의 사진은 마음이 갔다. 마치 빈센트의 그림처럼. 사진이 슬픈 것을 보니 내 마음이 슬픈가 보다. 흔들리는 나무에 담긴 바람도, 이름 모를 꽃의 파도도 모두. 사실은 사진을 보면서 계속 울고 싶었다. 사진을 보고 우는 것이 이상해 보일 것 같아서 울지 못했을 뿐. 정말로 빈센트의 그림을 마주했을 때 같았다. 나는 내내 울고 싶었다. 치료사 선생님과 대화를 나누고 왔을 때처럼 마음이 물렁물렁해진 기분이었다. 누가 꾹 하고 찌르면 눈물이 나올 것 같은 그런 상태. 썩 유쾌한 기분은 아니었다. 아직도 나는 나의 그런 상태가 유약함을 나타내는 것 같다는 생각에 사로잡혀 있기 때문일 것이다. 그것조차 나임에도.
쇼팽의 〈24 preludes op.28 no.4 in E minor〉를 들으면서.

치료 일기 5

2주 만에 간 병원. 그동안 나에게는 큰 변화가 있었다.
고양이를 키우기 시작한 것이다. 선생님은 고양이가 어떤 변화를 주었냐고 물었다. 집안일을 열심히 하게 되었고, 부지런해졌고, 잉여가 아닌 기분이라고. 고양이가 나에게 주는 많은 기쁨에 대해 이야기했다. 자식 자랑하는 팔불출 부모가 된 기분이었다. 그런 고양이를 두고 치료를 받으러 왔으니 걱정하는 마음이 드는 건 당연할지도.

선생님과 할머니에 대해 얘기하면서, 할머니가 나에게는 결핍이라고 말씀드렸다. 사람은 누구나 결핍이 있고, 결핍이 있는 사람만이 결핍을 채우기 위해 노력하는 것 아니냐고. 그래서 나에게 할머니는 원동력 같은 거라고. 그래서 지금도 좋다고.
어떤 결핍이냐는 질문에, 사실 잘 모르겠다고 대답했다. 할머니는 내게 어떤 결핍일까. 선생님은 내가 할머니에 대해 얘기할 때 평생 같이 살았다고 했던 말이 기억에 남는다고 하셨다.
할머니는 내게 어린 시절의 향수이자 추억이다.
매우 괜찮다고 생각했지만 실은 아닐 수 있다는 생각을 이 글을 쓰면서 하게 된다. 할머니를 보내고 싶지 않고, 지금도 충분하다고 생각했지만. 어쩌면 내가 우울증에 다다른 이유처럼, 괜찮은 게 아닌데 괜찮다고 생각해서일지도 모른다고. 지금 이 글을 적어 내려가면서도 나는 울고 있으니까.
선생님은 내가 우울하고 힘든 이유가 부모님과의 끈끈한 애착 관계가 형성되지 못해서인 것 같다고 하셨다. 이건 부모와 친하고 가까운 것과는 다른 문제라고. 그래서 자존감이 낮고,

때문에 나에게는 연애와 결혼이 중요하다고 하셨다. 그래서 내가 남자친구에게 정서적으로 의지한 거라고. 그런 결핍을 채워줄 방법이 바로 그것이기 때문에. 하지만 나는 결혼할 생각이 전혀 없는 독신주의자. 그럼 동거라도 해야 한다는 말씀까지 하셨다. 그런 강렬하고 끈끈한 관계가 나를 채워줄 거라는 것이었다.

그래서 선생님은 특히 나의 이별에 관심이 많았다. 최근 많은 생각을 하면서 선생님께 보다 솔직하려고 노력하는 중인데, 그런 의미에서 그 남자에게 연락하고 싶다고 얘기했다. 예전 심리검사 결과를 보면서 선생님이 인지 능력이 이 정도라 그나마 버티고 있는 상태라고 했었는데, 지금도 딱 그렇다고. 이성적으로 생각했을 때 아니니까 버티고 있는 거라고. 선생님은 과연 그 남자가 나의 정서적인 면을 채워줄 수 있는 그런 건강한 사람인지 생각해보라셨다. 앞으로 내가 뭘 해도 사랑해줄 남자는 많다고. "제 눈에 완벽한 사람이 있긴 할까요?" 하는 내 바보 같은 물음에 완벽해 보이는 사람과의 관계는 지속될 수 없다는 말씀을 해주시면서 부족한 부분이 있어야 차차 채워지는 모습을 볼 수 있다고, 그래야 관계가 지속되는 거라고 하셨다. 선생님과 대화하면서 마음이 명쾌해지는 기분이었다. 오늘도 진료실의 티슈를 사용했다.

세 번째 테마 | 모바일 심리상담 서비스 '소울링' 인터뷰

'소울링(Souling)' 서비스를 운영하는 스피링크의 고경민 대표님을 만나 이야기를 나누어보았습니다.

'소울링' 서비스에 대해서 소개해주세요.

소울링(Souling)은 모바일을 통해 심리상담사와 내담자가 편지를 주고받으면서 전문 상담을 받을 수 있는 서비스입니다. 대면하여 상담을 받기에는 시간과 공간의 제약이 크거나, 얼굴을 보며 말을 하기 어렵다고 느끼시는 분들이 쉽게 상담을 받을 수 있는 서비스입니다.
또 상담을 받아야 할지, 병원을 가야 할지 아직 잘 모르겠는 분들을 대상으로 기존의 가격보다 저렴하면서도 효과적으로 상담이라는 서비스를 경험할 수 있게 하고자 하는 취지로 시작하게 되었습니다.

이 서비스를 런칭하게 된 계기가 있나요?

IMF 이후에 많은 사람들이 어려움을 겪었어요. 저희 가족도 마찬가지였고요. 가족 중에 정신적으로 힘든 분이 계셔서 함께 정신의학과 병원을 많이 갔었습니다. 그런데 병원에서도 진단명이 계속 바뀌기도 했고, 그에 따라 약물도 바뀌었는데 차도는 좋지 않았습니다. 또 약 안에 수면제가 포함되어 있다 보니 약이 없으면 잠을 못 자거나, 낮에는 몽롱한 기분을 느끼는 악순환으로 일상생활을 지속하기 어려워 했어요. 그래서 '약을 끊어보자', '버텨보자'라는 의지로 종교를 갖기도 하셨고, 강아지도 키웠는데 일찍 죽어서 더 힘들어하셨어요.

그러다 의외로 '카카오스토리'를 시작하면서 약을 끊게 되셨어요. 다른 분들과 좋은 글과 좋은 음악을 공유하기 시작하시면서 일상생활에서의 인간관계를 간접적으로 경험하신 거죠. 약도 분명 효과가 있었고, 신경학적으로 필요한 건 확실했어요. 하지만 100퍼센트 그것만으로는 모든 걸 치유하기엔 어려웠어요. 그래서 그 외에 다른 것들이 필요하다고 생각하게 되었고, 결국 소통을 통해 마음의 상처를 쓰다듬는 과정이 필요하다는 것을 알게 됐습니다.

'소통'을 필요로 한다는 생각에, 진정한 소통의 가치에 대해서 생각해보게 되었어요. 저도 학교 다닐 때 상담센터를 방문한 적이 있었어요. 그런데 그때 어려웠던 점은 누가 상담을 잘하는 것인지도 모르겠고, 가격은 비싸고, 또 상담을 한 번 받아서는 나아지는 게 아니라는 거였어요. 또 마음을 주고받는 게 중요하다고 생각했기 때문에 그 상담사와 내가 잘 맞는가 하는 점도 중요하다고 생각했죠. 또, 많은 사람들에게 다가가기 위해서는 공급자 중심의 상담 서비스보다는 수요자 중심의 서비스가 필요하다고 생각했어요.

글을 쓰면서 치유하는 상담 방법이 따로 있다고 들었어요.

처음부터 모바일로 먼저 시작해야겠다고 생각했어요. 예전에 미국의 '토크 스페이스'라는 채팅 상담 서비스를 직접 사용해 봤었는데 단점들이 많이 보였어요. 일주일에 일정 금액을 결제하고 유저가 그 기간 동안은 무제한으로 상담사에게 메시지를 보낼 수 있는데, 첫 날에 "Hi"라고 메시지를 보내면 3일 뒤에 "Hi"라는 답장이 왔어요. 상담은 깊이 있는 대화를 해야 하는데, 시간이 너무 오래 걸리고, 실시간 채팅도 어렵고, 또 채팅을 통해서는 깊이 있는 대화가 어렵다고 생각했죠. 그래서 좀 더 밀도 있는 대화를 위해 이메일 혹은 편지 방식으로 해야겠다고 생각하게 됐습니다.

그리고 '저널 테라피'라는 상담 방식이 있어요. 글쓰기를 통해서 자신을 알아가고, 치유하는 방식인데, 이를 위해서는 내담자와 상담자 양쪽 모두 밀도 있게 자신의 마음이 녹아든 메시지를 담아야 치유 효과가 있겠다고 생각했어요. 소울링 사용자들의 후기를 보면 채팅과는 다르게 글을 쓰면서 스스로 자신을 이해하게 되었고, 정리가 되었고, 혹은 글을 쓰며 울었다는 분들도 많이 계시거든요. 지금껏 자신에 대한 긴 글을 특정 시간 동안 써본 적이 없었던 거예요. 그 체험이 주는 효과가 글쓰기 치료의 핵심이지 않을까 싶습니다.

책에 글을 써주신 분들 중에서도 자신에 대해 생각하고 글을 써보게 된 것이 좋은 기회였다는 분들이 많았습니다.

사람들이 생각은 많이 하는데, 얼마나 그 생각을 정리하느냐의 문제인 것 같아요. 마음의 상처는 바깥으로 보이는 통증이 있는 것도 아니고 정신이니까, 정리가 더더욱 안 되는 분야이기도 하죠. 또, 다른 사람들과 비교할 수 없기도 하고요. 그래서 문제의 본질을 정리하기 힘들다 보니 글쓰기는 사람들이 생각하는 것보다 스스로에게 미치는 영향이 큰 것 같습니다.

서비스의 주 사용 고객은 어떠한가요?

많이들 인구통계학적으로 여쭤보시는데, 2~30대 여성분들이

60퍼센트 정도, 남성분들이 40퍼센트 정도예요. 처음에 저는 여성분들이 100퍼센트일 거라고 예상했는데 남성분들도 꽤 많습니다. 하지만 성별보다도 이 통계를 보며 저희가 느끼는 것은 2~30대 여성분들이 상담을 좋아하거나 필요로 한다기보다는 모바일 서비스에 4~50대가 접근하기 어려울 뿐이라고 생각합니다.

상담은 남녀노소 누구나 필요로 하는데, 누가 그것을 실제로 받느냐의 문제인 거죠. 스트레스를 크게 받는 상황이 왔을 때 상담을 결심하는 사람들은 20대 여성도 있고, 50대 남성도 있습니다. 그래서 상담을 '필요로 하는' 사람들은 인구로 나누기가 어렵습니다.

어떤 분들이 소울링을 이용하길 바라시나요?

행복한 사람에게 다짜고짜 "상담 받으세요" 할 수는 없어요. 마치 크리스마스가 아닌데 산타를 찾는 것과 비슷하다고 생각하는데, 소울링을 크리스마스 같은 이벤트가 있을 때 찾는 선물 같은 거라고 생각해주시면 좋겠습니다. 스트레스를 받을 때 찾는 서비스가 되어야 한다고 생각해요. 그래서 스트레스 상황에 있는 분들이 일차적인 잠재 고객이라 할 수 있습니다. 또한 스트레스 상황이 왔을 때 사람들은 두 부류로 나뉩니다.

상황을 적극적으로 개선하고자 하는 사람과 그 상황을 그냥 받아들이는 사람이에요. 상담은 자발적 동기가 굉장히 중요한데, 후자는 스트레스는 원래 있는 거라고 생각하는 사람들로, 이분들은 상담에 대해 자발적 동기를 가지고 있지 않아요. 그래서 두 번째 잠재 고객들은 스트레스 상황이 왔을 때 이를 적극적으로 관리하고 개선하고자 하는 사람들이라 할 수 있습니다.

또한 사람들이 스트레스를 푸는 방식은 모두 달라요. 어떤 사람들은 친구들과 수다를 떨기도 하고, 술을 마시기도 하고, 운동을 하기도, 취미 활동을 하기도 해요. 그중에서 자신에 대한 이해를 통해서 문제의 본질을 이해하고자 하는 사람들이 있습니다. '나는 왜 이럴까', '저 사람은 왜 이럴까' 하는 사람들이에요. 비슷한 유형이 종교를 찾는 사람들이죠. 본질을 알려고 하는 사람들이요. 이와 같은 방법으로 독서를 통한 간접체험으로 자신의 생각을 정리하는 사람들도 있고요.

인구통계학적으로 굳이 말하자면, 주부들도 해당될 수 있을 것 같아요. 자기이해라는 것이 다른 게 아니라 소통을 통한 자기이해인데, 주부들이 보통 수다를 좋아하잖아요. 수다는 소통을 통한 자기이해의 방법 중 하나예요. 사람들과 수다를 떨면서 '아 넌 그랬어?', '난 그랬어'라는 얘기를 통해 자신을 알게 되는 거죠. 상황에 대한 탐색으로 자기이해를 하는 분들이 최종 타깃입니다.

전반적으로 어떤 내용의 상담들이 많나요?

상담 내용은 상담사만 볼 수 있습니다. 다만 내담자 분들이 어떤 문제를 겪고 있는지에 대해 처음 간단한 설문조사를 하는 부분이 있어요. 그때 '어떤' 상담을 원하는지 선택하도록 되어 있는데 사용자마다 다 다른, 다양한 상담 주제를 가지고 있습니다.

저희가 B2B(Business to business, 기업과 기업 간의 거래)로 서비스를 제공하는 곳 중 UNIST(울산과학기술원)가 있는데, 이곳은 학교이다 보니 주로 학업, 진로에 대한 고민이 많아요. 물론 인간관계에 대한 고민도 많지만요. 이렇게 기업의 성격마다, 지역의 성격마다 어느 정도 패턴은 있습니다. 하지만 사람들이 사는 건 다 비슷해요. 그래서 결국에는 내가 어떤 사람인지에 대해 전문가가 이야기해주었으면 좋겠다는 '나'에 대한 고민으로 귀결됩니다.

서비스의 목표가 있다면 무엇인가요?

단기적으로는 상담 서비스 자체를 꼭 필요한 사람들에게 적절하게, 시간과 장소에 구애받지 않고 공급하는 것입니다. 장기적으로 봤을 때는 정신건강이라는 영역을 혁신하고 싶은데 그에 대한 방법은 정신건강에 대한 데이터화예요. 그중에서도 저희가 생각하는 방향은 정량화, 시각화예요. 몸에 난 상처는 증상도 뚜렷하고 어딜 가야 하는지 명확해요. 하지만 정신건강은 그게 어려워요. 내가 어떤 상태인지도 잘 모르고. 진단기준은 시간이 지나면서 계속 바뀌고, 우울증의 대상도 바뀌고요. 우울증의 본질은 비슷하지만, 진단은 바뀔 수밖에 없어요. 그래서 내담자들이 '어떻게 하면 나의 상황을 객관적으로 알 수 있을까' 하는 고민에서 시작해서 정량화를 통해 그 부분을 해결해야 하지 않을까 생각합니다.
저도 정신과를 다니고 있어요. 제가 정신과에 가야겠다고 결심한 가장 큰 이유는 제가 마음의 어려움을 계속 겪고 있었는데, 하루는 어떤 친구가 "오늘 아침에 너무 마음이 안 좋았다"라는 말과 함께 자신의 증상을 이야기하더라고요. 그때 깜짝 놀랐어요. '나는 매일 그런데'라고 생각한 거예요. 제 스스로는 어렴풋이 알고 있던 문제를 다른 사람과 비교해보니까 상황이 심각하단 걸 그때 알게 된 거죠.
정신이란 게 눈에 보이지 않고, 유병 기간도 길기 때문에 정량화, 시각화가 필요합니다. 다른 사람들과 비교했을 때 절대적으로 치유가 필요한 상황이라는 사실을 알 수 있기 때문이에요. 이를 통해 구체적인 빈도도 알 수 있고, "내가 치료를 받아야 해?" 혹은 "내가 심각한 상태일까?"라는 질문에 답을 줄 수 있습니다.

그래서 현재 소울링에는 '감정 구슬'과 '상담 노트'라는 기능이 있습니다. '감정 구슬'은 글을 통해서 알게 된 사용자의 심리 상태를 감정 구술을 통해 보여주고 정리하는 기능이에요. '네게 이런 감정이 많았다' 하면서 눈에 보이게 해주는 거죠. '상담 노트'는 상담이 끝난 뒤 제공되는데, 다른 사람들과 비교해서 결과를 보여줘요. 예를 들어 20대 남자들은 이런 고민을 하고 이런 감정들을 주로 느낀다는 결과를 보면서 '나만 그런 건 아니구나. 내가 혼자는 아니구나'라는 생각을 할 수도 있고, 혹은 반대로 '나는 이렇게 생각했는데, 다른 사람들과 다르구나'라고 생각할 수도 있죠. 이런 식으로 객관화를 돕고자 합니다. 이것의 최종 목적은 자기이해를 돕는 거고요.

현재 서비스의 방향은 무엇인가요?

지금은 일반 B2C(Business to consumer, 기업과 소비자 간의 거래) 사업도 하고 있고, 요즘은 B2B 헬스케어 쪽으로도 진출하고 있습니다. 진단과 치료를 하는 부분이 메디컬이라면, 질병의 조기 발견이나 예방, 식습관 관리, 또는 운동과 같은 신체 활동 관리와 같은 웰니스에 관련한 서비스들이 있어요. 그 업체들과 함께 카톨릭 병원 환자와 건강 검진 센터 내원자들을 대상으로 웰니스 관리에 참여하고 있습니다. 병원에서 환자들의 진료 상태를 파악할 때, 기존의 메디컬 기록과 더불어 웰니스 기록들을 함께 고려해서 치료하는 사업에 저희는 정신건강 쪽으로 참여하고 있는 거죠.

마지막으로 전하고 싶은 말이 있나요?

사람들이 '정신건강'이라는 것에 쉽게 다가갔으면 좋겠어요. 정신과 심리에 관한 문제는 정말로 심각한 문제이지만, 다른 사람들이 '아이고, 얼마나 힘드세요?'라고 하는 말들조차 부담이 되는 사람들이 있어요. 삶이라는 게 어쩔 수 없이 불완전하기 때문에 그 불완전함과 스트레스도 일상이에요. 하지만 그렇다고 해서 자신을 그냥 내버려두진 않았으면 좋겠어요. 그런 것들을 자신이 충분히 다룰 수 있다는 생각을 하게끔 스스로를 도와줄 수 있으면 합니다. 어려움을 회피하지 않고 적극적으로 해결할 수 있다는 희망과 의지를 가지셨으면 좋겠습니다.

소울링 웹사이트 souling.co.kr

4.

그날의 의존

나를 지탱하게 해준 것들

우울하다고 느낄 때

본인만의 버릇이나 습관이 있을까요?

당시 가장 의존했던 행동이나 물건이 있나요?

전화

사람에게 매달렸어요. 누구에게든 전화해서 어떤 이야기든 하려고 했고, 날 받아주는 상대방에게, 그 사람과의 전화에 의존했어요. 견디기 힘든 상태가 되면 항상 누군가에게 전화해야만 했어요. 그러지 않고선 전 저를 해치는 방법밖에 그 시간을 견디는 방법을 몰랐었으니까요.

풍덩

게임과 컴퓨터

일어나서 잠잘 때까지 게임을 한다거나, 담배를 피웠어요. 그나마 집 안에서 할 수 있는 것 중에서 제일 쉽게 시작할 수 있는 것들이었고, 그 시간에는 다른 생각도 안 하게 되더라고요.

금요일

저는 당시에 미래가 너무 불안했고 어떤 길을 찾아야 하는지 잘 몰랐습니다. 하루 중 대부분을 컴퓨터를 하며 시간을 보냈어요. 저의 꿈과 관련된 명사들의 이야기나 강연들을 찾아보면 그런 불안감들이 조금씩 해소되는 기분이 들었습니다.

마이웨이

자는 시간만 빼고 하루 종일 게임을 한 적이 있습니다. 몇몇 친구들은 제가 게임을 하는 게 어울리지 않는다고 했고, 그럴 수도 있다고 생각했습니다. 왜냐하면 실제로 온라인 게임을 처음 해봤기 때문입니다. 하지만 그 외엔 할 수 있는 게 없었습니다. 그렇다고 게임을 하는 게 딱히 즐겁지도 않았습니다. 그저 눈앞에 보이는 캐릭터에 총을 쏘았을 뿐입니다.

H

이불

침대에 누워서 이불을 자주 껴안고 있었습니다. 계속 가슴이 뛰던 상황이었고 앉아 있기가 힘들어서 대부분을 누워서 보냈습니다. 그때 안고 있던 이불은 저를 편하게 해주었습니다.

마이웨이

지금은 침구를 모두 바꿔버렸지만, 불과 2~3개월 전까지 쓰던 이불이 제 애착 대상이었어요. 펑펑 울 때마다 저의 눈물, 콧물을 모두 그 이불이 받아주었고, 아무 말 없이 포근하게 끌어안고 있을 수 있어서 정말 좋아했던 물건이에요. 고등학교 때부터 쓰던 거라 많이 낡고 헤져서 버리긴 했는데, 버리면서도 그 이불을 버리는 게 너무 미안해서 계속 미안하다고, 미안하다고 하면서 쓰레기봉투에 넣었던 기억이 나네요. 이불아, 난 네가 있어서 덜 외로웠어. 항상 내 눈물을 닦아줘서 고마워. 행복하렴.

풍덩

집중

일. 출근해야 하고, 책임져야 하는 사람들이 있습니다.

K

소설 쓰기, 미술 활동 등 현재 상황에서 벗어나 집중할 수 있는 무언가를 끊임없이 배우는 것입니다.

하나

무엇인가를 쓰는 것. 느와르, 추리 스릴러, 미스터리, 호러 등등. 수많은 것을 쓰고 또 쓰는 것에 강박적으로, 집착 이상으로 매달렸습니다. 쓰다 보면 생각 속에 섞인 부정적인 기운을 일시적으로 없앨 수 있었습니다.

Sseleman

관심 있어 하던 것들을 사들이는 버릇이 있었어요. 편지지, 스티커, 식물, 꽃, 필기구, 인형 등등. 먹기도 엄청 먹었습니다. 다행히도 폭식으로까지 이어지진 않았지만, 피자 한 판, 치킨 한 마리, 많은 양의 음료수와 과자까지 먹고 또 먹었어요. 불안해하지 않기 위해 깨어 있는 동안은 무엇이든 하려고 했습니다.

일과 시간에는 일을 하고, 자투리 시간에는 학원에 등록해서 새로운 것을 배우고, 취미 활동을 하고, 운동을 하는 등 꾸준히 무언가를 해야 했어요. 우울해 하지 않기 위해, 우울하다는 것을 잊기 위해 그것이 무엇이든 간에 끊임없이 어떤 것을 해야 했어요.

풍덩

혼자만의 시간

가만히 우울의 이유를 찾습니다. 곱씹습니다. 내 것으로 받아들입니다. 외부의 우울은 희미해지고 내부의 우울은 단단해집니다. 너무 진해서 받아들일 수 없는 우울은 꾸역꾸역 목 아래에 가둡니다. 의미 없는 코미디 동영상을 봅니다.

S

칼을 들고 그 끝을 한참 바라보거나, 죽음의 과정을 계속 머릿속으로 시뮬레이션하거나, 그걸로 안 되면 누군가 죽는 글을 썼어요. 또, 죽음을 선고받는 상황을 떠올리기도 했어요. 시한부 판정을 받는다거나, 교통사고가 났다거나, 과로사한다거나, 자살 외에 가능한 죽음의 여러 경우를 생각하며 그때 나는 어떻게 행동할지 머릿속에 그리고 이미지 트레이닝을 하는 거죠.

겨울비

멍하니 있습니다. 정말 아무 생각 없이. 깜깜한 밤에 베란다에 나가 창밖을 바라보며 하염없이 서 있기도 하고, 촛불을 켜 놓고 타들어가는 소리를 들으며 불꽃을 응시하기도 합니다. 가만히 방바닥에 누워 있기도 하고, 방문에 등을 기댄 채 자그마한 방을 멍하니 쳐다보기도 합니다. 지금 해야 하는 일들도, 나를 집어삼킨 우울도, 흘러온, 흘러가는, 그리고 흘러갈 시간도, 그 모든 걸 뒤로한 채, 묻어둔 채, 잊은 채로요.

가을

울어요. 저는 잘 울어요. 울고 나면 기분이 좀 괜찮아지거든요. 괜찮아지지 않아도 울어요. 그리고 슬픈 음악을 들어요. 가사가 슬프든지 멜로디가 슬프든지. 우울할 때 기쁜 음악을 들으면, 소음 같아서 싫더라고요. 그리고 글을 써요. 보통 일기를 쓰죠. 내가 왜 이런 기분이 드는지, 무슨 생각인지 적다 보면 울기도 하고, 담담해지기도 하거든요. 저는 저에 대해 계속해서 객관화를 하는 사람이었어요. 이게 제가 우울을 극복하는 방법이었거든요. 하지만 끊임없이 스스로를 객관화하고 정리하는 게 나를 위한 것은 아니라는 걸 치료를 받으면서 깨달았고, 이제는 그냥 제 느낌, 제 감정이 중요하다는 걸 배우고 있습니다.

윤

일기

일기를 쓰게 되었습니다. 어제, 아니 몇 시간 전에도 무엇을 했는지 기억할 수가 없었고, 점심은 먹었냐는 물음에조차 대답을 할 수가 없어서, 상담을 위해 그때그때의 기분과 상태를 일기로 남기기 시작했습니다.

H

잠을 자는 것, 음악을 듣는 것 그리고 일기장. 일기장에 감정을 쏟아 내야만 잠들 수 있을 때가 있었어요. 지금도 일기장은 혹시라도 누군가 보는 일이 있을까 봐 항상 들고 다녀요.

꿈꾸는 방랑자

가장 의존했던 건 제 다이어리 같아요. 세상 아래 유일하게 제 모든 감정이 담겨 있는 다이어리. 우울할 때마다 항상 쓰고, 읽고, 울었습니다.

모랄

어렸을 때부터 저는 일기장에 애착이 굉장히 심했어요. 특히 영국에서는 더더욱요. 일기장에 하루의 일과를 빼곡히 적고 나면 뭔가 이상한 성취감 같은 것이 느껴졌어요. '오늘도 내가 이겨냈다' 같은. 실제로 이겨낸 것은 아무것도 없었지만, 글을 적을 때면 용사가 된 것 같았어요.
처음부터 글이 제 행동에 영향을 끼치지는 않았어요. 그냥 앞서 말했듯이 기분에 불과했고 그걸로 위안을 삼기도 했죠. 근데 어느 순간부터 스스로 적은 글처럼 생각하고 있었고 그것이 너무도 자연스럽게 일상생활에서 행동에 반영이 되어 나타나는 거예요. 특히 일기장과 책이 융합되면 그게 그렇게 강력한 힘을 지니게 되는 것 같더라고요. 일기장이 제 무기라면 책은 제 갑옷이라고 해야 할까요.
글을 쓰다 보면 중립을 지키기가 쉬워져요. 그래서 자신을 타자로 인식하기도 쉽고, 어느 날 갑자기 찾아든 우울감을 냉정하게 돌아볼 수도 있어요. 그리고 그다음에 내게 찾아든 이 우울감을 사랑할지 사랑하지 않을지에 대해서 생각하곤 해요. 선택권은 결국 내게 있다는 것을 알게 되고는 하거든요.

밤

표현

우울하고 우울한 생각이 들 때, 그림을 그리곤 합니다. 무언가를 그리고 싶기보단, 소설에서의 의식의 흐름 기법처럼, 형체도 없는 그림을 그려요. 마음이 그대로 표현이 안 되기도 하지만요.

태평

제가 여태까지 버틸 수 있었던 건, 지속적으로 우울을 표출한 덕분인 것 같아요. 저는 어렸을 적부터 제 우울을 버리기 위해 공책에 글을 썼고, 현재도 제 개인 홈페이지에 꾸준히 쓰고 있습니다. 사실, 사회에 나가면 안 되는 글들을 참 많이 썼어요. 겉으로 표현할 수 없는 우울이 응축되어 분노로 변한 많은 순간들이 고스란히 적혀져 있습니다. 우울에 잠식 당하여 감당할 수 없을 때도 저는 항상 노트북으로 글을 씁니다. 짧은 글이든, 시든, 무조건 아무 생각 없이 적어 내려가요. 밖에서도 핸드폰에 메모를 하곤 합니다.

모랄

제 우울함의 대부분은 쓸데없는 걱정이나 미래에 대한 극도의 부정적인 상상에서 시작되었습니다. 이러한 상상을 떨쳐내려면 머릿속을 완전히 비워야 했는데, 아무런 생각을 하지 않는다는 것이 저에게는 몹시 힘들었습니다. 그래서 대신 선택한 것이 현실이 아닌 다른 것을 상상하는 것이었습니다. 다소 유치한 방법 같아 보이지요. 쉽게 말해 저는 현실도피로 우울함을 잊으려고 노력했습니다.

그러나 나이를 먹어가며 현실적인 문제에 부딪힐수록 이러한 행동들이 얼마나 무의미하고 소모적인지 걱정하게 되었습니다. 걱정을 잊기 위해 하는 행동들이 또 걱정스러워지기 시작한 것이지요. 그래서 저는 이 상상들을 그림으로 옮기고, 시나리오를 만들기 시작했습니다. 그리고 제가 눈치를 보며 남들에게 일절 하지 못했던 얘기들을 그곳에 대신 풀어쓰기 시작했습니다.

언젠가는 이 이야기들을 소설, 게임, 만화, 그 어떤 창작의 형태가 되었든지 간에 제 나름의 방법으로 드러내고 싶다는 생각이 듭니다. 그렇게 사람들 앞에서 간접적으로나마 제 얘기를 하게 되었을 때, 좀 더 제 자신을 이해할 수 있게 되지 않을까 생각합니다.

여자 3

음악

우울하다고 느끼면 우울한 분위기의 음악을 틀어 놓고 음악에 감정이입을 해요. 애절한 사랑을 끝낸 사람처럼. 영원한 이별을 겪은 사람처럼. 세상에서 내가 가장 불행하고 고통스러운 삶을 살고 있다고 생각하면서요.

꿈꾸는 방랑자

노래를 틀어 놓고 따라 부릅니다. 아무 노래든 상관없이, 보컬이 제거된 반주를 틀어 놓고 끝없이 부릅니다.

Sseleman

저는 음악을 주로 들었습니다. 하루도 이어폰을 귀에서 뺀 적이 없을 정도로 자주 들었던 것 같아요. 우울할 때 주로 들었던 노래는 넬, 못, 라디오헤드, 래드윔프스 등 밴드 음악을 많이 들었습니다. 특히 날카롭고, 고조되는 목소리와 직설적인 혹은 몽환적인 가사를 듣는 것을 좋아했습니다. 신나는 분위기의 노래를 듣는 것보다 공감이 가는 노래를 듣는 것이 감정을 분출하고 정리하는 데 많은 도움이 되었습니다.

여자 3

저는 생각이 많은 편이라 음악을 들으면 과거에 더 빠지게 되더라고요. 수없는 복기를 하고 온갖 상상을 하는데, 그러면서 소진된다는 걸 한 10년도 더 지나서야 깨달은 것 같아요. 초등학생 때부터 집안에 감당할 수 없는 일들이 있어서 아무 생각 안 하려고 음악을 듣곤 했는데, 그게 습관이 되어버린 거죠.
우울감도 중독성이 있는 것 같아요. 옛날엔 풍덩 빠져버려라, 하는 마음이었는데 그게 만성적인 우울로 이어지고 성격처럼 남았어요(계속 우울한 걸 베이스로 지내는 증상 혹은 병이 있다고 들었는데 제가 그 경우인지는 잘 모르겠어요).
요즘엔 이동 중에도 음악을 잘 안 들어요. 정확히 말하면 이어폰으로 듣지 않아요. 대신 걸어 다니며 주변을 관찰하거나, 지하철에선 그냥 이런저런 생각을 해요. 계절이 변하는 걸 온몸으로 느낄 수 있게 되더라고요.

우엉

잠들지 못하는 늦은 새벽, 가로등 아래서 항상 같은 음악을 들었습니다. 괜찮아, 하는 가사였는데, 그 괜찮아, 하는 낮은 가사를 되뇌다 보면 아주 조금, 조금은 괜찮아질 것만 같기도 했어요.

V

책

책에 집착하듯 손에서 책을 놓지 않았습니다. 제게 책은 일종의 도피처였습니다. 읽든지 안 읽든지 어딜 가든지 항상 손에 책을 들고 다녔습니다. 책을 읽어서 머리를 채우려는 것보다는 독서 그 자체에 몰두했습니다. 시야가 흔들리는 증상 때문에 한 글자도 읽지 못할 때도 있었지만, 읽는 시늉이라도 하는 동안에는 주변의 모든 것들로부터 도망칠 수 있었습니다.

가을

책을 매우 많이 읽어 치워요. 주제는 아무 상관없습니다. 서양 고전 문학, 추리 스릴러, 철학, 인문학, 사회 과학, 순수 과학… 손에 잡히는 것은 모두 읽습니다. 그러지 않으면 감정이 엉켜서 일상생활을 할 수 없기 때문입니다. 책을 읽으면 일시적으로 감정이 멈추는 것 같은 느낌이 들었습니다.
'앞으로 나아가지 못한다'라는 사실이 가장 두려웠던 날들이 있습니다. 어쩌면 당시에는 그래도 그 자리에서 가만히 발끝만 내려다보고 있었다 할지라도, '너는 너로서 틀림없이 앞으로 나가고 있어'라는 말이, 지금 생각해보면 맞는 것 같아요. 아무리 그 자리에 가만히 있는 것처럼 느껴져도 분명 어디론가 조금씩 나아가고 있습니다.

Sseleman

음악, 영화, 책 중에 책을 가장 가까이하는 편인데 정서가 비슷하다고 생각되는 사람들의 글들을 주로 읽어요. 작가의 이력 중에 우울증이 있었다거나 자살로 생을 마감했다는 내용이 있는 경우라면 일단 읽어보는 편이에요. 다른 사람의 우울한 인생을 위안으로 삼는 것 같아서 마음이 좋지 않지만, 한편으론 뭐라 설명할 수 없는 감정들이 글로 표현되어 있으면 안도감이 듭니다.

사이

느닷없이 찾아드는 우울감은 그것이 일반적인 것이었든 질환에 가까운 수준의 것이었든 글을 쓰는 제게 있어 양면적인 것이었습니다. 때로 우울은 저를 깊은 절망의 나락으로 끌어내리기도 해 세상으로부터 도망치고 싶게 만들었지만, 또 때로 우울은 글을 쓰는 원동력이 되기도 해 쉬이 우울로부터 도망치지 못하게 만들기도 했습니다. 이러한 혼돈 속에서 제가 집어 든 책은 율곡 이이의《성학집요》와《아우렐리우스 명상록》이었습니다.

안 그래도 우울한데 뭐 그렇게 어렵고 복잡한 책이냐고 질문할 수 있겠지만, 철학 서적을 읽는 것은 제가 혼돈을 벗어날 수 있는 유일한 방법이었습니다. 이상하게도 저는 우울의 정점에서 따뜻한 위로보다는 누군가의 질적인 꾸짖음을 필요로 했고 그렇게 자신을 단단하게 만드는 행위를 지향했습니다. 우울감이 필요함과 동시에 우울감에 빠져 시도 때도 없이 무기력을 행사하는, 그런 종잡을 수 없는 자신에게 화가 났고, 허우적대는 자신을 벗어나기 위해 어쩌면 저는 단순히 고차원적인 대화를 나눌 상대가 필요했을지도 모릅니다. 우울감을 넘어설 수 있는 그 어떤 지점에 다다르기 위해서. 우울감의 객체로서가 아닌 주체로서. 혹은 그 우울을 사랑하기 위해서.

> "그러므로 허황한 소망을 버리고 최후의 목적을 향해 서둘러라. 만일 당신이 조금이라도 당신 자신을 존중한다면, 할 수 있는 동안에 당신 자신을 구원하라."
>
> _《아우렐리우스 명상록》 중에서

술과 약물

술. 술에는 지금도 의존합니다. 술을 먹으면 잠도 잘 오고 정말 들떴습니다. 내가 모자란 듯 느껴져도 용서가 됐습니다. 실수해도 그저 기쁠 수 있는 상태로 잠시나마 머물 수 있습니다. 아니면 화장실에 혼자 있기. 겨우 1평 넘는 공간이지만 철저히 밖과 분리되어 있어서 심적으로 편했습니다. 정말 분한 일이 있거나 혼자 울고 싶을 때 늘 찾아갔습니다.

K

저는 공황장애 증상 때문에 임산부가 입덧하는 것처럼 헛구역질이 나고 속이 너무 불편했어요. 그래서인지 민트나 호올스 같이 시원함을 주는 사탕이나 차가운 물을 자주 찾았어요. 그리고 외출할 때는 혹시나 하는 마음에, 병원에서 처방해준 약을 꼭 가지고 다녔어요. 아직도 의지하는 물건이기도 해요. 요즘도 여전히 공황장애에 대한 불안 때문에 어디를 갈 때는 사탕과 약 등이 들어 있는 파우치를 꼭 가지고 다녀요. 실제로 사용하는 경우는 드물지만, 마음의 위안이 되는 것 같아요.

초롱이

전 약을 처방받아 놓고도 먹지 않을 때가 가끔 있었어요. 약은 지니고 있기만 해도 마치 부적같은 효과가 있는 듯했죠. 그렇게 가방에 한 개, 주머니에 한 개 지니고 있으면, 알약 갑옷이라도 입고 있는 것 같았어요. 지금의 제가 그때의 저를 만난다면, 약에 의존하지 말라고 꿀밤이라도 한 대 때리고 싶어요.

유순이

정신과 선생님이 우려할 만큼 술에 의존하게 되었고, 술을 마셔야만 잠이 들었고, 커피를 마셔야만 깨어 있을 수 있었습니다. 또 우울증 약과 2~3일 간격으로 오던 공황 때문에 응급 약에 의존할 수밖에 없었습니다.

H

정말 힘든 날이면 심장부터 목구멍까지 울렁울렁하고 아려왔어요. 그럴 때마다 술을 마셨습니다. 독한 소주가 식도를 타고 내려가면서 그 아린 느낌들을 가라앉혀줬어요. 술자리가 끝나고 모두 집으로 돌아갈 때면 다들 돌아갈 곳이 있구나, 다들 받아줄 곳이 있구나 하는 생각에 다시 혼자가 된 기분, 허허벌판에 홀로 남겨진 기분에 다시 심장이 아렸습니다.

사월

자해

술을 먹습니다. 요즘은 몸이 아파서 술을 전처럼 못 마시다 보니 글을 쓰면서 풀거나 혼자 웁니다. 그것도 안 되면 뭐… 벽에 머리를 박거나 제 뺨을 때려서라도 기분을 풉니다.

K

피어싱. 자해를 했었습니다. 피를 보면 숨이 트이곤 했는데, 피어싱을 하면 그런 생각이 줄어들었습니다. 마음이 아플 때, 일부러 몸을 아프게 하면 더 낫다는 생각이 들었기 때문입니다. 그럴 때면 내가 살아 있구나 하는 생각이 들었습니다. 피어싱한 것을 보면 보기 안 좋다고 하는 사람들도 많았지만, 저로서는 어쩔 수 없었습니다.

태평

견딜 수 없는 우울함이 찾아오면 숨죽여 울다가, 끝내 못 이기고 감정에 휘말려 자해를 했어요. 처음엔 문구용 칼을 이용한 가벼운 리스트 컷으로 시작해서, 몸 이곳저곳에 날카로운 것들로 상처를 내기 시작했어요. 자해할 당시엔 하나도 아프지 않았어요. 그래서 오히려 화가 났어요. 난 이렇게나 힘들어 울고 있는데, 별달리 아픈 느낌도 없으면서 괜히 발갛게 부어오르고 줄이 가는, 가끔은 피가 나는 그 살결에 화가 났어요. '아프지도 않으면서 티만 내다니!' 하는 느낌이었던 것 같아요. 손목에 저지른 상처들을 보면서, 누군가가 이걸 보고 날 손가락질하진 않을까 걱정했어요. 가까운 사람들이 내 우울의 흔적들을 보고 나에게 실망하지는 않을까, 그래서 나에게서 떠나는 건 아닐까 하는 불안감에 그만두기도 했어요. 근처에 있던 대부분의 날카로운 물건들은 다 버렸어요. 그것은 어쩌면 다시는 자해를 하지 않겠다고 스스로 다짐하는 것이기도 했죠. 그렇지만 결국 한참 후에는 남들 눈에 띄지 않는, 누구도 함부로 볼 수 없는 허벅지 안쪽에 날카로운 가위를 이용해 빨간 선을 긋기 시작했어요. 아직도 그 선들의 개수는 줄어들었다 늘어나기를 반복하고 있습니다.

풍덩

기분전환

우울을 피하는 버릇이 생겼습니다. 조금이라도 우울해지는 기분을 겪고 싶지 않아서 제가 하기 싫은 일은 억지로라도 하지 않게 되었습니다. 학교 수업이 듣고 싶지 않을 때는 영화를 보거나 카페에서 책을 읽거나 여행을 다녔습니다. 제 기분이 좋아야 무언가를 하게 되는 힘을 얻게 되는 것 같습니다. 그래서 저는 틈만 나면 여행을 가려고 하고, 제가 좋아하는 것이 무엇인지 찾아 나가려 합니다.

마이웨이

스트레스를 많이 받는 생활을 뒤로하고 가끔씩 겨우 몸을 이끌고 밖에 나가 기분 좋아질 만한 일들을 하고 기록했습니다. 그때의 기록에는 쇼핑을 한다든지, 동물병원 앞에 가서 강아지를 본다든지, 맛있는 걸 먹거나 어딘가 모르는 길들을 돌아다닌 것들이 적혀 있어요. 우울감이 크게 나아지진 않았지만 그런 것들이 필요하다고 생각했어요.

H

너무 우울할 때는 꼭 그 주변의 번화가를 돌아다니다 왔어요.

몇 시간이 걸리든. 그러다 보면 기분이 조금 나아졌죠. 지금 내가 속해 있는 곳과는 가장 다른 곳에 있고 싶었어요. 제가 있던 곳에서는 너무나 많은 의무가 있었고, 주변에는 저를 아는 사람들로 가득했어요. 아무도 나를 알지 못하는 곳에서, 많은 사람 속의 한 사람이 되고 싶었어요.

Z

우울하다고 느낄 때면 산책하면서 조용한 노래를 들었어요. 그러면 좀 더 우울해지거든요. 우울이라는 감정은 늪과 같아서 한번 발을 들이면 더욱 빠져들게 되더라고요. 침대에 누워 내 이야기에 살을 보태며 더 우울해지고, 산책하면서 느껴지는 그 쓸쓸한 기분을 맛보곤 했어요. 그게 우울의 늪으로 빠져드는 지름길인 줄 알면서도 빠져나오려 발버둥조차 치지 않았죠. 우울감은 때로는 내가 다른 사람과 다르다는 특별한 인식을 심어주거든요. 이제는 그러지 않으려고 해요. 우울할 때 더 우울하게 만드는 일은 살짝 유보하려고 노력 중이에요.

유순이

위로의 음악

글을 써주신 분들이 함께 소개해주신 곡들입니다.

〈Feel alright〉_집은

들을 때마다 고마운 사람들의 얼굴들이 스쳐 갑니다. 다른 분들과도 함께 나누고 싶어요.

> "오, 어둠 속에 오, 널 잃고 헤매던 많은 밤, 잠들 수 없었던, 두렵던 밤의 끝에 You make me feel alright 고단한 하루의 끝에 서 있을 때, You make me feel alright 시간의 틈에서 머물 수 있도록."

〈내가 사라졌으면 좋겠어〉_옥상달빛

누구나 한 번쯤 해보았을 만한, 자신이 사라졌으면 좋겠다는 생각에 대한 가사가 많은 공감이 되었습니다.

〈바람, 어디에서 부는지〉_김연우

특히 마지막 부분을 많이 들었어요. "혼자라는 게 때론 지울 수 없는 낙인처럼 혼자라는 게 나를 죄인으로 만드네." 나긋나긋한 목소리를 듣다 보면 외로운 게 죄라고 느껴질 만큼 괴로운 사람이 어딘가 또 있구나 하는 생각이 들어 아주 조금 마음이 놓였던 기억이 나요.

〈부서진 입가에 머물다〉_넬

넬의 김종완도 우울증이 있다고 들었습니다. 그래서 그런지 끝없는 우울함에 관한 곡들도 많고, 최근에는 오히려 힘을 내자는 곡들도 있습니다. 그중에서도, 이 곡은 제 마음을 옮긴 것 같아서 소개하고 싶습니다.

> "이런 날 안아줘. 아무 말 말아줘. 천 마디 말보단 기대 쉴 수 있는 어깨를 내게 줘."

〈걱정말아요 그대〉_이적

너무 힘들어서 울 것만 같은 날이 있었는데, 버스를 타고 가다가 문득 버스에서 들린 "지나간 것은 지나간 대로 그런 의미가 있죠. 떠난 이에게 노래하세요, 후회 없이 사랑했노라 말해요"라는 가사에 울음이 터져버린 적이 있어요. 지나간 것은 지나간 대로 그런 의미가 있겠죠?

〈고양이〉_넬

이 노래는 제가 기타로도 칠 수 있을 만큼 가사도 노래도 단순합니다. 하지만 그 단순한 가사 속에 있는 비유가 너무 마음에 들었습니다. 인간관계에서 제 부정적인 모습들로 다른 이들을 눈살 찌푸리게 할 때, 다른 이들의 눈치를 보며 지내는 매순간마다 이 노래를 떠올렸습니다. 하지만 이후에는 저를 가두는 것이 오히려 제 자신임을 알게 되고, 그 속마음을 밖으로 끌어내지 못하는 좌절감을 느낄 때 이 노래가 생각났습니다.

> "울지 못해 웃는 건 이제 싫은데 한 번쯤은 편히 울어볼 수 있게 내가 비가 될 수 있음 좋을 텐데."

〈Knives out〉_라디오헤드

제게 라디오헤드는 우울한 인생에서 가장 카타르시스를 느끼게 해주는 밴드입니다. 톰 요크의 우울하고 조금은 섬짓한 표정을 볼 때마다 전 알 수 없는 동요를 느끼며 우울에 잠식됩니다. 그들의 뮤직비디오를 보며, 그들의 가사를 읊조리며, 전 무언의 위로와 희열을 느낍니다. 워낙 좋은 곡들이 많아 하나만 꼽을 수 없지만 항상 듣는 노래들의 목록을 나열할게요. 〈Knives out〉, 〈A wolf at the door〉, 〈Paranoid android〉, 〈High and dry〉. 그리고 마지막 곡은 〈No surprise〉. 매 순간 제 인생을 함께하는 노래들입니다.

〈하루의 끝〉_종현

말 그대로 지친 하루의 끝에 들으면 좋은 노래로 포근히 감싸며 위로해주는 듯한 노래입니다. 또한 종현의 노래 중 〈엘리베이터〉라는 곡은 엘리베이터 속 자신을 바라보며 말을 거는 내용의 가사로 자기 자신을 돌아볼 수 있게 해주는 노래입니다.

〈너의 존재 위에〉_심규선

> "너의 현재 위에 무언가 무언가를, 너의 존재 위에 무언가를 두지마. 어떤 약속도 아무도 대신할 수 없는 무엇보다 더 소중한, 너의 존재 위, 너의 존재 위, 너의 존재 위에."

〈서울〉_쏜애플

밝은 노래를 별로 안 좋아하는데, 오히려 저와 같은 상황에 대한 이야기를 가진 노래들을 주로 듣게 돼요. 너만 이런 게 아니야, 하는 기분이랄까요.
이 노래의 "바람이 몹시도 불었네. 그대로 어디로도 갈 수 없을 것만 같아서 몇 개의 다리를 끊었네"라는 가사가 내 마음 같아요. 언젠가의 나는 뭐든 할 수 있을 것만 같았는데, 지금의 나는 무엇도 할 수 없다는 생각을 하곤 하거든요.

〈나의 절망을 바라는 당신에게〉,
〈당신의 절망을 바라는 나에게〉_못

서로 다른 앨범에 있는, 하지만 이어져 있는 듯한 노래입니다. 아이러니한 것은 두 노래 모두 절실히 공감이 간다는 점입니다. 사람은 항상 누군가를 원망하는 동시에, 누군가로부터 원망받는다는 생각이 듭니다. 그것이 동일 인물일 수도 있으며, 오로지 내 머릿속에만 존재하는 사람일지도 모른다고 생각했습니다.

〈친절한 금자씨 OST〉

지금 다시 들어보니 뭔가 음침하고 스산한 분위기이면서 그

다지 밝은 기운을 주지도 않는데, 그 당시엔 왜 그렇게 그 음악에 꽂혀서 매일같이 들었는지는 사실 잘 모르겠어요.
다만 그때 영화 관련 공부를 했는데, 좋아하는 감독의 영화 음악이라 즐겨 듣지 않았나 하는 생각이 들긴 하네요. 들으면서 '와, 어쩜 이렇게 좋을 수가!' 했던 기억도 살짝 납니다. 집 밖으로 외출하기 어려웠던 때, 그나마 좋아하는 것을 즐기는 유일한 방법이라 유독 그 음악을 들었던 것 같기도 해요.

〈Coma 07'〉_치타

자존감이 바닥을 치고, 아주 우울해질 때는 평소엔 잘 듣지 않는 힙합을 들어요. 대부분 비트가 신나기도 하고, "내가 최고야! 다 꺼져!"하는 마인드가 좋아서요. 그중에서도 이 곡은 코마 상태에 대한 이야기, 그걸 극복해낸 이야기라 좋아해요.

〈심야〉_홍재목

'내가 뭘 하고 있나'라는 생각과 함께 새벽에 깨어 밖에 나가, 별을 보며 들었던 노래예요. "조금 희미해져 갈 때쯤 빛을 잃어가는 너의 등대"와 같은 상황이라 생각해서 공감이 갔어요. 후렴구의 "괜찮아" 하는 가사를 들으면 꽤 괜찮아졌어요.

〈퇴근시간〉_치즈

이 노래를 듣고 이 가수를 좋아하게 되었어요. 이게 바로 위로의 음악 아닐까요? 사람들은 저의 밝은 모습만이 저라고 생각할 거예요. 우울하고 힘든 제 모습은 자신도 힘들어서 피하는 걸지도, 혹은 제가 한없이 밝기만 한 사람이길 원하기 때문일지도 모르겠어요. 이런 제 모습도 저예요. 노래의 가사처럼 슬픈 나도 좋아해줘요.

> "그대를 만난 날만큼 난 밝은 애가 아니에요. 나쁜 생각도 잘하고 속으로 가끔 울곤 해요. 웃는 내 모습이 좋다면 슬픈 나도 좋아해줘요. 난 그대 모습이 좋거든요. 우린 완벽하지 않고 가끔 억지도 부리는 걸. 때론 마음이 너무 아파 푹 주저앉고서 울곤 해."

음악은 어떻게 위로가 될 수 있을까?

글 홍재목(싱어송라이터)

얼마 전 우연히 본 기사에 직업의 행복도에 관해 서술해놓은 글이 있었다. 예술가의 행복도가 가장 낮다는 결과에 지금의 난 고개를 끄덕일 수밖에 없었다. '위로'를 주기 위해 음악을 하고 있는가, '위로'를 받기 위해 음악을 하고 있는가. 짧지만 여운이 깊게 남아 머릿속을 맴돌게 했던 생각이었다.
음악가들은 상호작용에 의해서만 행복도가 올라가는 것 같아, 왠지 연애와 비슷하다. 단순히 결과물에 대한 부분은 가장 기초적인 '자신감'의 부분이 아닐는지 생각해본다. '넓지 않은, 좁은 위로가 되었으면 좋겠다' 항상 생각하고 품어왔던 말이다. 어떤 이의 마음속에 '씨앗'처럼 자리 잡아 슬픔을 슬픔과 함께하고 싶다고 생각해왔다. 나 또한 음악을 듣고 위로받을 때는 오직 슬프고 아름다운 선율을 들을 때이기 때문이다.

여러 종류와 성격의 음악가 타입이 있다. 그중에 난 좀 더 순수 미술 혹은 소설가의 작업 방식과 닮아 있다고 생각한다. 여행을 다닌다거나 밖으로 나가 자유롭게 곡을 쓰는 사람들이 있지만 난 그러질 못한다. 오직 의자에 앉아 아무도 없는 작업실 공간에서, 몇 시간이고 며칠이고 앉아 쓰고 또 쓰고 쌓이고 쌓이다 결과물이 탄생한다. 외부의 아무런 방해가 없어야 온전한 작업이 가능하고. 그 예민함이 무대 위까지 고스란히 이어진다. 인풋이 좋거나 많아서 좋은 작품이 나오는 경우는 (내게 있어서) 거의 없는 것 같다.

오랜 시간 우울증에 시달려왔다. 병원 치료도 오래 받았고 불면증에 시달려 오랜 기간 약을 복용했다. 지금은 잠을 꽤 잘 자는 편이지만 20대에는 하루에 3시간을 자면 많이 자는 편이었다. '잠은 죽으면 잘 수 있잖아-' 항상 툭 내뱉듯 중얼거렸던 이 문장이, 날 너무 치열하게 만들었고, 잠을 자는 시간은 아까웠고 늘 불안했다. 내 몸과 정신은 온통 황폐해져 갔다. 결국, 그 스트레스 때문인지, 3년 전부터 자가면역질환을 안고 살고 있다. 건강하지 못한 신체는 진한 자괴감을 깊숙한 심연에서부터 끌어올린다.

오랜 슬럼프에 시달리고 있다. 어느 날 아는 형에게 말을 건넸다. "형, 나는 슬럼프가 끝나길 기다리고 있는데… 이게 도저히 끝나질 않아요. 온몸을 마찰시키며 완성해나가는 기분이에요, 그래서 너무 더디고 힘들어요."

"응, 나도 긴 슬럼프가 끝나지 않더라. 그냥 그대로 괴롭게 계속 써 나가야 해. 그럴 수밖에 없는 것 같아."
나는 언제까지고 버틸 수 있을까. 마치 이 고통이 어서 끝나길 기다리는 아이 같다.
그럼에도 몇 가지 노력하는 게 있다. 운동을 꾸준히 한다. 그리고 남 탓을 조금 더 한다. 잠들기 전에는 아무 생각도 하지 않는다(이건 꽤 오랜 시간이 걸렸다). 하지만 도저히 안 되는 것이 있었다. 아침에 눈을 떴을 때 첫 기분. 이건 도저히 노력으로 되지 않았다. '황폐하다.' 이 기분을 가장 잘 표현할 수 있는 단어가 아닐까. 희망 가득한 설렘으로 아침을 맞이할 수 있다면. 이젠 그 기분이 어땠었는지 기억나지 않는 것 같다.

깊은 권태와 무기력감, 방어로 가득한 삶. 한없이 낮아진 자존감과 점점 더 외로워지는 삶을 가진 사람들. 그래도 우리에게는 각자의 역할이 있기 마련이다. 누군가는 음악가를 '대신 울어주는 사람'이라고 표현했다. 당신의 즐거움에 즐거움을 보탤 순 없지만, 슬픔의 늪 속에 바람직하게 빠져 있도록, 무엇이든 건강하게 잘 보내줄 수 있도록 나는 여기서 일그러지지 않고 잘 버티고 있겠다. 슬픔의 어둠이 당신을 찾아올 때 꼭 다시 나를 찾아주길 바란다.

그림은 어떻게 위로가 될 수 있을까?

인터뷰 전인범(일러스트레이터)

간단히 자신을 소개해주세요.

안녕하세요, 저는 시각디자인을 전공했고 여행 다니며 사진 찍는 걸 좋아하고 이를 바탕으로 그림을 그리고 있습니다. 최근에는 글 쓰는 것에 취미가 생겨 제가 만든 이야기로 그림책을 준비하고 있습니다.

이 프로젝트에 한 치의 고민도 없이 함께해주셨는데, 어떻게 함께하게 되었나요?

당시에 독립출판에 대한 수업을 들으러 서울에 왔었습니다. 수업 시간 외에는 저의 작업 방식에 대한 고민을 많이 하고 있었습니다. 그러던 중 현경 씨에게서 프로젝트에 관한 연락이 왔죠. 저를 대표할 만한 작업이 없어서 망설였지만, 저를 믿어주신 것과 그때쯤 저만의 작업 방식에 대한 갈증이 조금씩 풀리던 시기였기에 두 계기가 자연스럽게 맞물리면서 참여를 결정하게 되었습니다. 이 인터뷰를 통해 다시 한 번 감사드립니다.

자신을 표현한다는 일 혹은 그림을 그린다는 일이 우울을 벗어나는 데에 도움을 주었나요? 그렇다면 어떻게 가능할까요?

항상 제 작업에 대해서 많은 고민을 하는 편이에요. 그게 기법이 될 수도 있고 내용, 방향, 색에 대해서 생각하다 보면 어느새 저의 취향에 관한 것이 될 때가 있어요. 이런 고민들을 제 그림에서 표현하다 보면 저의 한 부분을 그리고 있다는 생각이 들어요. 그래서 최근에는 그림을 통해서 저를 많이 찾고 있는 편이에요. 그리고 싶은 그림이 있을 때 그와 관련된 책을 보거나 작품, 영화를 참고하면 또 다른 저를 발견하는 기분이에요. 예전의 저는 그림과 나를 연관시키지 못해서 무슨 그림을 그려야 하고 어떻게 작업해나가야 할지 고민을 하느라 우울에 빠지는 적이 많았다면 지금은 그림을 통해 저를 찾는다는 게 신기하고 재미있어요. 꼭 그림이 아니더라도 관심 있는 것들과 자신을 연관시켜 나간다면 나에 대해서 많은 생각을 할 수 있지 않을까 생각해요.

마음이 아픈 분들께 소개하고 싶은 음악, 책, 영화 등이 있나요?

영화 〈리스본행 야간열차〉요. 갑자기 떠나는 여행만큼 자신을 발견할 수 있는 순간은 없다고 생각하는 편이에요. 그리고 그곳에서의 작은 인연들도 자신을 바꿀 수 있는 기회들이라고 생각해요, 주인공은 학교에서 오랜 기간 강의만 해오던 사람인데 책 한 권을 통해 강한 끌림으로 갑작스레 리스본행 열차를 타게 되면서 펼쳐지는 이야기들이에요. 자신의 삶이 계속해서 지루하다고 느껴지는 분들에게 가장 추천하고 싶어요. 영화 한 편에 여행과 철학적인 질문들이 모두 있어서 나를 찾아 나간다는 게 어떤 것인지 느끼실 수 있을 거라 생각해요.

그림은 어떻게 보는 이들에게 위로가 될 수 있을까요?

우울증을 겪는 분마다 이유가 달라서 저의 상황과 비슷했던 분들이라면 공감을 하실 수 있겠지만 위로가 될 수 있을지는 모르겠어요. 대신 지금 우울한 분들에게 우울을 벗어난 제가 해드릴 수 있는 말이 있다면 지금 그 분위기를 조금씩 벗어나는 순간이 온 이후의 삶은, 조금 더 단단해진 자신과 우울 밖에서 기다리고 있는 사람들을 만나게 될 거란 거예요. "다 괜찮을 거야"라는 막연한 말보다 지금의 우울과 대화하고 무엇이 이유인지 알게 되는 시간을 가지길 바라요. 그 시간은 자신을 알게 되는 시간이 될 거예요.

앞으로의 꿈 혹은 계획이 있나요?

저의 계획 중 하나인 세계 일주를 마무리 지어 저를 좀 더 알고 싶습니다. 그 이후에는 계속해서 그림을 지속할 수 있는 여건을 만드는 것이고 그림을 통해 저를 나타낼 수 있는 작업을 하는 게 꿈입니다. 이 그림들의 분위기에 맞는 작업실 겸 카페를 운영하는 것도 제 꿈입니다. 지금까지 제 이야기를 들어주셔서 감사합니다.

• 제작자의 덧붙임

인범 님을 어떻게 알게 되었냐는 질문에 저는 "그냥 제 옆자리에 앉으셨던 분이에요"라고 답했습니다. 실제로 한 디자인 워크숍에서 우연히 제 왼쪽에 앉게 된 분이었습니다. 워크숍 진행자가 "오른쪽 사람에게 내가 지금 줄 수 있는 것"을 전해주라고 했습니다. 제 왼쪽에 계시던 인범 님은 "요즘 그리는 그림이에요" 하며 레옹과 화분을 든 마틸다 그림을 그려 수줍게 주셨습니다. 그 다음 일은 자신이 받은 선물에 대한 작품을 만드는 것이었는데, 저는 제게 주신 그림이 손에 잡힐 수 있게 와이어로 만들어드렸습니다. 그 후 며칠 내내 제가 선물받은 그림과 엽서를 들여다보며 즐거워했습니다.
이런 일들이 삶에서 더 많이 일어났으면 좋겠다고 생각했습니다. 아주 작은 것이라도 지금 줄 수 있는 것을 곁에 있는 사람에게 선물하고, 또 내가 줄 수 있는 것을 선물하는 일 말입니다. 이 행복했던 워크숍도 잊혀질 때 쯤, 함께 책을 만들기로 했습니다.

5.

그날의 사람들

다섯 번째 테마

나의 소중한 사람에게

내 사람들과 나의 우울증

주변 사람들, 그리고 친구들과는

어떤 이야기를 나누고,

어떤 일들이 있었나요?

내 곁에 있던 사람들

한때 이제 모든 걸 그만두어야겠다고 진지하게 생각한 적이 있습니다. 그래도 한 가지 하고 싶었던 일은 고마운 사람들에게 편지를 한 통씩 쓰고 그만두자는 것이었습니다. 편지를 써야 할 사람들의 리스트도 써 두었습니다. 고마운 사람들이 너무 많았습니다. 다 쓰기엔 감당이 되지 않을 만큼 많았기에 그런 생각을 그만할 수 있었습니다.

H

친구들에게 저는 예민하고 복잡하며, 이성적인 친구였어요. 어느 날, 제가 우울증인 것을 덤덤하게 말했을 때 친구들은 덤덤하게 받아주었어요. 그런데도 걱정하고 있을 걸 아니까 고마웠어요. 성숙한 친구들이 주변에 있음에 감사했어요. 친구들은 내가 그저 독감에 걸려 아픈 사람인 것처럼 걱정했지만, 저를 꺼리거나 함부로 말하지는 않았어요. 나의 아픔을 담담하게 이해해주고, 말을 아껴주는. 그러다가 내가 위로가 필요한 순간에는 누구보다 진심으로 위로해주는 친구들에게 고맙다고 전하고 싶어요. 이후에 제가 더 나은 삶을 살 때 지금 제 친구들처럼 따뜻하고 다른 사람들에게 도움이 될 수 있는 사람이었으면 좋겠어요.

윤

제가 갑자기 잠수를 탔다가 되돌아와도 언제나 그 자리에 있는 사람들, 그들의 사소한 한마디, 사소한 챙김이 많은 위안이 되었습니다.

우엉

더 이상 할 수 없다는 말을 꺼냈을 때, 많은 비난을 받을 거라 생각했어요. 많은 책임들이 있었기 때문에 소홀할 수도 그만둘 수도 없다고 생각했어요. 부모님도, 프로젝트의 팀원들도, 교수님들도, 선후배, 친구들도 모두 제게 "괜찮다"고 말해줬어요. 왜 못 하냐고 하지 않았고 밥은 먹었냐고 물어봤어요. 모두 고맙습니다.

V

고마웠어요. 너무 많이 너무 오랫동안 원망스러웠어요. 왜 그럴 수밖에 없었는지 살아가며 배워가는 중에도 이따금은 화가 나기도 했었습니다. 그리고 많은 것들이 미안했어요.

사이

당시 저의 우울에 대해 아는 친구는 한 명뿐이었는데, 그 친구는 저의 우울에 대해 어설픈 위로의 말을 하는 대신 조용히 기다려주었습니다. 제가 우울한 이야기를 해도 묵묵히 들어주며 공감해주었습니다. 저를 늘 걱정하고 있는 게 느껴졌습니다. 우울을 벗어난 뒤에 보니 그 친구는 여전히 저를 기다려주고 있었습니다.

마이웨이

힘든 일을 얘기했을 때 주로 걱정해주었어요. 두서없고 황당한 이야기를 들어주거나 연애로 힘들어하면 무작정 나의 편을 들어주기도 하고 교회에 데려가거나 상담센터를 함께 가

주는 등의 나를 위해 여러 가지로 힘써 주었어요.

사이

그 당시 제 친구들은 저를 만날 때면 제 눈빛, 표정을 먼저 살폈다고 했어요. '오늘도 우울한가?' 하면서요. 저는 늘 이야기했죠. 우울하다고, 어떻게 해야 될지 모르겠다고. 다행히 제 친구들은 너무나 다정하게, 각자의 방식으로 저를 받아줬어요. "오늘은 우리 집에서 같이 자자"라는 한 친구의 말에 친구의 집에 간 적도 있었는데, 그 집에 들어서는 순간 집이 주는 안정감, 포근함이 느껴졌고, 그 순간 저는 마치 오물을 뒤집어쓴 사람이 된 기분이었어요. 눈부신 햇살이 너무나 괴로웠던 마음처럼요. 내가 있어서는 안 되는 곳 같았어요. 그래서 막차도 없고, 택시를 탈 돈도 없었지만 도망치듯 그 집을 나왔습니다. 친구들이 얼마나 저를 생각해주는지 알고 있었지만 그 마음을 받아들이기에는 저는 누더기 같은 사람이었습니다.

사월

그때 가장 도움이 됐던 사람은 고등학교 2학년 말에 만난 친구들이었어요. 절 불쌍하게 여기지도 않고, 절 있는 그대로 봐주는 고마운 친구들이었죠. 당시에 우울증이 심해지면서 사람에 대한 불신이 심했는데도 그 친구들 앞에서는 제 치부를 가감 없이 밝힐 수 있었어요. 전엔 항상 외롭지 않기 위해서 친구를 사귀었다면, 그 친구들은 진심으로 내 온 마음을 준 친구들이었죠. 수험 생활 때문에 힘들 때도, 다시금 증상이 올라올 때도 그 친구들이 같이 극복해줬기 때문에 제가 지금 웃을 수 있다고 생각해요.

유순이

우울해 하는 중에는 아무 일도 없었죠. 아무도 만나지 않았으니까요. 오히려 우울증이 제일 심하기 전후로 교류가 있는 편이었죠. 치료받기 전에는 주로 크게 싸우거나, 절교하거나 하는 식이었지만 치료를 시작한 후에는 중학생 때 친구들과 술 마시면서, 혹은 가족들에게 지금 내가 무슨 치료를 받고 있으며, 언제부터 치료를 받기 시작했고, 어떤 느낌인지 덤덤하게 이야기했죠. 그래도 뭐, 다행히 주변에서도 걱정을 많이 해준 편이었어요.

금요일

남자친구는 제가 우울과 함께인지 모르고 만나기 시작했지만, 알고 나서도 떠나지 않고 오히려 더 이해하려 노력해줬어요. 최근에 남자친구랑 있었던 일을 이야기해볼까 해요.
그날도 그냥 여느 때처럼 너무 힘들고 괴로운 날이었어요. 괜찮아지고 있다고 생각했던 상태가 점점 악화되는 기분에 너무 불안했어요. 그래서 별생각 없이 남자친구에게 평소 생각하던 것을 물어보았어요. 내가 죽으면 어떨 것 같으냐고. 갑자기 아무 말도 하지 않더라고요. 핸드폰 너머로 아무 소리도 들리지 않았어요. 내가 괜한 걸 물어본 걸까 하는 생각이 퍼뜩 들었지만, 그래도 기다렸어요. 아무 말도 하지 않는 건 제가 너무 힘들거나, 아니면 남자친구에게 전화 도중 화가 났을 때나 했던 행동인데, 남자친구가 그런 행동을 하니 괜히 마음이 초조했어요. 결국, 남자친구는 나에게 전화를 끊자고 했고, 저도 어쩔 수 없이 불안해하면서 전화를 끊었죠.
나중에 알고 보니 그날 전화를 끊을 수밖에 없었던 건 제가 남자친구에게 한 그 질문이, 남자친구에게는 '내가 죽어도 될까?' 하고 허락을 맡는 것 같이 느껴졌다고 해요. 그래서 너무 눈물이 났다고 했어요. 눈물이 나서 더는 전화를 이을 수가 없었다고 했어요. 참 많이 미안했어요. 그리고 정말 고마웠어요. 나보다 날 더 사랑해주는 사람이 있다는 느낌이 이런 느낌이구나, 싶었어요.

풍덩

아무도 없었다

학교를 자퇴하고 난 이후로는 제 곁에 아무도 없었어요. 좋은 말을 해줄 사람도 없었고, 만약 그런 말은 해준대도 듣기 싫었을 것 같아요. 너무나 좁은 범위의 사람들만 만났기 때문에 저 혼자만의 세상에 갇혀 있었어요.

Z

주변 친구들에게도 우울에 대한 이야기를 한 적이 있어요. 친구들의 우울했던 경험들을 듣기도 하고, 병원에 가보라는 이야기를 듣기도 하고. 하지만 대부분의 사람들은 "요즘 안 우울한 사람이 어딨어"라며 저의 우울이 이따금 앓는 가벼운 감기인 것처럼 여겼어요. 그럴 때마다 저는 그 사람들에게 마음을 닫았어요. 그렇게 한 명 두 명 늘어가서 이젠 제 우울에 대한 이야기를 잘 꺼내지 않아요.

꿈꾸는 방랑자

어머니는 아직도 제가 왜 정신과에 다녔는지 알지 못합니다. 가까운 사람일수록 나에 대해서 솔직하게 말하기 어려웠습니다. 언젠가부터 친구들에게도 말하기 어려워졌습니다. 처음엔

"이런 문제를 가지고 있어, 그러니까 나를 좀 도와줘"라고 말했지만, 그들도 어떻게 도와줘야 할지 몰랐고, 저도 딱히 받을 수 있는 도움이 없다고 생각했습니다.
기간이 길어질수록 말하기는 더욱 어려워졌습니다. 왠지 주변 사람들이 이런 제가 지겨워 모두 떠나갈 것만 같은 생각이 들었기 때문입니다. 저는 앞으로 무얼 해야 하는지, 무엇을 할 수 있는지에 대해 생각할 수가 없었습니다. 그것을 알아야만 제가 무의미한 존재라는 사실에서 벗어날 수 있을 것 같았기에 '내가 뭘 잘할 수 있는지 모르겠어', '앞으로의 진로가 고민이야', '술 한잔하자'라고 말하며 속으로는 절실히 도움을 요청했습니다. 하지만 저는 제가 철저히 혼자라는 사실만을 깨달았습니다.

H

항상 제 자신을 괴롭혀오던 문제가 있었어요. 이 문제를 극복하기 위해 이야기를 나눠봐야 했던 사람이 있는데 그 사람은 언제나 저를 회피했고, 결국 몇 년이 지나도 해결할 수 없었어요. 그 문제를 맞닥뜨리는 건 저에게도 큰 용기였는데 말이에요.

V

내 얘기를 들어주다 나에게 지쳐 떠나가버린 사람들의 이야기. 내가 어찌할 수 없는 감정을 어떻게든 잊어보고자 선택했던 사람들. 너무 많은 것을 의지한 탓인지 다들 힘들어하고 나를 버거워했어요. 그렇게 많은 사람들이 떠났고, 많은 인간관계가 정리되었어요. 그래도 곁에 남아 있는 사람들은 있어요.

S

우울증이 가장 심했을 때인 열여덟 살 때 제 주변에는 아무도 없었습니다. 저는 점점 고립되어 갔고, 전부 다 관두고 싶었습니다. 부모님만이 저를 뒷받침해주셨지만 한편으론 제가 학교를 그만두지 못하게 옭아매기도 하셨습니다.
주변 사람들은 시간이 지나면 괜찮을 거라는 말만 해서 더 고통스러웠습니다. 그래서 말을 잘 하지 않게 되었습니다. 일과 관련된 꼭 필요한 말만 했습니다. 인간관계를 매우 많이 정리했고, 나의 우울을 모르는 새로운 관계를 동호회, 학회 등에서 찾아보기도 했습니다.

가을

말하지 않았던

처음에는 이러한 병 자체가 많이 알려지지 않았고 이해하는 사람들도 거의 없어서 제 병에 대해 얘기를 하지 않았어요. 그렇게 활동적이고 만사에 열심이던 제가 이렇게 되었다는 것을 보여주고 싶지 않아서 주변 사람들과 거리를 뒀었어요.

초롱이

세상에서 가장 사랑하는 가족에게도 병 얘기는 쉽게 하지 못했어요. 제가 병이 있다는 건 가족 모두가 아는 사실이었지만, 내가 무슨 느낌인지, 내가 웃고 있는 이 순간에도 눈물이 나려고 한다는 걸 제 가족들이 알게 하고 싶지 않았거든요.

유순이

저는 항상 제 얘기는 잘 하지 않고, 결과만 보고하는 것처럼 말합니다. 제 치료 이야기를 했을 때, 주변인들이 전부 걸러졌어요. 그들이 절 어떻게 보든 이제 신경 쓰지 않습니다. 오히려 홀가분하고 편합니다. 우울을 가지고 있다는 건, 남들의 기분에 조금 더 예민해져 그들의 감정을 진정 공감할 수 있다는 것입니다. 저는 제 주변 친구들의 고민 상담을 해주며 가끔은 상담을 권유하기도 해요.

모랄

말이 많은 편은 아니에요. 저는 주로 듣는 입장을 선호해요. 다른 사람들의 이야기에 귀를 기울이다 보면 많은 것들을 얻을 수 있죠. 그 사람은 이럴 때 어떻게 대처하는지, 저 사람은 그럴 때 어떻게 대처하는지. 물론 무거운 주제를 가지고 이야기할 때나 그렇기는 하지만 가벼운 주제가 오가는 자리에서도 저는 주로 듣는 입장이기를 자처하는 것 같아요.
사실 두려워서인 것 같기도 해요. 내 우울감이 이 사람에게 우울의 수준이 아니게 된다면 그땐 정말로 더 우울해질 것 같았거든요. 대화라는 것이 꼭 공감이 전제되어야 하는 것은 아니지만 그래도 알아줬으면 좋겠는 욕심은 다스리기가 어려운 것 같아요.

밤

저는 제 얘기를 남에게 하는 것을 참 두려워합니다. 그것은 지금도 여전합니다. 물론 시도조차 해보지 않은 것은 아닙니다. 하지만 사람들이 있는 자리에서 제 얘기만 절절히 늘어놓는 것이 너무나도 민폐라고 생각됩니다. 제 암울한 얘기들이, 상대의 눈살을 찌푸리게 하고 건성으로 대답하는 모습들을 보았을 때, 저는 저에 대해 말할 용기를 잃어버린 것 같습니다.
제가 말하는 능력이 부족한 걸지도 모릅니다. 그래서 저는 최대한 제 가족사와 가정으로부터 오는 오래된 우울함보다는, 연애나 짝사랑에 대한, 다른 사람에게 흥미로운 요소가 될 만한 우울함에 대해 많이 얘기해왔습니다. 하지만 그런 것들은 또다시 쉽게 가십거리가 되고 과장되어 저에게 돌아왔습니다. 저 또한 그런 얘기들을 하면서 제가 겪은 우울함을 얘기하는 것이 아니라, 다른 사람이 흥미를 느낄 요소를 중심으로 말한다는 것을 깨달았습니다. 결국 제가 스스로 제 얘기를 거짓말로 둘러대고 있었던 겁니다. 그런 사실을 알고 나서는 개인과 개인 사이의 진중한 대화 자체를 피하게 되었습니다.
언제나 들어줄 자신만 가득하고 얘기할 자신은 없는 제가, 혹시나 실수로 제 얘기를 꺼내 남들을 지치게 하는 것을 보는 것이 아직도 너무 두렵습니다. 그리고 그만큼 우울함을 속으로 삼키고 희석하는 습관을 들이느라 너무 오랜 시간을 우울증과 함께 지내왔습니다. 지금 이 글을 읽으시는 분들은 꼭, 가족이나 친구 그 누구에게라도 자신의 이야기를 할 수 있는 용기를 가졌으면 좋겠습니다.

여자 3

내 이야기를 할 수 있는 사람들

제가 겪은 일들에 대해 오히려 처음 만난 사람에게 말해요. 언제 다시 만날지 모르니까 고민이라도 털어놓고 싶어서. 기존에 알던 사람들에게는 웬만하면 말하지 않았어요. 갑자기 '나 우울증 있어'라고 말하는 것이 이상하니까요. 또, 저 자신에게 답이 있을 거라 생각하기도 했고요. 가까운 사람들에게 말을 하지 않게 된 계기가 또 있는데, 재수할 때였어요. 학원 담임 선생님께 자퇴했었다는 사실을 말했더니, 선생님은 그 점에 대해 엄청 부정적인 반응을 보였어요. 그때의 반응에 너무 위축된 것 같아요. 그런 다른 사람들의 편견이 있을 거로 생각해서 그 후로도 저에 대해 굳이 이야기하지 않게 되었어요. 제 속마음을 말하기를 꺼리게 되었고, 아직도 익숙하지 않아요.

Z

제가 느끼는 감정의 소용돌이에 대해서 친한 친구 세 명 정도에게 얘기를 했습니다. 한 명은 그 뒤로 그것에 대한 언급하는 것을 피했고, 한 명은 맞장구쳐주는 정도, 한 명은 마음 깊이 이해해줬습니다.

하나

술을 마시지 않고는 다른 사람들에게 제 이야기를 잘 안 해요. 술을 마시고 제 이야기를 시작하면 항상 울게 돼요. 무슨 이야기를 했는지는 기억나지는 않지만, 많이 울고 또 그걸로 무언가 풀리는 기분이 들긴 해요. 저는 말하지 않아도 저를 생각해주는 사람들 앞에서만 이야기해요. 투정으로만 생각하지 않고, 저를 진심으로 생각해주는 세 명, 고등학교 친구 둘과 친언니에게만요. 그 외에 다른 친구들에게는 행복하단 듯 항상 좋은 얘기만 들려주고 싶고, 좋은 소식만 들려주고 싶어요.
그중에서도 H는 서로의 이야기와 가족의 이야기를 모두 알고 있어서 마음 터놓고 얘기할 수 있는 친구예요. 그 친구가 넘어져서 한 달 정도 입원한 적이 있었는데, 모든 병시중을 들어줄 정도였어요. 굳이 말을 안 해도 힘이 되어줄 수 있는 친구예요. 이 친구는 연락은 잘 안 해도 존재만으로도 힘이 돼요. 오히려 연락이 안 되면 잘 지내고 있구나, 생각합니다. 친언니는 한 번은 제게 "왜 그렇게 한심하게 살아?"라고 말한 적이 있어요. 저는 서운해서 "나는 최선을 다하고 있는데"라고 답했지만, 언니는 "넌 더 잘할 수 있지 않아?"라고 말했죠. 그 후로는 출석이라도 하자는 생각에 학교를 잘 나가게 되었어요.

태평

저는 SNS에까지 제가 겪는 정신적 문제에 대해 언급하며 현재 치료를 받고 있으니, 양해해달라고 게시한 적이 있습니다. 구체적이진 않아도, 주변 사람들에게도 제가 이런 문제를 겪고 있으니 도와달라고 말했습니다. 어떻게 보면 일반적인 우울증을 겪는 사람들이 하는 행동이 아닐 수도 있다고 생각할 수도 있는데, 글을 올리던 때의 저는 KTX를 타고 다른 지역에 있는 병원에 가는 길이었고 저를 찾는 많은 사람과 수많은 의무에 하나씩 대응했었어야 하는 상태였습니다. 저는 그럴 힘이 없었기에 그저 제 게시물을 볼 수 있는 모든 이에게 양해를 구했습니다.

가끔 공황 상태에 빠질 때도 견딜 수가 없어 가장 친한 친구에게 전화를 걸어 도와달라고 했습니다. 저의 친구들은 그럴 때마다 찾아왔고, 이야기를 들어줬고, 제가 짜증을 내며 가라고 할 때도 제 앞에 앉아 있었습니다. 당시 제가 양해를 구한 모두, 그리고 도움을 청한 모두는 저를 도와줬습니다. 그저 살고 싶다는 마음이었지만, 주변 사람들에게 제 문제에 대해 솔직하게 털어놓은 것은 잘한 일이라고 생각합니다.

V

그리고

주변에 우울증 때문에 자살한 사람이 더러 있습니다. 그래서 누군가 지나치게 웃거나 지나치게 무기력해 하면 겁이 납니다. 물론 그마저도 한두 번이 아니라 이젠 어떻게 해야 할지 모르겠습니다. 내가 할 수 있는 게 뭔지, 내가 지켜줄 수 있는 게 있긴 한 건지. 그래서 요즘은 생각을 바꾸려 노력하고 있습니다. 자살도 하나의 죽음이고 거기에 이른 사람을 위해 내 맘대로 슬퍼하거나 말리면 안 될 수도 있다고….

K

주변에 슬픈 일이 있었습니다. 알게 된 이후로 마주칠 때마다, '언제 한 번 밥 먹어요'라고 말하던 분이 있었습니다. 그 약속을 지킬 수 없게 되었습니다. 잘 아는 사이는 아니었지만 저는 엉엉 울었습니다. 두 가지 생각이 들었기 때문입니다. 첫 번째는 제가 모든 걸 이해할 순 없겠지만 얼마나 힘들었을지 어느 정도 예상이 되어서고, 두 번째는 저도 제 주변 사람들에게 같은 슬픔을 전하지 않을 거라는 확신이 없었기 때문이었습니다. 우리는 길을 가다 만날 때마다 웃으면서 인사했습니다. 웃으면서 함께 알던 친구와 밥을 먹자고 말했습니다. 사실 둘 다 진짜로 웃고 있진 않았을지도 모른다는 생각, 그때 그 계단에서 마주쳤을 때 그 인사하던 손을 붙잡고 함께 계단을 올라서 진짜 밥을 먹으러 갔다면 어땠을까 하는 생각이 듭니다.

V

여자 3의 이야기

필명 '여자 3' 님께서 보내주신 글을 옮겼습니다.

성인이 되기 전

가족들은 무엇이든 양분화 하는 것을 참 좋아한다. 흑백 논리. 너는 이성적 나는 감성적, 너는 논리적 나는 즉흥적, 너는 이렇고 나는 어떻고. 세상에 이런 것들마저 싸움을 일으키는 이유가 된다니, 그리고 동시에 우리가 화해할 수 없는 이유가 되는 것들이라니. 왜 이렇게까지 말도 안 되는 이유마저 가져오며 극단적으로 싸우고 싶어 하는 것일까. 감정의 표출이 되지 않아 그것이 화로 번진 것 같다. 확실하다.

가족들을 이해시키는 것이 사실상 불가능하다는 것을 고등학생이 되어서야 알았다. 모두는 이해하고 화해하기 위해 싸우는 것이 아니었다. 모두는 분출구가 필요했다. 싸움에 간섭해서 중재하고 화해시키려는 시도는 언제나 무의미한 도박이었다. 그 사이에 껴들어 중립을 유지하려고 했지만 돌아오는 것이 늘 같았다. 어디서 말대꾸야. 이런 버르장머리 없는 것. 싸움의 시작은 내가 아니었지만 모든 불똥의 끝은 나에게 튀었다.

후에 언니는 이 지옥 같은 날들을 회상하며 그런 얘기를 했다. 우리를 양의 무리로 비유하자면 나는 검은 양이 된 것이라 했다. 홀로 중재를 하고 가족들의 말도 안 되는 논리에 반대하려고 했던 내 성격 때문에, 모두의 눈에 굉장히 거슬릴 수밖에 없었고, 그래서 필요 이상의 혹독한 평가를 들어야 했던 거라고. 마치 흰 양들 사이에 태어난 검은 양처럼. 그래서 항상 미안했다고 했다. 너무 마음에 없는 말들을 내뱉은 것은 확실히 잘못된 것이라고 했다.
이해는 가지만, 그렇다고 내가 들어야 했던 그 혹독한 말들을 내가 어찌 잊을 수 있을까. 이성적으로는 충분히 이해하고 용서가 되지만 아직도 그날들을 생각하면 눈물이 난다.
내가 사랑하는 사람들이 무심코 내뱉었던 그 말들 때문에, 내가 필히 당신들을 위해 죽어야 하는 사람이라고 생각해왔다면, 나의 죽음이 무조건 모두에게 이로운 것으로 생각했다면, 당신들은 무어라 대답해줄까.

나는 아직도 가족들의 제대로 된 사과를 들은 적이 없다.
그것을 바라는 내 생각이 불쾌하게 느껴진다. 나는 정말 건방진 사람인가.

성인이 되고 난 후

나는 무리하게 일을 했다. 정말 어떻게 살아 있는지 이해가 가지 않을 만큼 무리하게 일을 했다. 성격이 이렇게까지 망가지는 것은 어찌 보면 이미 예견된 일일지도 모르겠다. 정신을 차리고 보니 나는 모든 인간관계를 불신하고 있었다. 모든 업무와 동료들에 불만을 품고 있었고 내 입은 가십거리 따위의 쓰레기로 가득했다. 나는 썩은 걸레처럼 줄줄 흐르는 땟물을 온군데에 묻혀대고 있었다. 뭔가 억울하고 외로운 마음이 가득했다. 의존할 곳은 가족들밖에 없었다.

아버지가 또 일하다 다쳤다는 소식, 언니가 일을 그만두었다는 소식, 어머니가 회사에서 부당한 대우를 받는다는 소식. 연락할수록 불안한 얘기들이 많이 들려온다. 당장 집에 가고 싶다. 내 두 눈으로 확인하고 뭔가 대책을 만들고 싶다. 불안하니 일도 손에 잡히지 않는다.
3일 동안 입에 물도 음식도 대지 않았다. 잠만 서른여섯 시간을 잤다. 보다 못해 친한 언니가 나를 깨워 밖으로 끌고 나왔다. 내가 지금 왜 이렇게까지 의욕이 없을까. 미래가 걱정된다. 죄책감이 느껴진다. 내가 이렇게까지 나태하게 살아도 되나? 그런데 정말 모르겠다. 슬슬 그만 좀 해야겠다는 생각이 든다.

나는 친구가 없다. 다른 이들은 고등학교 친구가 어쩌니, 인생 친구를 만나니 하지만 생소한 이야기다. 웬 쓸데없는 소녀적 감성인지 모르겠지만 정말 제대로 공감할 수 있는 친구가 필요하다고 생각했다. 이미 마음속으로는 정해둔 후보들이 있었다. 그 생각들이 얼마나 한심한지 깨닫는다. 내가 친구 되겠다고 한들 남이 친구 해주는 것도 아니고 무슨 멍청한 생각인지. 입으로 머릿속으로 친구, 친구하고 단어를 뱉는 것도 낯설고 오그라든다. 부끄럽다.

그냥 아무나 내 얘기를 들어줬으면 좋겠다. 하지만 자신의 얘기도 해줄 수 있는 사람이었으면 좋겠다. 그런데 또 막상 그런 사람을 만나면 내가 낯설어 도망가버린다. 도대체 뭐가 문젠건지, 답도 없고 약도 없다. 어디서부터 잘못됐을까. 만약 내가 어릴 때부터 내 얘기를 들어줄 누군가가 있었다면, 하다못해 가족들에게라도 솔직하게 말할 수 있었다면 이런 고민을 하지 않았을까?

과거에는 내가 가족이라는 집단의 악의 축이라고 생각했다. 그 속에서 기생하듯 꾸물꾸물 살아가는 내가 너무 미워서, 가족들을 위해서라도 당장 죽어야겠다고 생각했다. 내 방에는 작은 창문이 있었다. 방충망을 열면 딱 내가 뛰어내릴 수 있는 크기였다. 집은 10층이었다. 그 창틀에 발을 내딛는데, 그런 생각이 들었다.

내가 이 아래로 떨어져서 갈가리 찢어지면 우리 가족들이 얼마나 지독하게 욕을 먹을까. 주민들이 멸시하다 못해 쫓겨나다시피 집을 옮겨야 할지도 모른다. 나는 죽는 순간까지 쓰레기가 되고 싶지는 않았다. 그래서 빨리 대학에 합격해서, 먼 곳으로 떠나 있어야겠다고 생각했다. 다시는 눈에 띄지 말아야겠다고 생각했다.

성인이 되니 반대가 되었다. 온전히 나의 괴로움으로 더는 살고 싶지 않아졌다. 나는 과거의 경험으로 성숙하기는커녕 여전히 철없고 시끄럽고 생각 없는 멍청한 아이였다. 그리고 몇 년이 지나도록 그것은 고쳐지지 않는다. 사회생활에서도 실패, 인간관계에서도 실패했다고 생각한다. 하지만 가족들에게 있어 나는 미래의 가장이다. 다른 이유로 가족들 때문에 죽지 못한다. 가족 생각을 하니 머릿속에는 또 엉뚱한 상상이 떠오른다. 갑자기 사고가 나는 상상이라든지, 누군가가 납치를 당한다든지 하는. 머리를 미친 사람처럼 흔든다. 잊어버릴 때까지 흔든다. 머리가 너무 어지럽다. 토할 것 같다.

박의 이야기

필명 '박' 님께서 보내주신 글을 옮겼습니다.
지금까지의 이야기와 반대로, 우울증을 겪는 가족과 주변 사람을 둔 사람의 이야기입니다.

"난 너를 감당할 수 없어. 헤어지자."
올가을, 남자친구에게 받았던 이별 통보다. 민트 초코 아이스크림을 먹다가 너무도 갑작스럽게. 뜬금없이 무슨 이별 얘기냐 싶겠지만, 내가 만났던 남자친구 역시 우울증을 앓고 있었다. 너를 감당할 수 없다. 무슨 뜻이었을까. '너를 사랑하지 않아'의 다른 표현이었을까.
사실 모든 얘기를 시작하기 위해서, 내가 고백해야 할 사실이 하나 있다. 나의 어머니는 11년째 우울증을 앓고 계신다. 11년이라는 숫자에 큰 의미를 부여하고 싶지는 않다. 그저 초등학교 6학년이었던 아이가 대학교 4학년이 될 때까지의 시간일 뿐, 그 이상도 그 이하도 아니다. 기억에 남는 첫 사건은 초등학교 때로 기억하는데, 엄마가 차를 몰고 가다가 고가 도로 옆에 차를 세우고 내 손을 잡고 내린 적이 있다. 도로 옆에 흔히 있는 15~20미터 정도 되는 낭떠러지 앞에 서더니, "같이 뛰어내려 죽자. 죽으면 다 끝나"라고 말했던 걸 똑똑히 기억한다.

그때 엄만 내 손을 이상하리만치 꼭 쥐고 있었다. 나는 펑펑 울며 엄마를 낭떠러지 앞에서 멀어지도록 온 힘을 다해 뒤로 당겼지만, 어린 여자아이의 힘으로는 무리였다. 엄마가 지금 여기서 죽으면 안 된다는 생각과 동시에, 생각보다 경사져 있는 낭떠러지를 보며 여기서 잘 굴러 떨어지면 바로 죽지는 않겠다는 생각도 들었다. 어떻게 무사히 집에 왔는지는 모르겠다. 그냥 옆에서 쌩쌩 달리던 차 안의 사람들을 보며 '제발 아무나 내려서 우리 엄마를 말려주세요'라고 속으로 애원했던 것만 기억난다.

이외에도, 엄마가 나에게 같이 죽자고 했던 수많은 시간들, 몇 번이고 목격했던 엄마의 자살 시도들이 있지만 다 털어놓고 싶지는 않다. 글자로 한 자 한 자 옮겨 적기가 너무 고통스럽기도 할뿐더러, 인쇄되어 영원히 남아 있을 이 책 속에 나의 아팠던 이야기들 역시 평생 남겨두기가 두렵다. 우울증인 엄마와 있었던 슬픈 이야기들을 나는 그저 없었던 이야기로 치부하고 싶다. 어쩌면 아직도 우울증을 앓고 있는 엄마를 외면하고 싶은 건지도 모르겠다. 기억하고 싶지 않은 슬픈 사건들 속에서, 그냥 나는 엄마를 현실에 붙잡아두려고 무던히도 애를 썼다고만 남겨두고 싶다.

다시 이별 이야기로 돌아가 볼까.
내가 만났던 남자는 많이 우울해 하던 사람이었다. 해야 할 일을 잘 해내지 못하고, 잠도 잘 못 자는 것 같았다. 가끔씩 그에겐 삶이 버거워 보였다. 나를 감당할 수 없다고 말하는 그 사람의 모습에서 나는 우리 엄마가 보였다. 엄마도 비슷한 얘기를 한 적이 있다.
"난 너를 감당할 수 없어."
우울증 환자인 동시에 내가 정말 사랑하는 두 사람에게 들은 이야기다. 나는 그들 옆에서 모든 걸 감당해내고 싶었는데, 그들은 나를 떠나가려 했다. 그리고 그중에 한 사람은 나를 영영 떠나갔다.
사실 나는 우울증 환자들의 삶의 무게가 얼마나 무거운지 짐작조차 할 수 없다. 왜 그렇게 본인의 깊은 바다로 가라앉는지 이해할 수도 없다. 우울증의 주변인으로서 그들에게 하고 싶은 한 가지 이야기는 이거다.

사랑하는 사람을 감당해내려 하지 마라.

당신은 절대로 주변인들의 짐이 아니다. 우리는 우울증 환자의 존재를 버겁다고 생각하지 않는다. 당신을 사랑하는 사람의 마음은 당신들이 예상하는 것보다 아주 튼튼하다. 필요하면 옆에 기대라. 본인이 짐이 될 거라 착각하고 주변인들을 떠나보내려 하지 말았으면 한다.

우리가 같이 병원에 갔던 날을 아직 기억해요. 대기실 의자에 나란히 앉아 내 차례를 기다리다 나도 모르게, 당신 어깨에 머리를 기댔다가 화들짝 놀라 자세를 고치던 내게 당신이 말했죠. 종일 이러고 있을 것도 아닌데, 화장실 갈 것도 아닌데 좀 더 있어도 괜찮다고.

다른 날은 괜찮았는데 왜 하필 그날만은 혼자이기를 못 견뎠던 건지, 왜 하필 당신에게 같이 가자고 했는지는 기억나지 않지만, 같이 와서 정말 다행이라 생각했어요.

그런 당신이었기에, 경계에 선 순간 전화를 걸었던 걸 거예요. 사실은 당신이 전화를 받는 순간부터 알았어요. 나는 이제 죽을 수 없겠구나. 숨차게 달려온 당신이 그렇게 우는 걸 보고 얼마나 후회했는지, 또 안심했는지.

나를 땅으로 붙들어줘서 고마워요. 그런 날이 절대 오지 않길 바라지만, 혹시라도 당신이 나와 비슷한 시간을 아주 잠시라도 겪게 된다면. 꼭 같이 있을게요. 기댄 채 화장실에 가도 괜찮은 사람이 되어 있을게요.
당신의 삶을 언제나 응원하고 있어요.

겨울비

한때 소중하다고 믿었던 사람들, 아직도 내게 너무 소중한 사람들, 당신들은 내게 너무 중요한 사람들이었어요. 좋은 쪽으로도 아마도 좋지 못한 쪽으로도. 그 모두에 감사할 수 있는 내가 될 수 있었다면 좋았겠지만 그렇지 못해서 한편으로는 종종 미안한 마음이 들어요. 생활하면서도 종종 당신들과 함께했던 순간들이 문득문득 떠오를 때가 있습니다. 그럴 때면 나는 당신들에게 어떤 사람이었을지 생각해보게 됩니다. 기왕이면 좋은 사람으로 남고 싶지만 모든 것들이 올바르고 좋기만을 바란다는 건 내 욕심일지도 모른다는 생각이 들어요.
내가 당신에게 잘못한 것이 있다면 용서해주길 바라요. 당신으로부터 받은 상처들도 용서합니다. 지금은 내 곁에 남아 있지 않은 분들이 웃을 수 있는 날들이 최대한 많았으면 좋겠고 내 곁에 있어준 분들에게 감사합니다.

사이

나의 모든 것을 알 수는 없었겠지만, 그냥 아무 말도 하지 않아서 감사했어요. 우울을 치료한다는 말을 듣고 동정할까 걱정했는데 아무런 변함없이 날 대해줘서 감사했어요.
중요한 순간이면 항상 도움을 요청하라고 했지만 이렇게 평생 살아온 나는 그게 더 불편해요. 내가 혼자 감내한다고 해서 그것에 대해 속상해하지 않았으면 좋겠어요. 많이 힘들면 다시 말할게요.
마음에 있는 가벼운 감기처럼, 아프면 병원을 가고, 그러다 보면 다시 낫겠죠. 내 옆에서 용기를 주고 지지해줘서 고마워요.

모랄

사랑하는 내 가족에게.
엄마, 아빠, 그리고 내 동생, 안녕?
이렇게 편지를 쓰려니 손발이 오그라들지만, 그래도 내가 가장 힘든 시기에 유일한 나의 기둥이었고 희망이었던 내 가족이 가장 먼저 생각나서 이렇게 편지를 써.
우울증이나 불안장애를 비롯하여 다양한 정신 질환을 겪고 있는 사람들이 말하길 가장 힘들 때가 가족과 같이 가장 가까운 사람들에게 '의지 부족'이란 말을 들었을 때래. 그런데 불행 중 다행이게도 우리 가족은 나에게 상처받는 말도 하지 않았고, 오히려 병원에 가길 권했었지. 덕분에 지금 이렇게 건강해져서 활발한 활동을 할 수 있는 내가 된 것 같아.
예민했던 나를 이해해주고 잘 보살펴줘서 너무나 고맙고 미안해. 우리 가족 아니었으면 지금 내가 존재하지 않았을 거란 생각에 가슴이 먹먹하네. 앞으로 더 열심히 살아서 다 보답할게. 사랑해!

초롱이

'스승'이라고 부를 수 있는 교수님들께 전하고 싶은 말이 있습니다.
가장 힘들었을 때, 저는 가장 중요하고 또 어려운 일들을 함께 맡고 있었습니다. K 교수님과 함께했던 연구 논문과 L 교수님과 함께했던 연구였습니다. 저를 믿고 중요한 일들을 맡겨주셔서 기쁜 마음에 그러겠다고 대답했지만, 사실 저는 전혀 따라갈 수 없었습니다.
그때, 맡은 바에 전혀 충실하지 못하던 저에게 어느 분도 독촉하지도 화를 내시지도 않으셨어요. K 교수님께서는 제가 랩미팅에도 잘 참석하지 못하는 상황에서도 저에게 연구비를 써주셨고, L 교수님은 며칠을 잡고 있어도 제대로 쓰지 못한 논문을 손수 고쳐주셨습니다. 또, 마지막 학기에 가장 좋아했던 수업의 교수님께서는 수업에도 잘 출석하지 못하는 제가 어려움을 토로할 때마다 이해를 넘어서 저를 많이 걱정해주셨습니다. 이뿐만 아니라, 그 스승님들께서는 저를 만나 인간적으로, 누구나 그런 시간을 겪을 수 있다고 하시며 많은 대화를 나눠주셨고, 커피나 저녁을 사주시기도 하셨습니다. 덕분에 아무것도 보이지 않던 그 상황 속에서도 모두 좋은 결과를 남길 수 있었습니다.

어쩌면 저는 존경할 만한 어른은 없다고 생각하게 됐을 수도 있었습니다. 하지만 교수님들이 계셨기에, 다행히 대학교를 졸업할 수 있었고 누군가를 존경할 수 있게 되었습니다. 어떨 때는 친구처럼 또 부모님처럼 대해 주셨던 스승님들이 있었기에 제가 그래도 버텨낼 수 있었고, 아직 꽤 초라하지만 그럭저럭 괜찮은 지금의 제가 있을 수 있었습니다. 정말로, 감사합니다.

V

엄마, 나는 엄마를 너무 사랑하지만 사랑하는 만큼 엄마에게 많은 영향을 받는 아이였어. 이제 와서 엄마에게 그런 얘기를 하고 싶지는 않아. 엄마도 많이 힘들었던 시간을 지나왔다는 걸 알고, 내 얘기를 들으면 누구보다 속상해할 걸 알기 때문에. 그래서 이렇게나마 편지를 써. 엄마는 나를 너무 사랑하지만, 엄마도 지금보다 성숙하지 못했던 시절에 나에게 미숙한 행동을 했었지. 어른이 된 내 입장에서 생각해봐도 나도 그럴 수 있다고 생각해. 다만 나는 그때 어렸어. 나의 우울에 누구보다 속상해하던, 항상 씩씩한 큰딸인 줄 알았는데 몰라줘서 미안하다고 말하던 엄마를 보면서 나도 마음이 아팠어. 내가 언제 이 말을 엄마에게 직접 전할지는 모르겠지만, 엄마. 엄마는 나한테 우주였어. 항상 고맙고 그래도 사랑해.

윤

친구들에게.

나는 표현에 서투르다. 그래서 이 글도 쓸까 말까 많이 고민했다. 그래도 익명을 빌려 고마운 마음을 전한다.

언젠가 아무것도 할 수 없다고 느꼈을 때, 그래도 지지 않겠다며 꾸역꾸역 버텨보던 때, 집을 떠나와 살던 우린 거의 스무 시간씩을 함께했다. 자신도 잠을 안 잤으면서 잠은 좀 잤냐고 물었고, 하루 종일 아무것도 안 먹었으면서 저녁 아홉 시에 먹는 첫 끼니인 빵 한 조각을 나누어줬다. 항상 컴퓨터실 한구석에 앉아 있던 내게 친하지 않았던 너도 내일은 함께 밥을 먹자고 했다. 소파에 앉아 쪽잠을 자고 일어난 내게 따뜻한 커피를 머그컵 한 잔 가득 주었다. 강가에 있는 카페에서 케이크를 먹고 밤바다를 보러갔다. 우리는 그 누구의 탓도 하지 않았고, 서로를 위했다.
나는 너희의 그 하나하나의 말과 장면들, 커피 온도가, 내가 받았던 상처들보다 훨씬 뚜렷하게 기억난다. 어쩌면 서로가 얼마나 힘들지를 알았기에 우리가 함께할 수 있지 않았나 싶다. 다행인지 불행인지, 다신 오지 않을 날들이다. 나는 그만큼 너희에게 고마운 사람이 되었을까? 고맙다. 고맙기만 한 사람들아.

H

지금은 모두 연락이 되지 않는 그때의 고마운 분들에게.
그땐 나에 대해서 몰랐고 나는 모두의 기분을 맞춰가며 그때를 보냈습니다. 그 당시에 나의 모든 이야기를 할 수 없었지만, 일부분에 공감해주고 들어주었던 친구. 우울을 벗어나기 위해 나에 대한 던지는 질문의 과정에서 사소한 다툼들이 있었고 그 다툼은 커져 결국 우리를 남으로 만들었네. 몇 번의 마주침도 우리는 서로 남이라는 걸 분명히 하는 순간들로 남았지만, 내가 우울하던 순간 그 이전, 이후의 내 친구. 정말 나에겐 소중했던 친구였다는 걸 항상 간직하고 있을 거야.

그때의 너와 지금의 너에게 잘 지내라는 말을 전할게. 안녕!

마이웨이

엄마.
엄마는 내가 약 먹는 걸 나약하다고 생각하지. 나는 그 말 자체가 너무 싫어. 나는 나약하지 않아. 오히려 너무 강해. 너무 강하기 때문에 여태까지 버텨올 수 있었던 거야.
엄마는 내가 짜증내고 힘들어할 때마다 너 정말 우울증 같다고 상담 다시 받아보라고 했었지. 이제 스스로 상처를 보듬을 수 있고 보듬어가고 있어. 하지만 엄마가 그런 말로 아물어가고 있는 상처에 다시 상처를 낸다면 내가 어떤 기분이겠어.
엄마는 왜 여태까지 너무 힘들었다는 내 절규를 그냥 흘려보내? 아니, 사실 이해는 가. 엄마가 사랑하는 딸이 그렇게 힘들었다는 걸 인정하기 싫은 거지. 그리고 엄마가 그 상황을 방관했다는 걸 인정하기 싫은 거지. 아니면 내가 아직도 엄살을 부린다고 생각하는 거야?
아빠가 항상 하는 말은 남 탓이었어. 내가 힘들다고 하면 항상 '더 힘든 사람을 생각해라' 혹은 '나는 더 힘들게 자랐다. 너희는 정말 행복한 조건에 있는 거다' 따위의 말을 지껄였지. 그래서 나는 항상 내가 힘든 것보다 엄마나 다른 사람들이 힘든 게 먼저였어. 내 피나는 가슴은 보려고 하지 않았고, 아니 피가 났다고 생각도 하지 않았지. 그래서 내가 힘들다는 말을 못하고, 힘들다는 생각조차 못하고 질질 끌고 왔어.

엄마, 처음으로 병원에 간 날, 의사 선생님이 사랑하는 사람이 있냐고 물었는데 내 대답은 '아니오'라고 나왔어. 그 순간 엄마 얼굴은 떠오르지도 않았는데 대답하고 나서 그 사실에 더 충격을 받았어. '아 나는 사랑하는 사람이 없구나' 그때 나는 약물치료를 결심했어.

집에 돌아와 엄마에 대해 찬찬히 생각해봤는데, 여러 감정이 복합적으로 뒤섞여 혼란스러웠어. 엄마가 원망스럽기도 하고 고맙기도 하고, 미안하기도, 속상하기도, 그리고 사랑하기도 해. 근데 엄마, 지금은 사랑하는 감정보다는 다른 감정들이 앞서 있어. 약을 먹으면서 나는 많이 좋아졌고 스스로 다시 강한 나로 돌아가는 것 같아.

그래서 이제 나는 엄마와 가족을 향한 엄청난 감정 소용돌이에 뛰어들려고 해. 이제 두렵지 않아. 소용돌이는 겉보기에는 흉폭하고 커 보이지만 사실 바람일 뿐이잖아. 나는 행복해지고 싶어. 그러려면 앞으로 나아갈 거고 나아갈 거야.

내가 이걸 모두 다 정리하는 날, 엄마에게 얘기할게. 기다려줘.

하나

사랑하는 내 친구들 B와 K에게.

털털하게만 지내던 너희에게 편지를 쓰는 일이 어찌 이렇게 어색하게 느껴지는 줄 모르겠다. 너희와 알게 된 지는 올해로 4년째구나. 나는 학교 때문에 너희와 멀어졌지만 나는 이상하게도 너희들이 항상 옆에 있다는 느낌이 들어. 너희들은 우리가 재미나게 놀던 봄과 여름과 가을과 겨울을 기억하니? 실없는 이야기에도 자주 웃고, 내 자신보다 나를 아껴주던 너희였지. 내가 처음 불안장애를 만나게 된 건 너희를 알기 전이었어. 나의 불안과 우울의 기억은 말이야, 너희를 만나고 나서 다르게 남았어.

항상 나를 챙겨주던 B. 우리가 처음 이야기하던 날을 기억하니? 우리는 학교 근처를 빙빙 맴돌며 서로에 대해 이야기했었지. 항상 착해 보이고 남을 위하는 모습이었던 넌 그것이 네 자신을 힘들게 한다고 내게 털어놨고, 나도 나의 우울의 기억을 너에게 털어놨었지.

있잖아. 네가 내게 말해준 고민들, 내가 극복할 수 있다고 호언장담하듯이 말했지만, 사실은 나도 무서웠어. 사람에 따라 달라지던 내 모습이 나도 어색했고, 항상 밝게만 보이던 내게 어두운 모습이 있다는 걸 들키면 사람들이 나를 싫어하게 될까봐 항상 전전긍긍했었어. 그냥 네 앞에서 강인해 보이고 싶었을 뿐일지도 몰라. 그럼에도 내게 멋있다고 말해준 네 덕분에 나는 항상 자신감을 얻을 수 있었어. 너는 내게 사실 잘 모르겠다고 말했지만 나를 알려고 노력했던 사람은 네가 처음이었어. 고마워, 나를 이해해주려 노력해줘서. 사실 말이야, 네가 전보다 많이 밝아지고 반 애들과도 많이 친해졌을 때 사실 나는 네가 부러웠어. 그래서 조금 시샘도 했어. 너를 찾는 아이들이 많아진 게 부러웠거든. 그래서 조금은 네게 못되게 굴었던 적도 있어. 지금은 그때 내 자신이 바보 같아. 네가 행복한 일은 내게도 행복한 일이야. 네가 대학에 합격했을 때는 진심으로 내가 대학에 합격했을 때보다 더 기뻤어. 셋이서 그 순간에 같이 기뻐할 수 있어서 영광이야.

그리고 내 친구 K. 글을 쓰고 있는데도 조금 웃겨. 우리는 점심시간에 양치를 마치고, 학교 운동장을 꽤 자주 돌았지. 그때마다 온갖 얘기를 다 했었는데 나는 네가 했던 진로 얘기가 많이 기억에 남아. 너는 네 자신에 대해서 어떻게 생각하고 있는지 나는 아직 네 마음을 모르지만 내가 보기엔 넌 이미 충분히 멋있는 사람이야. 항상 가수가 되고 싶다고 말하던 너였지. 주변에서 무리라고, 포기하라고 말을 해도 꿈을 꺾지 않는 너였어. 너희 가족은 너의 큰 꿈을 받아들이기에는 조금 벅찬지 네 꿈에 대해서 늘 비관적으로 말하곤 했지. 그때마다 너는 힘들어

했고 그걸 지켜보던 나도 마음이 좋지 않았어. 사실 나는 네가 대학교 들어가고 나서 네 꿈을 접을 줄 알았어. 그런데 네 스스로 돈을 벌어 보컬 학원도 등록하고, 노래 연습도 틈틈이 하는 널 보며 너는 참 멋있는 사람이라는 생각이 들어. 내가 범죄심리학자가 되고 싶어 했던 거 기억하니? 나는 그 꿈을 지금은 잠시 마음속에 접어뒀어. 하지만 더 많은 꿈을 꾸고 있어. K, 네 꿈 포기하지 마. 꿈이 꼭 직업일 필요는 없잖아. 노래하는 거 포기하지 마. 너는 노래에 대해서 얘기할 때가 제일 예뻐. 그리고 네 최고 장점이 뭔 지 알아? 너는 우리들보다 이성적이야. 우리가 항상 감정적인 결정을 하고 매사에 감정적으로 반응할 때 너는 매번 이성적으로 판단해서 조언해주지. 나는 때때로 마음이 우왕좌왕할 때 네 조언을 생각하곤 해. 네가 없으면 나는 누구에게 조언을 얻을까? 그렇다고 해서 네가 차가운 아이라는 건 아니야. 너는 스스로 차가워 보이는 인상이라고 말하지만 그건 네 모습의 빙산의 일각일 뿐이야. 널 조금이라도 알고 있는 사람이라면 네가 얼마나 배려 많고 따뜻한 아이인지 알 수 있지.

얘들아, 나의 고등학교 시절의 추억은 너희들과 함께한 모든 순간들이야. 서로의 미성숙함을 그대로 드러내던 우리. 나는 너희들과의 기억을 사랑해. 도서관을 같이 다니며 값싼 점심을 먹으면서도 즐겁게 웃었던 나날들. 쉬는 시간마다 밖에 나가 참새처럼 떠들어댔었지. 여름에 빙수를 먹으러 카페에 가서 팥죽을 먹었던 날 기억하니? 한참을 웃었던 게 아직도 기억나. 야자를 마치고 빈 주머니를 털어 떡볶이를 사먹으러 갔었지. 짓궂은 장난을 많이 쳐서 당황할 때도 많았어.
나는 우리의 봄, 여름, 가을, 겨울을 기억해. 우리의 계절은 아직도 많이 남았고 그 순간에 함께였으면 좋겠다. 애들아, 진심으로 고맙고 사랑해.

유순이

금쪽같던 딸이 불안장애와 우울증을 앓게 된 걸 알게 된 아버지. 당신은 어떻게 그 사실을 견뎌냈을까요? 아버지는 항상 가난이 미안하다고 했죠. 학원도 못 보내주는 못난 애비라며 술을 마시고 난 새벽에는 항상 그리 말씀하셨죠. 그리도 마음이 여리고 딸 생각밖에 할 줄 모르는 당신이 어떻게 견뎌냈을지 나는 궁금합니다. 그날, 학교 상담선생님이 당신에게 전화를 걸어 내게 병이 있다고 밝힌 것을 나는 알게 되었습니다. 분노하기도 했지만 곧 차라리 당신이 알게 되었다는 것에 마음이 놓였어요. 병을 앓는 것보다도 당신에게 그 사실을 말하지 못해 초조해하는 마음이 더 나를 무겁게 짓눌렀으니까요.

나는 덤덤하게 말하려 했지만 눈물로 인해 붉어진 내 눈을 숨기지는 못했습니다. 사실 숨기고 싶지 않았는지도 모릅니다. 나는 조금 더 기대고 싶었고 당신에게 응석을 부리고 싶었어요. 하지만 내 기억 속 아버지의 얼굴은 항상 애처로운 모습이었죠. 나는 말할 수 없었어요. 지금도 당신께 솔직하게 말하지는 못합니다. 그날의 붉어진 또 하나의 눈을 나는 보았기 때문이죠. 그것이 무슨 병이냐며 나는 모른다며, 병원 갈 돈이 필요하냐며 묻는 당신께 "아니에요, 아빠. 저희 학교 선생님께서 돈 다 내주신대요. 사정 다 아시고 도와주신다고 했으니까 걱정하지 마세요"라는 말 밖에는 하지 못했지요. 그날 밤, 당신 방의 텔레비전 불빛은 꽤 오래 켜져 있었고, 나 또한 잠들지 못하는 밤이었습니다.

아버지, 당신 탓을 하지 마세요. 매번 병원 갈 때마다 돈이 필요하냐며 묻는 당신의 마음을 저는 이해합니다. 딸에게 힘내라는 말 한마디조차 건넬 수 없는 서먹한 사이에 당신이 해줄 수 있는 일이라곤 딸내미의 손바닥에 꾸깃해진 만 원 한 장 쥐어주는 일 밖에 없었죠. 나는 긴 시간 홀로 어두컴컴한 동굴에 있었다고 생각했지만, 당신이 내 손에 만 원을 쥐어줄 때마다 가슴 한 켠에 뭉클한 것이 느껴졌습니다. 말하지 않아도 느껴지던 당신의 응원이 큰 용기가 되었어요.

지금의 당신은 쉰을 바라보는 나이가 되었죠. 주름이 많아진 당신의 얼굴을 볼 때면 늙어가는 모습에 마음이 아프지만, 한편으로는 그날의 당신이 내 곁에 있어준 덕에 생긴 그 주름 하나하나가 모두 감사함으로 다가옵니다.
아버지, 이제는 제가 당신의 편에 서서 당신의 손에 꾸깃해진 지폐가 아닌 따뜻한 온기를 전해드릴게요. 한평생, 어깨에 이고 있는 짐을 잠시 내려놓으세요. 짐은 같이 들어야 가볍고 행복은 같이 행복해야 더 크게 다가온다고 합니다. 아버지, 사랑합니다. 오래도록 건강하고 함께해요.

유순이

6.

그날의 말

여섯 번째 테마

'생명의 전화' 인터뷰

좋았던 말과 싫었던 말

우울증을 겪는 동안 주변에서 듣거나 보았던 말 중에 가장 위로가 되고 위안이 되었던 말은 무엇이 있나요?
반대로 가장 듣기 싫었던 말, 가장 상처가 되어버린 말, 다시는 듣고 싶지 않은 말은 어떤 것이 있을까요?

위로가 된 말들

"이대로도 괜찮아요."

꿈꾸는 방랑자

"그럴 수도 있어."

"좀 더 이기적이어도 괜찮아."

"너무 빨리 낫지 않아도 돼."

겨울비

"밥은 먹었어?"

H

"지금 너는 긴, 아주 긴 터널을 지나고 있을 뿐이야."
"태어나줘서 고마워. 네가 내 딸이라서 엄마는 너무 행복해."
그리고 구병모 작가의 《빨간 구두당》 중에서 "상실감으로 온몸에 금이 간 이에게 어디서부터 올이 풀렸는지를 충고하는 일은 부질없다"라는 문장도 위로가 되었습니다.

가을

그런 성격이 아님에도 이렇게 지내온 건 노력을 많이 한 거라고 고생했다고 하시던 심리치료사 선생님의 말씀.

윤

특별한 말은 없는 것 같아요. 그냥 저를 다른 사람들 대하듯 '평범하게' 대해주는 태도가 제일 위로가 되었던 것 같네요.

금요일

말보다 위안이 되는 건 우울해도 괜찮다는 확신을 주는 그 사람의 분위기입니다. 괜찮다는 말로도 위로가 되지 않는 그 시간 동안 그저 조용히 곁에 앉아 있던 흔들리지 않는 그 사람의 마음입니다.

S

오히려 "힘내", "잘할 수 있어", "너는 그 정도면 얼추 잘하잖아" 이런 말들은 아무런 의미가 없었습니다. "왜 그렇게 한심하게 살아?"라는 말이 이상하게도 위로가 된 적이 있습니다. 그 사람이 저를 소중하게 생각해준다는 사실을 알기 때문에, 일부러 더 독한 말을 하면서까지 나를 아껴주는구나 생각하게 되었습니다.

태평

어느 정도 나이가 차고 주변의 죽음을 목도하며 자살에 대한 맹목을 묻었습니다. 그럼에도 여전히 고단한 삶과 가난한 살림, 누추한 제 자신은 여전했습니다. 그런데도 제게 소중한 누군가 해준 말이 저를 지탱하는 유일한 버팀이 되곤 했습니다. "그동안 참 많이 힘들었을 텐데, 참 예쁘게 자랐구나." 이 말이 뭐라고 거기에 기대어 여태 저는 아등바등 이 생애를, 관계들을 극복하고 있습니다.

K

상담사 선생님과 의사 선생님의 '그만하면 됐어', 그리고 '충분히 할 만큼 했어'라는 말이었습니다. 성과에 대한 강박을 어느 정도 없앨 수 있었어요. 그 뒤 꽤 괜찮아진 후에도 '힘들면 언제든 그만둬도 돼'라는 말이나 '결과가 어떻든'이라는 말을 여러 번 들었습니다. 하지만 괜찮아진 후에 들은 그 말들은, 너무나 고맙긴 했지만 지금의 저에겐 오히려 더 나아갈 수 없게 만드는 말들이었습니다.

V

저는 글을 읽는 행위를 통해서 많은 위로를 받습니다. 특히 철학 서적을 통해서요. 프리드리히 니체가 한 말이 있어요.
"괴물과 싸우는 자는 스스로 괴물이 되지 않도록 주의하라. 오랜 시간 심연을 들여다보면 심연 또한 그대를 들여다보리니."
위로나 위안보다는 흐물흐물해져 있는 자신을 매섭게 관철할 수 있는 무언가를 항상 찾았던 것 같아요. 우울감을 이겨내야 한다는 전투적인 사고방식 탓이었던지, 니체의 말이 크게 와 닿았어요. 상황적으로 들어맞지 않는 문구일 수도 있겠지만, 그 당시 제게 있어 우울감이란 괴물이자 심연이었거든요.

밤

공황에 빠진 후, 약을 한 움큼 먹고 잠들었다 깨어난 그날 밤, 늦게 혼자 밥을 먹을 때 내 앞에 앉아 있던 친구에게 "너 할 일이나 하러 가"라고 짜증 섞인 말을 했을 때, "나 할 거 없어서 그냥 앉아 있는 건데" 하곤 밥을 다 먹을 때까지 지켜봐준 친구와 그 무심한 듯 걱정하던 말.

V

공감의 말이었던 것 같아요. 넌 그것이 정말 슬펐구나, 정말 아팠겠구나. 정말 속상했겠구나. 나의 감정에 대해서 배척하지 않고 같이 이해해주는 말들이요.

모랄

아직도 기억에 남는 일은 제가 잘 따르고 친하던 두 살 많은 언니가 프레첼 기프티콘과 함께 다른 아무 말도 없이, "너가 좋아하는 거라서 보내"라는 메시지를 보냈던 것이었습니다. 지나가는 친구들의 말들, "전화해", 밥 먹자", "무슨 일 있으면 꼭 전화해"라는 말들과 그 얼굴들도 아직 기억에 남아요. 아무것도 하지 않고 싶던, 숨기만 하던 저를 굳이 밖으로 끌고 나가 밥을 먹게 하고, 커피를 마시게 했던 친구들이 있었습니다. 여행을 갔는데 아주 넓은 평지였어요. 그곳에서 바람이 불었는데 그 바람이 어디에서 어딘가로 나를 통과해 지나간다는 생각이 들었고 어쩐지 이대로도 다 좋고, 앞으로도 괜찮을 거라는 일시적인 위로감이 들었습니다.

지금보다 더 우울했던 시기에는 그 당시엔 느낄 수 없었지만 좋은 사람 몇몇이 내 곁에 있었다는 사실이 제게 많은 위안이 되었던 것 같습니다. 옳다, 그르다의 문제를 떠나 어쩌면 지루할 수도 있었을 제 이야기를 몇 시간이고 들어주곤 했었어요. 제가 내내 죄책감을 가지고 있었던 문제에 대해서 나라도 그때의 너였다면 같은 선택을 했을 거라는 공감의 말이 위로가 되기도 했습니다. 가장 위로가 되었던 건 어떤 대상이나 특정 장소가 아니라 그런 몇몇 순간들이 아직까지 저를 지탱하게끔 해준 것이 아닌가 하는 생각이 듭니다. 어떤 순간이 더 특별하다고 말할 순 없는 것 같아요.

H

처음에는 제가 겪고 있는 이 증상이 공황장애란 것 자체를 인식하지 못했어요. 그냥 몸이 허해져서 그런가 보다 했었거든요. 그런데 TV에서 어떤 연예인이 나와서 자신이 공황장애를 앓았다며 증상과 그것을 극복한 이야기를 했는데, 그 증상이 저랑 같았어요. 그래서 처음 신경정신과를 찾게 됐죠. 지금도 TV 등을 통해 저와 같은 병을 가진 사람이 나와서 희망적인 말을 하면, 나만 이런 게 아니구나 하면서 뭔가 위안을 얻곤 해요.

우연히 SNS를 하다가 익명 사이트에 올라온 게시글을 보았습니다. 우울증을 겪고 있는 학생이 올린 글이었는데, 나름대로 우울증이라는 것을 극복하는 방법에 대해 조언하는 글이었습니다. 당시의 저는 우울증의 '극복'이라는 단어 자체에 일종의 불신, 거부감을 가지고 있었습니다. 저 스스로가 우울증과 불안장애를 겪고 있다는 사실도 부정하고 있었습니다. 보나 마나 한 내용이 있을 것으로 생각하며 읽은 글에 뜻밖에 이런 내용이 적혀 있더군요.

"내가 우울한 사람임을 인정하면 돼요. 우울한 기분이 들었을 때 '왜 또 우울해? 뭐가 문제야?'라거나, 아니면 '나는 우울하지 않아. 난 우울증 같은 것을 가진 사람이 아니야' 하고 부정하지 말아요. 자신을 병적인 존재로 생각하지 말고, 이렇게 생각하세요. 아, 그냥 오늘 하루 내가 우울하구나 하고."

제가 우울증을 겪으면서 가장 도움이 되는 말, 그리고 제가 자신을 인정하며 마음의 안정을 찾게 된 계기 중 하나가 됐던 글이었습니다.

초롱이

상처가 된 말들

"너만 아픈 것처럼 유난 떨지 마"

하나

"잘하면서 왜 그래."

꿈꾸는 방랑자

"시간이 지나면 다 괜찮아져. 나도 그랬어."

S

"남들도 다 그래."

우엉

"노력이 부족해서 그래"라는 말. 도대체 얼마나 더 노력하라는 걸까요.

Sseleman

"그래서 지금 네가 정확히 무엇 때문에 힘든 거야?"
"네가 우울하다는 걸 어떻게 증명해?"

"너는 좋겠다, 아프니까 주위에서 신경 써주는 게 많잖아."

겨울비

"다들 그런 건데 너만 왜 유난이니."

"그래. 다 엄마 잘못이야. 엄마가 널 잘못 키운 탓이지."

"이왕이면 구김살 없는 애가 좋지."

"너만 힘든 거 아니야."

K

"너는 정신병에 걸렸어. 너는 히스테리성 성격장애야. 그게 뭔 줄이나 아니? 정신 병원에 가면 정말 너 같은 사람 수두룩해. 너도 다를 거 없어. 똑같아."

여자 3

"그렇게 안 보이는데. 진짜기는 한 거야? 우울증이라는 게 실재하는 병이야?"

H

"너한테는 우울이 있어 부담스럽다."

믿었던 사람에게 치료받고 있다는 말을 했는데, 네가 너무 부담스러우니 인연을 끊자고 했던 일이 있었습니다. 두려웠나 봐요.

모랄

"네가 그럴 줄 몰랐다"라는 말이에요. 사실 이 말은 듣고 싶지 않은 말보다는 하고 싶지 않은 말이에요. 그 말을 하는 사람이 잘못된 것이죠. 그 사람의 생각만으로 '이래야만 한다'고 판단하는 것이니까요.

Z

직접 들은 적은 없지만, "우울증 같은 건 본인의 의지가 약해서 그런 거야"라는 말을 들으면 정말 싫을 것 같아요.

초롱이

"너만 그런 거 아냐. 요즘 세상에 안 그런 사람들이 어딨어?"
"에이, 뭘 그런 걸 가지고 그렇게 유난이야."
"의지가 부족해서 그래. 네가 마음을 단단히 먹어야 돼."
"억지로라도 웃어. 표정도 좀 밝게 하고."
"네가 그러고 있으면 부모님이 얼마나 속이 상하시겠냐."

모랄

불면증이 있다고 하니까 "약 먹지 말고 운동을 해보는 건 어때?"라거나 "몸을 엄청 피곤하게 만들면 될 거야" 같은 말처럼, 조언을 해주려고 하는 게 제일 싫었어요. 안 하려고 하는 게 아닌데, 못 하는 거라고 구구절절 설명할 수도 없고.

금요일

제게 도움이 전혀 되지 않았던 말은, 혹은 오히려 독이 되었던 말은, "요즘 사람들은 다들 그렇지, 나도 그래"라는 말이었습니다. 그때의 저는 그 말이 "모두가 그러므로 네가 겪고 있는 어려움은 전혀 특별하지 않고 도움받을 이유도 없어"라고 들렸습니다. 뜻밖에 그런 말을 하는 사람들이 많았습니다.

V

답이 없는 카톡, 받지 않는 전화에도 혼자서는 상처를 많이 받았어요. 아, 내가 싫은 건가, 지겨운 건가 하는 근거 없는 생각들이 마음속에서 자꾸 생겨났어요. 사실은 바빴거나 못 본 거였는데 말이에요. 이런 말을 하면 극도로 소심한 사람 같아 보이겠지만, 그랬어요.
저는 전화를 잘 하지 않아요. 시시콜콜한 이야기는 묵혀두었다가 만나서 이야기해요. 그러니 제가 하는 전화는 대부분 정말로 당신을 필요로 하기 때문이에요. 받아줘요.

H

"너만 그래? 다 그래"라는 말.
제가 구구절절 어려움에 대해 말해도, 가볍게 그게 대수냐, 힘든 척하지 말라는 말들을 들었습니다. "난 네가 부럽다. 그래도 서울에 있는 대학 갔잖아"라는 말도 많이 들었습니다. 저의 상황이 객관적으로는 전혀 어렵지 않은데 어려운 척하는 것으로 치부하고, 덜 큰 아이의 투정으로 받아들이는 말들이었습니다.
사실 저를 믿어주고 응원해주는 말들도 모두 거짓으로 들렸습니다. 제가 이런 상태에 있으니까 불쌍해서, 어떤 연민이라고 생각했어요. 또 다르게 생각한다 해도 나를 그렇게 생각하는 것 자체가 너무나 큰 부담이었습니다. 더는 그들이 생각하는 이전의 제 모습을 자신에게서 찾을 수 없었고, 돌아갈 수 없다고 생각했기 때문입니다.

태평

주변에서 해주던 말들은 막연하게 "잘 될 거야", "괜찮아" 같은 말뿐이었습니다. 제가 왜 우울한지에 대한 물음보다는 다들 지금 상황을 피하기 위한 행동으로 보여서 점점 저는 혼자가 되려 했습니다. 그 탓인지 저는 지금도 막연한 "잘 될 거야"라는 말을 싫어합니다.

마이웨이

고2 때 종합 병원에 있는 정신과를 다녔어요. 그날은 증상이 좀 심했던 터라 의사 선생님을 만나자마자 신이 나서 이것저것 말했죠. 의사 선생님께 그렇게 말하고 약을 받으면 모든 증상이 싹 낫는 느낌이었거든요. 그런데 그때 의사 선생님께서 "왜 그렇게 복잡하게 사니?"라고 하시는 거예요. 기가 차서 책상을 엎을까 생각하다가 그냥 바로 나와버렸어요. "복잡하게 살다니! 글쎄 당신이 연구해보지?"라고, 마음 같아서는 쏘아붙이고 싶었으나, 안 겪어보고 뭘 알겠냐 싶어서 생각만 하고 나와버렸어요.

유순이

말보다는 어떤 특정 사건이 아직도 뇌리에서 떠나가질 않아요. 영국에서 어느 겨울날 버스를 탔는데 제가 그때 후드가 달린 갈색 코트를 입고 있었거든요. 버스에 앉아 있는데 뭔가 뒤에서 "톡- 톡-" 이런 소리가 나는 거예요. 곧이어 키득키득하는 웃음소리도 들려왔죠. 알고 보니 맨 뒷자리에 앉아 있던 남학생들이 제 후드에 젤리를 집어던지고 있었던 거예요. 그것을 알아챘을 땐 이미 젤리가 수북이 후드에 쌓여 있더라고요. 너무 수치스러웠고 왜 아무도 말리지 않았는지 원망스러웠어요. 정말 무인도에 떨어진 기분이라고 해야 할까요. 물론 지금은 웃으면서 안줏거리 삼아 떠들 수 있는 추억이 돼버렸지만 제가 정말 그 아이들을 용서했는지 용서하지 않았는지는 잘 모르겠어요. 어린 마음에 그랬겠거니 싶기는 하지만요.

밤

"나는 이해가 안 된다. 진짜 기분이 우울하다는 건지, 그냥 그 병의 이름으로 자신을 보호하려는 건지, 어떤 이유인지, 어떤 상태인지 알 수 없다."
최근에 가까운 친구가 저에 대해 이런 말을 했다고 들었어요. 예전의 저였다면 많이 상처받았을 거라 생각했어요. 그 친구가 알고 있던 모습과 지금의 제가 너무 다르니까. 우울증에 대에 알지 못하니까 그렇게 말할 수 있다는 생각도 했어요.
사람들이 저에 대해 기억하는 모습은 언제나 뭐든 잘 해내는 모습일 가능성이 컸어요. 왜냐하면 조증인 상태에서는 다른 사람들이 혼자서 해내지 못하는 일을 다 해낼 수 있었고, 그

반대의 상태에서는 집 밖으로도 나가지 않았고 사람들과 연락도 하지 않았기 때문에 사람들이 볼 수 있는 모습은 조증 상태인 제 모습뿐이었어요. 이제는 들어도 그러려니 할 말이지만, 예전의 제가 '너 병 뒤에 숨는 거 아냐?'라는 말을 들었다면 꽤 힘들었을 것 같아요.

V

자살 예방을 목표로 하는 사회복지재단 생명의 전화의 하상훈 원장님을 만나 이야기를 나누어 보았습니다.

생명의 전화는 어떤 재단이고, 어떤 센터를 운영하는가요?

생명의 전화는 알렌 워커 목사님에 의해서 호주 시드니에서 시작이 됐어요. 어느 토요일 자정 무렵, 실직한 30대 후반의 로이 브라운이라는 청년이 목사님께 전화했어요. 그 청년이 아무도 자신의 이야기를 들어주거나 자신을 이해할 수 있는 사람이 없다고 해서 목사님이 도와주려고 많이 애를 썼어요. 그런데 그 청년이 결국 다음 화요일 아침, 자취방에서 가스를 틀어놓고 자살을 한 겁니다. 이 일을 매우 안타깝게 생각한 목사님이 자원봉사자들을 모집하고, 교육하고, 위기에 처한 사람들을 직접 도와주는 프로그램들을 시작했어요. 이게 언론에 알려지게 됐습니다. 〈시드니 모닝 헤럴드〉 편집장이 이 미담의 헤드라인을 무엇으로 쓸까 고민하다가, "전화로 생명을 구하는 선이 열렸다(Telephone lifeline opened)"라고 썼어요. 이후 라이프라인(Lifeline) 운동이 알려지기 시작한 겁니다. 생명의 전화는 호주에서부터 뉴질랜드, 미국, 캐나다, 일본, 대만, 한국, 그리고 또 남미까지 아시아 태평양 연안에서 활동하는 국제기구고요. 한국에서는 1976년도에 한국 최초의 전화 상담기관으로 시작이 되어서, 사람들의 고민이나 갈등, 위기 그리고 자살 문제를 24시간 365일 상담해왔습니다.

생명의 전화는 어떤 일들을 하나요?

생명의 전화는 올해 40년이 되었어요. 그 40년 동안 생명의 전화는 다양한 일들을 했습니다. 24시간 356일 전화 상담도 하게 되었고, 1998년부터는 사이버 상담실이 개통됐어요. 또한 자살 문제가 우리 사회에 부각되면서 자살 예방 센터가 설립이 됐고요. 그리고 자살자들의 유가족들이 많은 죄책감과 고통을 겪고 있기에 그분들을 위한 유가족 지원 센터도 운영하게 되었고요. 한강 교량에서 너무 많은 분들이 뛰어내려서, 한강 교량에 SOS 생명의 전화를 설치하기도 했습니다. 자살 예방의 목적으로 범국민 생명 존중 운동인 '생명 사랑 밤길 걷기 대회'를 2006년부터 지금까지 11년 동안 진행을 하고 있습니다. 많은 사람이 5킬로미터, 10킬로미터, 30킬로미터를 걸으면서 자신의 생명에 대해 생각해보고 다른 사람들의 생명도 소중히 여기는 마음을 가질 수 있게 프로그램을 진행했습니다. 요즘은 많이 확대되어서 전국의 8개 도시에서 진행하고 있고, 약 3만 명가량이 참여해서 대규모 국민 생명 사랑 캠페인을 전개하고 있다고 볼 수 있습니다.

생명의 전화에 전화를 하시는 분들은 주로 어떤 분들인가요?

전국적으로 1년에 약 10만 건, 서울에서만 1년에 약 3만 건의 전화가 오는데요. 굉장히 다양한 분들이 전화를 합니다. 무료로 자신이 있는 곳에서 언제든지 전화할 수 있기 때문이죠. 말했다시피 갈등과 고민이 있는 사람들, 위기와 자살 생각을 갖고 있는 사람들, 이런 분들이 전화가 많이 와요. 사업 실패라든가, 사채로 시달린다거나 하는 경제적 어려움으로 전화하시는 분들도 있고요. 청소년들은 성적 문제라든가, 진로 문제, 또 대인관계 문제로 전화를 많이 합니다. 가정 폭력이라든가 가족 간의 갈등 같은 가정 문제로도 전화가 많이 옵니다. 우울증에 걸린 사람들이 병원에서 충분히 이야기를 다 하지 못하니까 생명의 전화로 전화를 걸어오는 분들도 많습니다. 사실 우리가 삶 속에서 겪을 수 있는 거의 모든 문제로 전화를 한다고 보면 될 것 같습니다. 그런 문제들이 해결되지 않고 남았을 때, 본인 탓으로 돌려 우울해 하는 사람들이 많기 때문이죠.

10대에서 30대의 사망 원인 중 1위가 자살이라는, 이런 사회적 현상에 대해 어떻게 생각하시나요?

우리 청년들이 자살로 죽는 확률이 교통사고 사망보다 2배 이상 많은 것이 현실이 됐습니다. 우리나라의 내일을 짊어질 젊은이들이 자살로 인해 죽는 경우가 많아서 너무 안타깝습니다. 한 번 생각해보세요. 우리나라가 출산율이 최하죠. 세계적으로 가장 아이를 안 낳는 나라예요. 아이들이 많이 태어나지도 않는데 이렇게 많은 젊은이가 자살을 한다니요. 우리나라의 미래를 짊어질 그런 꿈나무들이 자살로 이 세상을 떠나는 그런 안타까운 일들은 없어져야 한다고 저는 생각합니다.

'생명의 전화'에서는 우리나라의 높은 자살률에 대해 어떤 영향을 끼칠 수 있고, 혹은 끼치고 싶으신지 궁금합니다.

통계청에 의하면 2015년에 우리나라에서 1만 3,513명이 자살했어요. 시골 하나의 면에 사는 모든 사람이 자살한 거나 마찬가지예요. 그런 엄청난 숫자의 자살이 매년 발생해요. 심지어는 1만 5,000명이 넘어갈 때도 있었어요. 전 세계적으로 비교해봐도 굉장히 높은 수치입니다. 우리나라는 2015년 인구 10만 명 당 자살자가 25.6명이에요. 그런데 미국은 인구 10만 명 당 10.5명입니다. 우리나라가 2배 이상 높은 거죠. OECD 국가들이 35개국 정도가 되는데, 그중에서 우리나라가 13년째 자살률 1위예요. OECD 국가의 평균 자살률이 인구 10만 명 당 12명이에요. 그런데 우리나라가 26.5명이니까 2배 이상이 된다는 거죠.

그런데 자살은 자살자들만 목숨을 잃고 끝나는 게 아니에요. 거기에 더해 주변 사람들이 심각한 정신적 충격과 외상, 그러니까 마음에 상처를 입는 거죠. 이런 정신적 상처를 받는 사람들, 소위 외상 후 스트레스 장애라고 하는 PTSD 증상을 경험하는 사람이 자살자 1명당 평균 6명 정도 돼요. 한 가족 내에서 한 사람이 자살하면 가족 전체가 심각한 상처를 받는 거예요. 평균 6명이라고 한다면, 우리나라에서는 1년에 8만 명 이상이 자살자의 유가족이 되는 겁니다. 이분들에게는 삶의 고통이 너무 너무 커요. 저희가 유가족 지원 센터를 운영하면서, 그분들의 이야기를 들어보면 온갖 정신적인 문제를 다 안고 있어요.

자살자 숫자에는 들어가지 않지만 자살을 시도해서 병원 응급실에 실려 간 사람들이 있잖아요. 이런 사람들은 자살자의

10배에서 20배가 됩니다. 그리고 또 자살 생각을 해본 사람들도 많죠. 그런 자살자, 자살 시도자, 그들의 유가족, 자살 생각을 하신 분들까지 고려하면 매우 많은 사람이 자살 문제로 정말 큰 고통을 받고 있습니다. 심각한 위기에 처해 있는 사람들이, 우리 주변에서 행복을 크게 느끼지 못하고 어둠 속에서 살아가는 분들이 그만큼 많다는 겁니다.

안타깝게도 자살 문제에 대해서 아직도 국가와 사회의 관심이 부족해요. 먹고사는 문제를 처리하느라 비쁘니까요. 하지만 자살을 예방하는 것은 단지 자살을 막는 것에서 그치는 게 아니라 가정을 살리고, 우리 공동체를 살리는 일이에요. 한 사람의 자살이 다른 여러 주변인들에게 영향을 끼치기 때문이죠. 그래서 사람들이 나와 다른 사람들의 생명을 함부로 하지 말자, 소중한 생명을 모두 지키고, 아무리 힘들고 어렵더라도 끝까지 삶을 살아내자고 생각할 수 있도록 생명의 전화는 계속해서 캠페인을 벌여나갈 계획을 하고 있습니다.

자살과 같은 극단적인 생각을 하는 사람들이 보이는 행동이나 말과 같은 특징이 있나요?

자살하는 사람들은 먼저 어떤 경고 신호로 언어적 사인과 행동적 사인을 보냅니다. 주변 사람들이 알아차리지 못할 뿐이죠. 그래서 갑자기 죽었다고 생각하는 거죠. '언어적 사인'은 죽고 싶다고 자주 이야기한다거나, 또는 더는 살고 싶지 않다고 하거나, 한 걸음도 앞으로 나갈 수 없다, 이제 모든 것을 다 포기하고 싶다는 등의 표현들입니다. 우리가 그럴 때, '쟤는 그냥 그런 사람인가 보다'라고 생각하지 말고, 그런 이야기를 들었다면 '저 사람은 아주 힘들어 하는구나', '혹시 자살을 생각하고 있을지도 모르겠다'라고 생각해야 해요. 그 사람과 충분히 이야기를 나누고 자살 위기가 확인되면 빨리 전문가에게 의뢰해서 도움을 받을 수 있게 해줘야 합니다. 그래서 자살 예방에서 가장 도움이 될 수 있는 것이 가장 가까운 사람들이에요. 가족들, 친구들, 이웃들이요. 이 말을 영어로 얘기하면 'A cry for help'라고 말을 써요. 그러니까 도움을 찾는 울음, "날 좀 도와주세요"라고 얘기하고 있는 거예요. 그런데 아무도 도와주지 않으면 물에 빠져서 죽는 거죠. 똑같아요. 그래서 죽고 싶다고 하는 말을 저는 '날 좀 도와주세요'라고 받아들이고 있어요.

'행동적 사인'은 여러 가지로 나타나요. 청소년의 경우에는 죽음이라는 단어에 몰두해서 인터넷에서 죽음과 관련된 기사나 책을 많이 읽는다거나, 자기가 소중하게 여겼던 물건들을 다 나눠준다거나 또 뜬금없이 누군가에게 잘 있으라고 마지막 인사를 한다거나, 유언장 비슷한 글을 인터넷이나 카톡에 쓴다거나, 아주 권태로워 하고 우울하고 위축돼서 다른 사람들과 교류하지 않으려고 한다거나. 이 세상의 이야기보다는 죽음 이후에 대한 세상에 대해서 자꾸만 궁금해 하는 행동들 역시 어떤 사인을 보내고 있는 거예요. 힘들다는 얘기인 거죠. 잠을 못 자거나, 너무 많이 먹거나, 잘 먹지 못하는 증상들로 나타나기도 해요. 신호등을 보면 빨간불이 들어오기 전에 황색 신호가 들어오잖아요. 이런 사인들은 황색 신호처럼, 그런 주의 신호와 같습니다. 우리가 이걸 무시하고 그냥 지나가 버리면 진짜 빨간불이 켜져서 대형 사고가 일어나는 거죠.

한 사람이 자살하잖아요? 그럼 그 가정에는 원자 폭탄이 터진 것과 같아요. 원자 폭탄이 무서운 것은 낙진이에요. 후유증이죠. 주변 사람들이 모두 피해자가 되는 거예요. 자살을 막지 못했다는 죄책감뿐만 아니라 사회적으로도 자살자에 대해서 낙인을 찍기 때문에 사회적 오명을 느끼고 더 위축되고 인간관계가 단절되고, 다른 사람들에게 그 죽음에 관해서 이야기를 하지도 못하다 보니 정상적인 애도 과정을 거치지 못하는 경우가 상당히 많습니다. 그러다 보니 우울해지고 죽고 싶고… 이런 생각에 빠지게 됩니다. 그래서 정말 자살은 그 사람뿐만 아니라 그 주변 다른 사람들에게 미치는 영향이 굉장히 큽니다.
그러니까 주변의 누군가가 그런 사인을 보낼 때 우리가 그걸 신속하게 알아차려야 해요. 평상시에 관심을 기울여야 해요. 만약에 학교 폭력이나 성폭력, 가정 폭력을 당했다거나, 중요한 시험에서 실패했거나, 사랑하는 사람과 헤어졌거나 또 사랑하는 사람이 죽었거나, 이럴 때는 심각한 위기 상황에 부닥쳐 있는 것입니다. 때문에 그런 상황 속에서 말씀드린 것과 같은 언어적 반응, 행동적 반응을 보낼 때 그 사람이 아주 위기의 상황에 부닥쳐 있구나 생각하고 도움을 줘야 합니다. 자신이 도움을 주기 어려울 때는 빨리, 그분에게 영향을 미칠 수 있는 사람과 의논해서 전문적인 치료를 받을 수 있도록 한다거나, 생명의 전화에 연락을 주시거나, 지역 사회에 있는 정신 보건 센터에 연락한다거나, 또는 병원에서 상담을 받아보게 하거나, 어떤 방식이든지 그분이 자신의 이야기를 털어놓고 도움을 받을 기회를 그분에게 줄 필요가 있습니다. 그게 그분을 위한 사랑의 행동이라고 저는 생각해요.

센터에서 전화를 받으시는 분들도 자원봉사의 일환이라고 들었어요. 생명의 전화에 봉사나 후원은 어떻게 할 수 있나요?
생명의 전화 상담원이 되려면 만 24세 이상, 이곳에서 1년 동안 교육을 받아야 합니다. 1학기에는 상담 교육, 2학기에는 전화 상담 전문 과정 교육을 받습니다. 그 후 8개월 동안 실습을 합니다. 그리고 그다음 해 창립 기념일인 9월 1일에 상담원 자격을 부여해요. 물론 1년 교육을 마친 뒤에는 상담할 수는 있지만 정규 상담은 아니에요. 봉사자 분들 중에 전문가들도 많고, 학교 선생님도 많고, 종교 지도자도 있어요. 그 외에 전문적인 영역에서 일하시는 분들도 많이 있습니다. 비록 자원봉사이지만 상당히 전문적인 역량을 갖고 있죠. 그럼에도 우리가 다 해결할 수 없는 부분은 전문 기관에 의뢰한다거나, 혹은 면접 상담을 받게 한다거나, 그렇게 전문가들에게 상담을 받게 합니다.

재단의 일이 모두 국가 자금으로 운영되는 것이 아니라 국가 자금 일부와 개인이나 단체의 후원으로 운영이 됩니다. 또 자선 행사 등을 통해 많은 분들이 기부해주기도 하고요.

마지막으로 전하고 싶으신 말이 있나요?

주변에 보면 정말 힘들어 하시는 분들이 있잖아요. 그분들이 왜 이렇게 힘들어 하는지에 대해 제가 생각한 바로는, 우리 사회가 항상 기대가 너무 큰 것 같아요. 우리가 서로 늘 비교를 많이 하면서 살다 보니 상대적 빈곤감 같은 걸 많이 느끼는 것 같아요.

1970~80년대에는 인구 10만 명당 자살률이 7~8명이었거든요. 근데 지금은 26~30명까지 올라간 거예요. 우리나라가 전 세계 10위권에 해당하는 경제 대국이 되었는데, 그때보다 자살률이 훨씬 높아진 거예요. 왜 그럴까요? 왜 잘살게 되었는데 자살은 더 많아졌을까요? 어쩌면 성취 지향적인 사회 속에서 기대가 너무 높다 보니 현실 속 자신의 모습은 늘 기대에 못 미치는 거예요. 그러니까 행복지수도 떨어질 수밖에 없죠. 물론 기대가 있다는 것은 내가 발전하는 데 도움이 되지요. 하지만 어떤 때는 현실에 만족하면서도 살아가면 좋겠는데, 우리는 너무 다른 사람과 비교해서 앞서나가야 한다는 생각을 해요. 1등이 아니면 우리는 패배자 같은 느낌이 들고 기대와 현실의 괴리감에 늘 좌절하죠.

마음속 괴리감이 클수록 욕구불만이 생겨요. 원망이 생기는 거죠. '나는 왜 이렇게 안 될까?' 그 원망을 어떤 사람들은 밖으로 표출해서 '묻지마 살인', '묻지마 폭력'으로 나타나기도 하고 어떤 사람들은 그 원망을 자기 자신에게 표출하는 거예요. '내가 못나서 그렇지' 하면서 죄책감과 자책감을 느끼게 되고, 우울증에 걸리게 되고, 자살을 선택하게 되는 거예요. 우리가 가지고 있는 괴리감과 욕구불만을 합리적이고 생산적인 방법으로 잘 해결해나갈 수 있으면 좋겠어요.

이 세상이 아무리 어렵다 하더라도 어딘가에는 도와주는 사람이 있어요. 아무리 세상이 각박해도 도움의 손길을 주는 사람이 어딘가 반드시 있다는 믿음을 갖고, 혼자 해결하려 하지 말고 누군가에게 손을 내밀고 도움을 요청하면 반드시 좋은 길이 있을 수 있다는 거죠.

생명의 전화에 전화하는 사람들과 그렇지 않은 사람들은 큰 차이가 있어요. 여기서 직접적인 도움은 받지 못하더라도, 한참 이야기하다 보면 자신이 그 문제를 풀 수 있는 길이 생기거든요. 이런 긍정적인 삶의 자세를 가지고, 내가 어려울 때 누군가에게 도움을 받고, 또 저 사람이 어려울 때 내가 도움을 주고. 서로가 서로에게 도움을 주고받는 그런 건강한 문제 해결능력을 가질 수 있으면 좋겠습니다.

생명의 전화

상담 전화번호	1588-9191
웹사이트	www.lifeline.or.kr

후원과 봉사, 사업 내용에 관한 더 자세한 사항은 생명의 전화 웹사이트를 통해 찾아보실 수 있습니다.

생명의 전화 자원봉사자

8년 동안 생명의 전화에서 상담 봉사를 해오신 익명의 자원봉사자 분께 생명의 전화에서의 봉사에 대해 여쭤보았습니다.

어떤 일을 하시나요?

부산의 한 여성 쉼터를 운영하고 있어요. 다양한 상황에 놓인 여성들의 쉼자리가 되어주기도 하고 그들의 재활을 돕기도 해요. 어떤 사람들은 스스로 찾아오기도 하지만 경찰이나 병원의 소개로 만나게 되는 사람들도 있어요. 그중에는 간혹 성매매 여성들이 오기도 하는데, 참 안타까운 경우가 많아요.

생명의 전화에서 자원봉사를 하게 되신 계기가 있나요?

어떻게 이 일을 하게 되었는지에 대해 이야기를 하려면, 저희가 하는 일에 대한 설명이 조금 필요할 것 같아요. 처음 대학교를 졸업하고 가정법률상담소에서 일을 했어요. 그때 상담을 받으러 오는 사람들은 다양한 사연 끝에 결혼 생활을 마무리하기 위한 절차에 대해 상담을 받으러 오는 거였어요. 그러니까 이혼에 대한 이야기였죠. 법적인 책임, 양육권, 이런 것들에 대한 상담이 대부분이었어요.
그런데 이 일을 하다 보니 아쉬운 기분이 들 때가 많은 거예요. 제가 만나는 사람들은 정말 끝을 내기 위해 저를 만나러 온 거였어요. 그런데 이야기를 듣다 보면 제가 생각하기에도, 그리고 상담을 하러 온 사람들이 본인 스스로 생각하기에도 이 여기까지 오는 과정에 다른 길로 갈 수 있는 기회가 여러 번 있었다는 사실을 알게 되었어요. 저는 거기에서 한계를 느꼈고 사람들이 끝까지 오기 전에 사람들의 이야기를 듣고 그 상황까지 가지 않게 하는 그런 상담을 하고 싶었어요. 그래서 법률 상담이 아닌 사회복지와 상담을 공부하게 되었고, 그게 자연스럽게 생명의 전화에서의 봉사로 이어지게 되었어요.

생명의 전화에서 자원봉사를 하려면 어떻게 해야 하나요?

먼저 일정 기간 교육을 받아야 합니다. 상담 시에 통계적으로 어떤 단어를 주로 사용하는지, 어떤 말을 하면 안 되는지, 그리고 혹시라도 본인의 신원이 밝혀지면 안 되기 때문에 본인을 알리지 않기 위한 보호 장치 같은 것들도 배워요. 그럼에도 불구하고 봉사를 하다 보면 같은 사람의 전화를 다시 받게 되는 경우도 있어요. 봉사 시간이 어느 정도 일정해서였던 것 같아요.

봉사를 하면서 어떤 말이 힘든 분들에게 효과적이라고 느꼈나요?

굳이 생명의 전화에서의 봉사뿐만 아니라, 제가 하던 상담에서도 똑같았던 것 같은데, 아이러니하게도 제가 말하는 것보다는 내담자가 말을 하는 게 결국 상담에서 의미가 있었던 것 같아요. 이건 상담사마다 다르다고도 해요. 어떤 상담사는 적극적으로 방향을 제시한다고도 하는데 저는 아닌 것 같아요

이렇게 생각하게 된 계기가 있어요. 저는 천주교인이긴 하지만 틱낫한 스님의 강연을 들은 적이 있는데, 그때 상대방을 이해하려면 먼저 자기 자신의 화를 다스려야 한다고 하더라고요. 스스로의 고통에 먼저 귀 기울이고 그걸 이해하면 상대방을 원망하는 마음이 사라진다고.

저도 항상 이걸 실천하려고 노력하지만, 상담을 받는 사람에게도 마찬가지라고 생각해요. 그러니까 내담자들이 원망과 화를 토해내도록 하는 거죠. 저는 그냥 듣고 있어요. 특별히 과장된 추임새도 하지 않고, 그럼 처음에는 쭈뼛쭈뼛 말하기 시작한 사람들도, 아니면 처음부터 분노에 찼던 사람들도 자기 자신을 둘러싼 일들에 대해, 환경에 대해, 주변 사람들에 대해 한참을 이야기하더라고요. 그런데 정말 신기하게도 그렇게 계속 이야기를 듣다 보면 결국에는 그들 스스로 잠잠해지더라고요.

저는 그게 틱낫한 스님이 말씀하신 바가 아닌가 싶어요. 틱낫한 스님은 자기 자신의 고통에 귀를 기울이라고 하지만 우리 같은 평범한 사람들은 그게 쉽지 않잖아요. 그걸 남에게 이야기하다 보니 자신의 고통이 어떤 것이었는지 그제야 알게 되는 거죠. 감정에 북받쳐 이야기하던 사람들도 상담이 끝나갈 때면 본인이 스스로 방향을 정하더라고요. 상담이 끝나는 것도 제가 정하지 않아요. 그들의 이야기를 듣고 있으면 저절로 그 시점이 다가와요. 그러니까 여러분들도 무언가 해주고 싶다면 다른 게 아니라 이야기를 들어주는 게 좋을 것 같아요.

이건 굳이 상담을 필요로 하는 사람이 아니더라도, 결혼 생활에서도 자식을 키울 때도 마찬가지예요. 이전에 저는 자식에게 방향을 정해주는 그런 엄마의 삶을 살았는데, 이걸 알고 나서 자식과의 대화에도 적용해보니 똑같더라고요. 제 아이가 고등학생 때 이걸 알게 되었는데, 그 뒤로는 자식과의 대화도 훨씬 편해진 것 같아요. 아이도 예전보다 편하게 제게 말을 걸기도 하고요.

원하는 이야기를 들려줄 수 있었는지는 모르겠어요. 이해하기 어려울 수도 있겠지만 제가 지금까지 경험하고 느낀 건 이렇습니다. 다른 사람에게 직접 방향을 제시해줄 필요도 없고, 아니 제시해줄 수도 없을뿐더러, 그들이 스스로 이야기를 하다 보면 처음에는 겉에 있는 이야기부터 시작하겠지만 결국에는 마음 안쪽 구석에 있는 이야기를 꺼내고 결국에 스스로 길을 정할 거예요. 여러분의 역할은 그저 귀 기울여 들어주는 거예요.

생명의 전화를 나오며

제가 '생명의 전화'를 인터뷰하고 나오는 길에 쓴 글입니다.

인터뷰를 하기로 한 시간에 늦었다.

오늘은 생명의 전화 재단을 인터뷰했다. 원장님께서는 성과중심사회에서 짊어지게 되는 너무나 많은 기대들 때문에 사람들이 더 힘들어지는 거라 하셨다. 1등이 되어야만 한다는 생각들, 내가 내 친구들, 동료들보다 더 잘해야만 한다는 압박과 기대 때문에, 더 잘하지 못하는 건 모두 자신의 잘못 때문이라 여기게 되고, 그래서 우울증을 넘어 극단적인 생각도 하게 되는 것 같다고 하셨다. 서로가 서로에게 좀 더 관심을 가져주고, 자신이 좀 못해도 괜찮다고 생각하길 원한다고 하셨다. 나는 녹음을 끄고, 사실 나도 같은 이유로 이 책을 만들고 있다고 했다.

이화동에서의 인터뷰를 마치고 늦은 점심을 먹기 위해 대학로로 향했다. 홍익아트센터 근처에서 혜화역 끝까지 이어지는 시위 행렬이 있었다. 차가 막혀 인터뷰에 늦은 이유가 시위 때문이었구나, 하고 지나가려는데 연사의 목소리가 들렸다. "무엇이 행복한 삶인가요?" 플래카드에는 성과퇴출제에 반대한다고 적혀 있었다. 연사는 동료와 경쟁해서 동료를 퇴출시켜

야만 자신이 성과퇴출제에서 살아남을 수 있다고, 그 때문에 야근과 주말 출근을 해야 하는 아버지의 아들에게는 아빠와 함께하는 저녁과 주말 나들이가 없다고 했다. 다섯 살짜리 아이가 상담을 받았다고, 상담사는 그저 더 많이 안아 주고 아이와 시간을 더 많이 보내주라고 했다. 아빠는 사회에 꼭 필요한 사람이라는 말과 함께 아빠의 부재가 아이들의 마음에 구멍을 만들진 않을지 걱정된다고 했다. 나는 오늘 선글라스를 끼고 있어서 다행이라고 생각했다.

이 사건들을 통해 우울증은 개인의 정신적 문제인가, 혹은 사회적 문제인가에 대한 생각을 하게 되었다. 어느 한쪽만의 이유라고 할 수는 없지만, 우울한 사람들과 우울이 만연한 사회를 만든 데에는 사회가 추구하는 가치와 그 분위기가 영향을 끼쳤을 수밖에 없다는 결론을 내렸다. 나 자신은 우울의 이유가 작업물에 대한 강박 때문이었고 그것은 내 개인의 문제에 가깝다고 생각했다. 하지만 어쩌면 내가 내 친구들보다 더 좋은 작업물을 내보이고 이를 통해 누군가의 인정을 받기 위함이었음을, 이는 나 스스로 만들어낸 문제가 아니었다. 이 책을 만들어가는 과정에서 많은 사람들의 이야기를 듣고 또 읽었다. 많은 사람들이 우울증의 요인으로 자신에 대한 사회의 기대와 현실 간의 괴리, 가정의 분위기, 일련의 사건들, 그리고 경제적인 이유 등의 외부적인 원인을 꼽았다.

나의 "노력했다, 한계다, 더이상 할 수 없다"라는 말엔 언제나 "넌 이것보다 더 잘할 수 있다, 더 노력하면 뭐든 할 수 있다, 다 잘되라고 하는 말이야"라는 대답이 돌아왔다. 다르게 말하면 나는 아직 노력을 덜 했다는 뜻이었다. 그 말들이 나를 아무것도 가능하지 않게 만들었다. 한병철의《피로사회》중 "아무것도 할 수 없다는 개인의 우울한 한탄은 무엇이든 할 수 있다는 사회에서만 가능한 것이다"라는 말을 다시금 떠올렸다.

혹자는 개인의 역량이 부족한 걸 왜 사회 탓을 하냐고, 그러게 왜 노력을 안 했냐고, 우울증이라는 것 뒤에 숨는 것 아니냐고 한다. 나는 노력하지 않은 적이 없다. 지난 몇 년 간, 한 달에 반 이상을 집에 못 들어가고 소파에서 한두 시간씩 쪽잠을 잤고 밥도 제때 먹은 적이 없다. 나뿐만 아니라 내 친구들 모두가 그랬다. 그런데도 우리는 여전히 힘들다. '네 탓일 뿐'이라는 그 말이 나를 더 어렵게 만들고, 사람들을 더 힘들게 만들고, 마포대교에서 생명의 전화에 전화를 걸게 하며, 다섯 살짜리 아이에게 아빠의 부재를 느끼게 하고, 사람들이 시위를 하게 만든다.

우울증을 겪으며 배운 점이 있다면, 무엇보다 나 자신이 중요하다는 것이다. 내 성적보다 내 작업물보다 말이다. 나는 그걸 너무 늦게 알았다. 정신 건강도, 몸 건강도 너무 나빠졌다. 나는 나를 깎아 가며 역사에 길이 남을 위대한 무언가를 만들 자신도 생각도 없다. 그런 정신으로는 디자인을 할 수 없다고 한다면 하지 않을 것이다. 그 시간에 동생과 밥을 먹고 친구들과 맥주를 마시고 싶다.

당신의 탓이 아니다. 다들 좀 더 이기적이어서 좀 더 행복했으면 좋겠다.

7. 지금, 그리고…

일곱 번째 테마

그때의 나에게, 그리고 나의 친구에게

전하고 싶었던 말

지금 당신은 어떤가요?

혼란스러운 감정, 내 마음속에 괴물처럼 커져버린 감정을 외면하려고만 했습니다. 이제 마주 볼 용기가 생긴 것 같아요.

하나

전에는 내가 우울하지 않다고 믿고 싶어 했고 우울에 갇힌 나를 추하게 여겼지만, 이제는 내가 힘들고 우울하다고, 정신과 치료를 받아야 할 상태라고 스스로 말할 수 있게 되었다는 것이 가장 큰 변화예요.

겨울비

여전히 일보일퇴를 반복하고 있는 것 같습니다. 그때의 심각한 우울에서는 벗어났지만, 여전히 사람들을 마주하는 것이 힘들고 어렵습니다. 나의 자그마한 방을 벗어나 거실에 나가는 것조차 불편할 때가 있습니다. 언제까지나 이렇게 있을 수는 없다는 것을 알기에 때로는 용기 내어 바깥에 나가보기도 하지만, 바깥세상과 사람들이 무섭고 힘듭니다.

가을

이제 더는 자살해야 한다는 생각에 시달리지 않습니다. 상담을 받기에도 너무 바빠서 우울할 겨를 없이 하루를 보냅니다. 우울도 시간이 흐르면 천성이 되고 익숙해지는 건가 싶기도 합니다. 가끔 못 참게 나 자신을 해치고 싶을 때가 있지만. 그래도.

K

아무것도 이해하려 하지 않는 부모님 아래에서, 변함없이 살고 있습니다. 오히려 더 악화된 것 같습니다.

Sseleman

어렸을 때는 집과 학교 모두 의지가 안 되었기 때문에, 아무것도 할 수 없었습니다. 지금은 둘 다 필요하지 않아요. 어른이 되었다는 뜻일까 싶기도 해요. 제가 하고 싶지 않은 것과 하고 싶은 것 중 택할 수 있게 되어서, 한 명의 인간이라는 생각을 할 수 있게 되었어요.

태평

여전합니다. 불만은 없습니다. 기대하지 않습니다. 이게 나이고. 또 다른 폭풍우가 온다면, 그건 또 그 나름의 시간이 있을 것입니다. 흙탕물을 가라앉히는 기술이 생겼으니. 금방 죽지는 않을 것입니다.

달라진 건 조금이나마 쓸 수 있게 되었다는 것입니다. 아주 조금씩 쓰고, 말하고, 그렇게, 고요히.

S

가장 심각했을 때에 비하면 지금은 완전 정상인에 가까워요. 아직 관광버스나 장시간의 비행은 좀 두렵지만, 그래도 약 없이 대중교통을 이용하고 사회 활동을 할 수 있어요. 병이 생긴 이후에는 결혼에 대해서도 마음을 접었었는데, 지금은 제 상태를 다 이해해주는 애인이 생겨서 너무나도 행복하게 잘 지내고 있답니다.

초롱이

조금씩 바꾸어가려고 애쓰고 있어요. 긍정적인 단어로 말하려 하고, 밝은 표정으로 다니려 하고, 힘들 땐 억지웃음도 지어보고. 노력하고 있지만 하는 일이 내 뜻대로 되지 않을 때, 무언가에 실패했을 때 가끔 우울이 몰려와요. 우울이라는 건 한순간에 거둬지는 감정은 아닌 것 같아요. 그래서 시간을 두고 천천히 변해가려 해요. 예전엔 내가 우울이라는 감정에 매몰되어 있다는 혹은 갇혀 있다는 생각을 하지 못했던 때도 있었어요. 그래도 지금은 '내가 또 우울한 생각, 말을 하는구나' 하고 인지가 되어서 그때마다 생각을 긍정적인 쪽으로 바로 잡곤 해요. 이렇게 계속 노력하다 보면 서서히 걷혀갈 거라 믿어요.

꿈꾸는 방랑자

일단 확실히 달라진 건, 잠들 수는 있다는 점(잘 자는 건 아니지만), 여자친구가 있다는 점일까요. 예전에는 괴로운 느낌이었다고 하면, 요즘은 살기 싫다는 느낌이라고 설명할 수 있을까요? 분명 그때보다 주변에 많은 사람이 있는데, 왜 이럴까요?

금요일

저는 남에게 지나치게 맞추는 사람이었고 제가 싫어도 참았습니다. 그러다 보니 자연스레 타인에겐 '착한 사람'으로 남게 되었고 저는 그 말이 싫었습니다. 나를 만만하게 보는 거 아닌가 하는 생각이 들었습니다. 왜 내가 착한 사람이란 소리를 듣는지 고민을 했고, 이유를 찾아봐도 답을 찾지 못했습니다.
그러던 중에 죽음 가까이 간 적이 있었습니다. 그때 느낀 건 '오늘내일 당장 죽을지도 모르겠구나'였고 그 뒤로는 제가 하고 싶은 것에 대한 생각을 많이 했습니다. 자연스럽게 나와의 대화를 하기 시작했고, 싫은 것에 대한 표현이 분명해졌습니다. 그 뒤로 저는 더는 착한 사람이 아닌 저 자신이 됐습니다. 타인의 미움에 대해서도 관대하게 행동하게 됐습니다. 지금의 저는 제 삶을 온전히 사는 기분을 매번 느끼고 있습니다.

마이웨이

내가 할 수 있다는 믿음. 마치 부적 같이 나에 대한 신뢰가 생겼어요. 불안이 다시 올 수도 있고 우울이 나를 잠식하는 날이 또 올 수도 있겠죠. 무섭지 않다고 하면 거짓말이겠죠. 하지만 이젠 그걸 극복할 수 있는 나를 믿어요.

유순이

꾸며낸 이미지로 성격이 양면성을 갖게 되어 우울의 기복이 굉장히 심했습니다. 기쁨과 슬픔의 주기 또한 불규칙해 일상생활이 매번 불안했습니다. 하지만 이제 그러한 기복은 없어졌어요. 감정을 꾸며내 뒤로 숨지 않으니 행복함과 우울이 극명하게 대비되지 않습니다. 조금은 차분해졌습니다. 물론 현재 또한 나아갈 길이 멀지만, 예전보다 더 편하게 생활하고 있습니다. 예전의 전 상대방의 눈치를 보며 싫다는 표현도 못 하고 뒤에서 끙끙 앓기만 했던 사람이거든요. 그러나 지금은 삶의 주인공은 나라는 것을 자각하고 내가 불쾌한 순간, 행복한 순간을 꾸며내지 않으며 살고 있습니다.

모랄

사실 많은 것이 변하지는 않았습니다. 저는 여전히 남들의 시선과 의견을 의식하고, 여전히 가능성 희박한 불행에 대해 걱정할 때가 있으며, 사소한 일들로 우울해질 때도 있습니다. 다만 달라진 것은 이제 스스로가 그런 생각을 한다고 해서 자학하지 않고, 저의 마음의 일부로서 인정한다는 것입니다.
세상에는 긍정적인 사람도 있지만, 부정적인 사람도 있고, 나는 부정적인 사람이구나 하고 받아들였습니다. 그리고 그러한 부정적인 사람들 또한 그들만의 미학이 있고 그것을 사람들에게 인정받을 수 있다는 것을 알게 되었습니다. 그래서 이제 더는 스스로를 불결하고 교정이 필요한 사람으로 취급하지 않기로 했습니다. 그런 생각을 거듭하고 나니 오히려 우울한 마음이 사라져가고, 양극화되어 있던 생각이 하나로 합쳐지는 느낌을 받았습니다. 이제서야 저를 저로서 인정하게 된 것 같습니다.

여자 3

사실 바뀐 건 많이 없어요. 하지만 이제 무섭지는 않은 것 같아요. 하지만 책을 읽으며 나름대로 쉬었던 최근 1년 동안은 꽤 발전이 있었어요. 그 전까지는 내가 사는 이유에 대해 답을 하지 못했어요. 지금도 그렇긴 하지만, 지금보다 모든 일에 자신이 없었죠. 그 시간 동안 책을 한 권 읽게 되었는데, 그 책에서 이런 글을 읽었어요. "좋은 일을 하지 말고, 좋아하는 일을 하라. 바람직한 일을 하지 말고, 바라는 일을 하라. 해야 하는 일을 하지 말고, 하고 싶은 일을 하라."
그 후에는 나도 할 수 있겠다는 용기가 생겼어요. 그동안 저를 옭아매던 현실들, 과거의 생각들, 제 안에 가둬두었던 것들에 대해 연연하지 않게 되었어요. 표현하자면 제 속에서는 파도가 치고 있는데, 그동안의 저는 파도가 치지 못하도록 억지로 잔잔하게 만들려 했어요. 계속해서 막으려 했어요. 이제는 치는 파도를 그냥 둘 수 있게 되었어요. 그렇게 살다 보면 당연히 여러 일이 일어난다는 사실을 받아들이기로 했어요. 요즘은 조금이라도 안 좋은 일이나 감정에 폭 꺼져 버리던 일상은 사라졌어요.

Z

지금도 "완전히 나았나?"라는 질문에 그렇다고 대답할 수는 없습니다. 요즘도 한동안은 아무것도 못 하는 상태였다가, 또 며칠간은 잠도 자지 않고 일을 하고 돌아다니고 놀 수 있기 때문입니다. 하지만 그나마 공황장애에서 벗어났다는 것이 너무나 다행이고, 또 약물치료 덕분인지 우울의 깊이가 이전보다 깊지는 않습니다. 하고 싶은 일이 생겼다는 것이 가장 큰 변화입니다. 얼마 전까지만 해도, 하고 싶은 일도 없었고 할 수 있는 일도 없었습니다. 하고 싶은 일이 있다는 사실은 미래에 대해 생각할 수 있게, 또 계획할 수 있게 만들었습니다. 이렇다 할 방법도, 나아질 거라는 보장도 없어요. 어떻게든 버티는 수밖에 없는 것 같아요.

H

예전에 쓴 글을 지금에 와서 읽어보면 무슨 말을 하고 싶은지 모르겠다 싶은 글들도 있고 그때의 기분을 너무 잘 알 것 같아서 답답한 글들도 있어요. 가장 무서운 건 그 생각들이 돌고 도는 것 같은 느낌이 들 때입니다. 주변 사람들은 지금의 제게 예전보다 나아졌다고 말하는 경우가 종종 있었는데 저는 현실감이 조금 더 생긴 것 같다는 생각이 듭니다. 지난 일을 생각해보면 뭔가에 홀려 있는 듯이 시간을 지나쳐온 것 같기도 합니다. 아마 그들이 내게 말하는 변화도 그런 것이겠지요. 중학교 무렵엔 왜 이런 생각이 드는지 끊임없이 이유를 찾으려고 하면서도 죽음이라는 주제에서 벗어나질 못했어요. 지금은 기분이 우울할 땐 너무 많이 생각하지 않으려고 하고 죽고 싶다는 생각이 들면 나중에 어떻게 되는지 살아는 보자는 마음으로 살아보고 있어요.

사이

정말 많이 달라졌어요. 물론 그렇다고 해서 지금 우울감이 전혀 찾아들지 않는 것은 아니에요. 여전히 우울감은 외로운 것이고, 벗어나기 힘들도록 사람을 잡아당기고는 해요. 하지만 그 당시 영국에서 발발했던 우울감과는 분명 다른 성질의 것이죠. 영국에서의 저는 자존감이 굉장히 낮은 상태였었고 무엇보다 자신을 사랑할 줄 모르는 아이였어요. 남들의 평가에 민감해 그것에 얽매여 살았죠. '나'보다는 '남'을 위해 사는 아이 같았어요.
지금 저는 저 스스로와 아주 지독한 사랑에 빠져 있는 상태이고, 또 타인과 나를 어떻게 분리해야 하는지를 알게 되었어요. 언제부터였는지 구체적으로 생각은 나지 않지만, 글을 쓰기 시작하고 나서부터 오랜 시간이 흐르고 난 뒤였던 것 같아요(물론 독서 행위 또한 결코 무시할 수 없겠지요). 어쩌면 글을 쓴다는 행위가 제게 그 당시 '나'와 나의 우울감을 벗어날 수 있는 유일한 통로가 되어 주지 않았나 하는 생각을 해봅니다.

밤

제 마음에 집중하려고 노력하고 있어요. 때로는 내가 환자라는 생각에 합리화를 하는 것 같기도 하지만 그건 계속 경계하고 있어요. 제가 우울증인 걸 알게 되고, 심리, 성격 검사와 미술치료를 받으면서 저에 대해 더 잘 알게 된 것 같아요. 저는 누구보다 저에 대해서 잘 알고 있다고 생각하는 사람이었고, 남들도 그렇게 생각했는데 사실은 저에 대해 잘 알지 못한다는 걸 깨달았죠. 어쩌면 너무 잘 알아서일 수도 있고. 저에게 집중하고, 저를 사랑하고, 제가 원하는 삶을 살기 위해서 노력하고 있어요. 여전히 어렵지만.

윤

이젠 많이 달라졌습니다. 우리가 쉬이 업신여기는 것들이 우리를 구원할 때가 있다고 생각합니다. 알량한 성취감이 큰 체념을 생각보다 손쉽게 막아낸다고 생각합니다. 누군가 내 결과물에 침을 뱉을 때 '나레기'라는 말보다 '좆까'라는 말을 하는 것, 조금 내향적이라도 소소한 내 삶을 꾸려가는 것, 그게 공인 인증된 '행복'과 거리가 멀어도 어차피 나를 챙겨줄 것 같은 그들은 날 책임져주지 않는다는 것, 프렌즈팝으로 레벨을 올리거나 굵은 고전을 드디어 다 읽은 것 같은 별 볼 일 없는 저항이 어떤 높은 이상이나 뛰어난 능력보다 우릴 더 수월하게 구원할 수 있습니다.

K

그리고, 전하고 싶은 말

내 곁에 있어 줘서 고마워요.

꿈꾸는 방랑자

"본심이 타락한 지 오래되면 의리가 투철하게 통하지 못한다. 늘 끊임없이 글을 읽고 이치를 탐구하면 물욕이 이기지 못하여 본심의 의리가 편안하고 단단해질 것이다"(《주자대전》 중).

밤

알아요. 한 줄기 빛도 보이지 않을 거란 거. 이 글을 여기까지 읽은 일도 의미가 없을지 몰라요. 그러니까 나도 당신에게 행복하길 바란다, 괜찮을 거야, 나아질 거야, 라는 말을 할 수 없어요. 그 말들의 무의미함도 잘 알고 있어요. 나는 그저 당신이 자신을 지켜주길 바랄 뿐이에요. 조금만 더.

V

나를 있는 그대로 받아들여줘. 나는 나야. 그 모든 게 나야.

가을

파도 위에서 수영하는 건 힘들어도, 물결의 흐름에 따라 서핑은 할 수 있는 것처럼. 내 맘 같지 않은 감정을 통제할 수는 없겠지만, 그 흐름에 따라 계속 살아갈 수 있기를, 우리 각자가 가진 우물에서 언젠가는 꼭 나오게 되길 진심으로 바랍니다.
우리, 사라지지 말자구요.

겨울비

저와 같은 병을 앓고 있는 분들께. 여러분은 절대 의지가 약해서 병을 앓고 있는 게 아니에요. 여느 사람들이 어딘가 아파서 병원을 찾듯이, 우리는 그저 머릿속의 어느 부분이 고장 난 것이고 그 때문에 마음이 아픈 것이니까요. 그러니 힘내세요, 그리고 절대 포기하지 마세요!

초롱이

현대인 중에 정신병을 앓고 있지 않은 사람이 얼마나 될까요. 제가 치료를 시작한 뒤로 저는 주변 사람들에게 자주 상담을 권하고 있어요. 전문가에게 저의 상태를 이야기하는 것은 참 좋은 일이거든요. 당신에게도 좋을 거예요.
역사 속에서도 당연한 것은 없듯이, 나의 삶, 나의 역사에서도 당연한 것은 없으니까. 당연하지 않은 것을 이해하려면 많은 노력이 필요하죠. 그렇게 나를 이해하고 사랑하면 행복해질 수 있을 거예요. 나도, 당신도. 우리 힘내요. 우리의 삶을 위해.

윤

이런 프로젝트, 혹은 글을 통해서 더 많은 분이 자신의 증상과 다른 사람의 증상을 비교해볼 수 있으면 좋겠어요. 저는 '나만 이런 느낌일까?', '다른 사람은 어떤 느낌일까?' 궁금하곤 했거든요. 감사합니다.

금요일

우울은 참으면서 오게 되는 것 같습니다. 하기 싫은 일들을 참으며 하고, 듣기 싫은 말들을 참으며 듣고, 그러다 보면 자기 자신이 무엇을 좋아하고 싫어하는지 스스로와 대화하는 시간을 잃고, 나 이외의 사람들의 취향을 맞춰가게 되면서 자신을 잃고, 다른 사람이 되어가다 체하게 되면 우울이 오는 것 같습니다. 그 상황을 객관적으로 바라보고 자신에게 맞지 않는다면 당당하게 표현했으면 좋겠습니다. 자신이 누구인지 끊임없이 찾아 나가는 사람이 되길 바랍니다.

마이웨이

우울이 저를 집어삼킬 것 같던 시기에 쓴 일기를 찾아봤습니다. "앞으로 살면서, 매 순간마다 내가 힘들게 보냈던 시간들에 대해 눈곱만큼의 후회도 해서는 안 되는 거다. 그 순간에는, 그 순간마다 나름대로 최선의 선택이었을 테니까. 후회하는 순간 끝나는 거다." 이 다짐대로 살아왔습니다. 그 이후로도 우울할 때마다, 흔들릴 때마다 마음은 괴로웠지만 적어도 지난날에 대한 후회는 하지 않았습니다. 얼마나 최선을 다해 버텨왔는지, 거기에서 빠져나오기까지 혼자서 얼마나 긴 시간 동안 애써왔는지 누구보다 저 스스로는 잘 알고 있으니까요.

지금에 와서 생각해보면 저를 우울하게 만든 가족들의 문제들은 모두 제가 통제할 수 있는 것들이 아니었고, 그래서 더 우울함에 빠져 있었던 건 아니었나 싶습니다. 문제에 직면하는 것이 두려웠고, 문제를 바로 보기가 너무 무서웠기 때문에, 그렇다고 제가 할 수 있는 건 아무것도 없었기 때문에 계속해서 우울함 속으로 도망쳐왔던 것 같아요. 그 때문에 너무 긴 시간 동안 스스로를 너무 아프게 만들었지만 그래도 그때 당시의, 아무것도 할 수 없었던 너무나 어렸던 제가 할 수 있었던 유일한 방법이었던 것 같습니다. 그때로 돌아가 고생했다고, 힘든 시간들을 혼자 보내게 해서 너무 미안하다고 꼭 안아주고 싶습니다.

더불어 긴 시간 동안 우울과 함께 외로웠을 사람들, 지금도 혼자 애쓰고 있을 사람들도 진심으로 꼭 안아주고 싶고, 손 잡아주고 싶습니다. 괜찮다고, 잘 버티고 있다고, 정말 힘들고 괴롭겠지만 그래도 버텨달라고, 버티고, 버티고, 또 버티다 보면 어느 순간 나도 모르게 그 구덩이에서 아주 조금이지만 한 발짝 나와 있는 자신을 발견하게 될 거라고. 눈에 보이지 않고, 느껴지지 않는 아주 작은 변화이지만 모든 게 달라져 있는, 더 이상 아침이 괴롭지 않고 내일이 무섭지 않은 순간이 반드시 올 거라고. 그러니 제발 포기하지 말고 버텨달라고, 이 책을 읽는 사람들에게, 그 주변의 사람들에게 꼭 전하고 싶습니다.

사월

우울증은 누구에게도, 어느 순간에도 찾아올 수 있는 마음의 감기 같은 것이라고 흔히들 말합니다. 그래서 우울증을 겪는 모두가 자신의 우울함을 혐오스럽고, 더러운 것으로 생각하지 않았으면 좋겠습니다. 그 누구도 몸이 잠시 아픈 것에 대해 질타하거나 욕하는 사람은 없으니까요. 참 뻔한 얘기지만 마음에 와닿는 비유입니다. 너무 병적이지도 않고, 그렇다고 너무 가볍지도 않은. 쉽게 나을 수도 있지만, 또다시 쉽게 걸릴 수도 있는.

이 글을 읽는 모두가 자신을 너무나도 안타깝고 가여운 사람으로 여기고, 하찮게 여기지 않았으면 좋겠습니다. 너무나도 아프고 아무것도 할 수 없는 사람으로 생각하지 않았으면 좋겠어요. 아무것도 할 수 있는, 여러분이 됐으면 좋겠습니다.

여자 3

그때의 나에게

단지 너를 지켜왔다는 것, 그 하나만으로도 수고 많았다.

H

아무것도 모르던 그때의 나에게,
그때 그 고통을 참고 버텨주지 않았다면 지금의 내가 없겠지, 지금의 난 정말 단단한 사람으로 살아가고 있어, 믿기지 않겠지만 나를 미워하는 사람들도 많이 생겼어, 그 시기의 내가 없었다면 나는 아직도 많이 미숙하게 살아가겠지. 그 아픔을 언젠가 겪을 날을 기다렸겠지. 우울에 대한 그 분위기를 모두 받아들이고 나를 좀 더 알게 된 그때의 나에게, 고마워.
수고했어. 오늘도.

마이웨이

아직 네가 내 안에서 사라졌다고는 느끼지 않아. 네가 자라 현재의 내가 된 것이니 결코 분리되었다고 할 수 없겠지. 그래도, 그 순간에 용기를 내줘서 고마웠어. 그때의 네가 용기를 내지 않고 모든 것을 놓아버렸다면 지금의 세상은 아마 없었을 거야. 나아지고 싶어서 과거의 나를 나은 방향으로 질질 끌고가고 싶지는 않아. 그냥 너는 그곳에서만 머물자. 현재의 나는 여기에 있는 것처럼. 널 원망하지 않아. 그리고 미래의 내게 이런 세상을 줘서 고마워. 나 또한 미래의 나를 위해 지금의 날 절대 방치하지 않을 거야.

모랄

당신이 왜 그렇게 우울해야 했는지 무엇보다 당신이 가장 잘 알고 있다고 생각하지 않았으면 좋겠습니다. 지나간 일들이니까요. 진부한 말일지라도 지나간 일들은 돌이킬 수 없고 지금 이 순간이라는 현재, 그리고 그 순간이 이어지는 다음의 현재가 있는 것이죠. 한 사람이 한 사람이 됨에 있어서는 많은 요소들이 작용하고 당신은 당신이 상상조차 할 수 없는 일들에 스스로도 모르게 영향을 받는 작은 존재일 뿐이에요. 이 얘기를 하는 이유는 앞으로 당신이 인식하는 몇몇의 사건들이 전부일 거라고 단정 지으면서 누군가를 원망하거나 스스로를 자책하지 않았으면 좋겠다는 생각이 들어서입니다. 너무 쉽게 당신을 속여온 것은 아닐까 포기해온 것은 아닐까 하는 생각이 듭니다. 하지만 사실 누구보다 스스로에게 기대가 많은 사람이었다고 생각해요. 당신을 찾길 바랄게요.

사이

처음 우울을 받아들이기로 했을 때, 많이 어려웠지? 힘들었지? 10년이 지나도 여전히 그렇더라. 나에게 어딘가 문제가 있다는 걸 인정하는 것이, 문제 그 자체보다 훨씬 더 무겁고 버거웠어. 나를 둘러싼 문제는 그때보다 더 커진 것 같았고, 이번에야말로 다시는 빠져나오지 못할 것만 같았지. 그래도 이번엔 그때보다 할만했어. 어떻게든 첫발을 디뎌야 한다는 것을 경험으로 남겨주었던 네 덕분에. 살고자 하는 마음이 잘못되지 않았다는 것을 가르쳐 준 네 덕분에. 언젠가 또 우물에 빠지게 될 지도 모르지만, 그때도 널 기억하며 다시 나올게. 포기하지 않고 살아줘서 고마워.
처음으로 우물에 빠졌던 나에게, 두 번째 우물에서 나오고 있는 내가 씀.

겨울비

나에게 집중하지 못해서 미안해.

나는 남을 많이 의식하고 남에게 보이는 모습을 참 중요시했었어. 남들은 내가 그런 사람인지 잘 몰랐지만. 사실 나는 알고 있었지. 알고 있었음에도 계속 그렇게 지냈어. 네가 힘들었던 걸 알아. 나를 깎아내리고 노력하지 않고 기대하지 않는 모습들로 나를 합리화했지. 하지만 나는 우울한 나도, 행복한 나도 모두 사랑해. 모두 나의 모습이기 때문이지. 나는 우울을 즐기는 사람이었고, 그렇기 때문에 더 큰 우울에 빠질 수도 있었지만 어쨌거나 중요한 것은 내가 나를 사랑한다는 것이지. 자꾸 내가 나를 미워할까봐 사실 조바심이 나. 나를 사랑한다는 것과 나를 합리화하는 것의 차이를 아직은 잘 모르겠지만, 차차 알게 되겠지. 어제보다 오늘이 더 좋을 거고 오늘보다 내일이 더 좋을 것임을 믿었으면 좋겠어. 지나보면 아무것도 아님을 알고 있잖아, 이미. 그러니까 우리 지금보다 사랑하자.

윤

여전히 안녕하지 않아요. 또 울고 말아요. 일생 동안 흘릴 눈물이 정해져 있다는 말을 들었던 적이 있어요. 그래서 어느 순간 '오, 나 이제 다 울었나 봐' 하고 안심했는데. 엄청난 착각이었죠. 얼마나 울어야 바닥나는 눈물인지, 이제는 헤아려보는 것도 좀 우스워요. 과거의 나에게 글을 쓴다는 건 참 어려운 일이네요. 좀 오글거리기도 하고. 다만, 정말로 전해지는 편지라면, 한 마디만 전해주는 걸로 해요.
괜찮아요, 있는 그대로. 울어도 되고, 죽어도 되고, 뭐든지 괜찮아요. 아프죠. 괴롭죠. 어디서 이런 고통이 다 나에게 달려드나 싶죠. 그리고 벗어나려고 발버둥 칠수록 그 안으로, 안으로 빨려 들어가기만 하죠. 결국, 그대로 두었더니 조금씩 가라앉았어요. 물론 비가 오고 바람이 불 때마다 어김없이 흐려지는 마음이지만, 폭풍우는 지나가더라고요. 잔잔히 머물러 있어도 괜찮아요.

S

안녕 하나야. 난 네가 지금 힘들지만 힘든 걸 인정하지 못하는 거 알고 있어. 화나지만 화나지 않는다고 혼자서 삭히고 있고, 짜증나지만 짜증나는 나 자신이 더 짜증스러운 상황이야. 근데 있잖아, 이제 나는 내가 왜 힘든 걸 힘들다고 인정하지 못했는지 그 이유를 알 것 같아. 힘들고 외롭고 지치고 화나고 무기력하고 짜증나는 부정적인 모든 내 마음을 외면해왔어. 긍정적인 감정만이 아름답다고, 나에게 필요하다고 생각하며 억눌러왔지. 나는 나 자신을 사랑하지 못했어. 아니 사랑할 만

한 존재라고 생각하지 않았지.
하나야. 얘기하고 싶은 게 있어. 네가 느끼는 감정들이 싫을 때나 무조건 치워버리고 싶은 감정이 들 때마다 이 구절을 떠올려. '그럴 수 있어.' 화날 수 있어. 짜증 날 수 있어. 외로울 수 있어. 힘들 수 있어. 항상 긍정적인 감정이 들 순 없어.
사실 지금도 이게 잘 되는 건 아니야. 하지만 이런 순간들이 올 때마다 나는 내가 제일 안쓰러웠던 그때로 돌아가서 그때의 하나에게 말해줘. 힘들다는 걸 힘들다고 인정하지 못해서 미안해. 그리고 사랑해. 그리고 너 진짜 잘해오고 있어. 힘들지 않다고 혼자서 참으며 여기까지 왔어. 여기까지 온 것도 너무 잘한 일인데 더 많은 것만 바라서 미안해.
이제 힘들면 여유를 줄 거고, 지쳐서 쉬고 싶으면 쉴 거야. 주저앉고 싶을 때 주저앉아 하늘을 볼 거야. 그리고 울고 짜증내며 화내는 하나도 사랑할 거야. 이제 괜찮아.

하나

열여덟 살의 너와 스물한 살의 나에게.
열여덟 살의 어리디 어리고 마음이 약했던 나는 벌써 스물한 살의 대학생이 되어 너에게 편지를 써. 이런 내가 대견하기도 하고 쑥스럽기도 해. 공황을 겪게 된 널 알게 된 지는 벌써 3년

째구나. 2013년도 9월, 나는 너를 기억해. 그때는 비가 아주 많이 오고 늦여름이라 그런지 꽤나 추웠지. 종소리가 울리고 수업을 가기 위해 바삐 뛰어가던 너는 덜컥 무엇이 무서웠는지 가는 길에 주저앉아 우산도 쓰지 않고 펑펑 울었지. 얼마나 무서웠니. 내가 할 수 있다면 너의 눈물을 닦아 주고 다독여주고 싶지만 그때는 내가 너무 너에게 가혹했구나. 불안감에 수업을 듣지 못하고 화장실에 쭈그려 앉아 엉엉 우는 너에게 나는 너무 모질게 말했어. '너, 지금 되게 나태한 거 알아? 의지로 극복 가능한 병이잖아. 근데 너 왜 극복 못해? 너 왜 남들이랑 달라? 너도 좀 평범하게 살면 안 돼?'
내가 널 괴롭혔구나. 너는 나태하지 않았는데. 너는 네 병을 고치기 위해서 최선을 다했다는 걸 난 알아. 매일 밤 검색 창에 너의 병을 검색해보고, 좋은 책을 읽고, 좋은 생각을 하려고 했던 널 기억해. 나는 그때의 강인했던 네가 너무 자랑스러워. 칠흑같이 어둡고 다시는 벗어나지 못할 거 같았던, 오직 너만이 알고 있는 고독한 공간에서 너는 무던히도 빛을 찾으려 노력했잖아.
집이 가난해서 정신과를 갈 수도 없었지. 넌 네가 아픈 상황에서도 실직으로 인해 마음이 힘들 네 아버지를 먼저 생각했어. 너는 참 착한 아이였어. 너는 네가 부정적이라서, 나쁜 생각을 많이 해서 그런 병에 걸렸다고 네 스스로를 탓했지. 네 인생은 어딘가 잘못됐고 불행하다고 스스로를 자학했어. 말 수는 점점 줄어가고 아무도 널 사랑하지 않을 거라는 불안감에 휩싸여 다른 사람의 말에 의미 없는 미소를 짓기도 했어.

하지만 그거 아니? 스물한 살의 너는 이제는 스스로에게 사랑한다고 당당하게 말할 수 있고 너를 사랑해주는 사람이 아주 많다는 거. 이런 나를 만들어줘서 고마워. 열여덟 살, 마음이 여렸던 네가 그 힘든 일을 이겨내줘서 정말 고마워.

예쁘고 착한 너는 당시에는 그 사실을 너무나도 몰랐었지. 넌 널 너무나도 미워했어. 네 자신을 실패자라며 손가락질해댔지. 의지가 없다고, 또 우울해 하고 또 불안해한다며 스스로를 꾸짖었지. 왜 약을 먹는데도 낫지 않느냐고 조급하게 널 보챘어. 너는 소 떼같이 몰려오는 차를 향해 여린 네 몸을 던질 생각을 했구나.

그렇지만, 너는 네 생각보다 훨씬 너만의 빛이 아름다운 아이야. 너는 항상 다른 사람을 먼저 생각하고 배려하는 마음씨가 예쁜 아이였지. 참외 한쪽도 너 혼자 먹은 적이 없어. 너는 남밖에 생각할 줄 모른다며 네 자신을 할퀴었지만 스물한 살의 너는 마음이 아픈 이들을 돕는 아이가 됐구나. 너는 심장이 터질 거 같이 뛰는 불안한 순간에도 공부를 멈추지 않았어. 불안감에 난독증이 온 너는 오히려 보란 듯이 수학 공부를 더 열심히 했어. 글자를 읽지 못해 불안해하는 와중에도 이겨내겠다며 신문을 챙겨 읽는 너를 누가 감히 약하다며 비난할 수 있겠니?

고운 내 열여덟 살의 기억아, 너에게는 고마운 일이 참 많아. 이제는 너를 좋게 기억하는 나 자신이 참 좋아. 너는 나에게 기적을 선물해주었구나. 나는 전보다 긍정적이고 더욱더 나를 사랑하게 되었어. 약해져도 괜찮아. 펑펑 울며 잠을 자지 못해도 괜찮아. 나는 누구보다 용기 있고 강인했던 널 기억해. 사랑해 그리고 힘내줘서 고마워.

유순이

우울증을 겪던, 나의 친구에게

안녕.

너는 편지나 글 쓰는 게 꽤나 익숙하지? 그렇겠다 싶은 것이, 말 그대로 너는 문자를 좋아하는 거 같기도 하고 종종 주변 사람에게 편지를 건네기도 하지. 나도 너가 그렇게 건넨 편지를 생일에, 졸업에, 또 다른 사소하고 중요한 순간들에 받아왔었어. 너는 덤덤하고 약간은 무뚝뚝한 말투로 너의 생각을 이야기하는 거겠지만, 그 편지들 되게 고마웠어.

하여간에 너가 그렇게 써서 준 편지에는 차분하게 놓은 말들이 있고, 그 사이에 묻어나는 힘듦이나 우울을 발견할 때면 내가 친구로서 너에게 해야 할 역할을 못 하고 있는 건 아닌가 생각하게 했어. 사실은 마음이 너무 안 좋은데 내가 더 예민하게 알아차리지 못했다거나, 힘든 순간에서 응원을 하거나 이야기를 들어줄 사람이 되지 못 했다거나 하는 문제들인데, 물론 그때는 우울의 바다에서 바등대느라 스스로의 우울에 대해 이야기할 여유가 충분하지 않았겠지만, 사실 지금에 와서 생각해보면 너는 그때에도 스스로 어떻게 그런 우울감을 털어야 할지, 또는 스스로의 우울에 대해 고민했던 것 같아.

처음에 널 알게 되었을 때 보았던 항상 당당하고 자신감 있던 네 모습을 기억해. 비록 학교와 일이 주는 부담이 마음의 공간을 갉아갈수록 그런 자신감을 보기가 힘들어졌지만, 항상 변하지 않았던 너의 모습은 스스로 길을 찾아서 나아갔다는 것 아니었을까 싶어. 요 근래에 들어서는 너가 부쩍 자랑스러워. 정말 너 자신과 정면으로 부딪치고 열심히 살았구나. 비록 삶이 때론 너를 속이고 마음이 일렁여서 그 위에 생각을 쌓기 힘들었을지라도 계속 길을 찾아왔구나. 너의 모습이 길을 찾아 헤매는 다른 사람들에게도 틀림없이 도움이 되리라고 믿어.
수고 많았고, 항상 지지할게.

익명

이 글을 읽는 너에게.
나는 조금 조증이 있다(있는 것 같다. 진단을 받은 적은 없다).
그러니까, 조금 잘 들뜨고 과잉되어 있어서 매사 힘이 넘친다. 늘 뭔가 할 수 있다고 생각해서 의욕적이고, 말도 많다. 가능성으로 가득 차서 새로 뭔가 시작하는 게 신이 나고 즐겁다. 가끔은 마음속에서 생겨난 지나친 의욕들을 막지 않고 놔두는 바람에, 분에 넘치도록 많은 일을 하게 되기도 하고, 그로 인해 힘들어지기도 한다. 그렇지만 이내 곧, 새로운 뭔가를 만나 신나는 일상을 이어 나간다.

나는 지나치게 의욕적이게 되는 나의 경향에 대해 인지하지 못하거나, 인정하지 않아 왔는데(일을 벌이기만 한다며 놀리는 사람들이 종종 있었다), 그 와중에 조증이라는 것이 뭔지 알게 된 것은, 우울증이 있는 나의 친구를 통해서다.

우울감에 자주 시달리던 친구는 덤덤히 자기 이야기를 하곤 했는데, 조증삽화기(잠깐 의욕이 생기는 시기)가 본인에게 위험한 상황을 만들 수도 있다고 이야기했다(조증삽화기가 오랜 우울감을 끝내고자 하는 결심으로 이어지면 극단적 상황이 벌어질 수 있기 때문이다. 그리고 친구는 이를 "올라가면 떨어질 수 있다"라고 비유하기도 했다). 그리고 사실 항상 올라가 있는 나로서는 떨어질 수 있다는 생각을 해본 적이 없었고, 친구를 아마 100퍼센트 이해할 수 없었을 것이다(그러나 역시 타고난 조증으로 '난 이해할 수 있을 것 같으니 이해해보자!'라고 생각했을 수도 있다).

그러던 중에 친구의 다급한 전화를 받은 적이 있다. 친구는 주체할 수 없는 감정에 휩싸였었고, 이미 약을 먹었던 것 같다. 울음으로 가득한 목소리로 힘들다고, 무섭다고 했다. 전화기를 든 채 나는 순식간에 경험해본 적이 없는 두려움에 휩싸였다. 친구가 마치 낭떠러지 끝에서 눈을 가리고 서 있고, 나는 협곡의 반대쪽에서 금방이라도 발을 헛디뎌 일이 날 것 같은 상황을 지켜볼 수밖에 없는 그런 무력감들이었다. 무서웠다.

그날의 전화는 아직도 생생히 남아 있다. 정확히 단어 하나하나가 기억나진 않지만, 그 감정은 너무나 강렬히 남아 있다. 그리고 그 감정은, 내가 혼자 만들어낼 수 있는 것이 아니다. 내 소중한 친구를 통해 알게 된 감정이고, 나 같은 사람이 그를 더 이해하게 된 역시나 소중한 감정이다.

그 전화가 나에게 왔다는 것이 너무 고맙고, 소중하다. 나에게 네 마음을 알려줘서 너무 고맙다. 네가 힘들다고, 무서워서 사라져버릴 것만 같다고 나에게 소리 내줘서 고맙다. 너를 위로할 방법을 찾도록 나에게 기회를 줘서 고맙다. 네가 그만큼 아팠다고 알려줘서 고맙고, 내가 너의 이야기를 더 듣고 너를 더 생각하게 해줘서 고맙다. 네가 나에게 이야기해주지 않았다면 조금도 몰랐을 나와 다른 너의 이야기를 하나씩 담담히 전해줘서, 너를 더 이해할 수 있게 도와줘서 고맙다. 네가 이야기해주지 않았다면, 나는 정말 몰랐을 것이다.

누구도 내가 아니면 자기 자신을 구할 수 없다. 하지만 그럼에도, 이야기해줬으면 좋겠다. 지금 아프고 힘들다고. 같이 아파해주고 옆에 있어주는 것도 물론 그래야 하는 이유가 될 수 있지만, 우리는 너를 여전히, 너무나 소중히 여기고 있다. 그러니까, 꼭 이야기해줬으면 한다. 우리에게 소중한 너의 이야기를.

익명

이해할 수 없는 내 친구에게.

어떻게 시작해야 할까 고민을 하다가 네가 나에게 너의 상황을 털어놓은 그때 이야기부터 시작해볼까 한다.

벌써 몇 년이 지났구나. 너는 잠을 자고 싶은데 잠이 오지 않는다고 했다. 병원을 가기는 무서워서 인터넷을 뒤져 처방전 없이 살 수 있는 수면유도제를 먹기 시작했다고 했다. 처음에는 네가 너무나 걱정이 되었다. 내가 아는 잠이 오게 하는 약이라고는 뉴스 속에서나 접해본 게 다였기 때문에 혹시나 그 약을 지속적으로 먹으면 그게 너에게 나쁜 영향을 주지 않을까 걱정이 되었다. 그런데 사실 그때만 해도 너는 나에게 우울함만 이야기하지 않았다. 곧잘 즐거운 오늘 하루 있었던 재미난 에피소드도 이야기하고 시시콜콜한 계획에 대해서도 이야기했었다.

그러던 어느 날 너는 휴학을 했고 사실 난 네가 눈에 띄지 않자 너에 대한 걱정도 자연스럽게 하지 않게 되었던 듯하다. 그러다 너와 나는 학년이 달라졌고 네가 돌아왔을 때 나는 예전처럼 너와 자연스럽게 붙어 다니지 않았다. 그러다 보니 우리는 꼭 약속을 잡고서야 만나게 되었는데 그때부터 난 실은 조금씩 네가 부담스러워졌던 것 같다.

울거나 힘든 표정을 짓지는 않았지만 너는 묘한 미소를 지으며 나에게 힘든 점을 이야기했다. 항상 네 말 앞에는 이런 게 붙었다. "나도 내가 왜 이러는지 모르겠어." 나를 만날 때마다 무언가 기분이 좋아 보이지 않아 나는 너를 이해할 수 없었다. 아니 네가 나에게 말을 걸면 당황스러웠다. 내가 기분이 좋을 때든, 나쁠 때든, 피곤할 때든, 에너지가 넘칠 때든, 난 네가 나에게 말을 걸면 당황스러웠다.

너는 웃고 있었지만, 농담을 했지만 웃고 나면 이상한 침묵이 맴돌았다. 그게 마치 나와 함께 있는 시간조차도 편해 보이지가 않아 나는 껄끄러웠다. 나는 내 기분이 안 좋으면 내 안 좋은 기분이 너를 더 안 좋게 할까봐, 내가 기분이 좋으면 넌 기분이 안 좋은데 나는 기분이 좋아서 서운할까봐, 내가 피곤할 때는 혹시라도 너를 다치게 하는 말을 나도 모르게 할까봐, 내가 에너지가 넘칠 때는 너를 지치게 만들까봐, 너와 함께하는 시간이 부담스러워졌고 그래서 너를 조금 멀리했던 것 같다.

내가 너에게 도움이 된다는 확신이 있었더라면 조금 더 노력을 했을까? 네가 자꾸 나한테 이야기 좀 하자고 하는데 왜 자꾸 나한테 이야기하자고 하는지 도무지 이해가 되지 않았다. 주로 우리가 만나면 내가 이야기를 했는데, 그러면 넌 가만히 웃고만 있었다. 그럼 난 말을 하다가 너무 나만 신난 건가 싶어서 멈칫했었다. 그러다 가끔은 네가 너의 이야기를 했었다.

그러면 난 어떤 반응을 해야 할지 모르겠더라. 절대로 울지는 않고 그냥 덤덤히 너의 우울함을 이야기하는데 난 그냥 가만히 듣는 것 외에는 할 수 있는 게 없었다. 그럴 때면 나라도 울어야 하는 건지, 네 잘못은 그게 아니라고 해야 하는 건지, 다들 그렇다고 해야 하는 건지, 수만 가지 리액션들이 머릿속에는 지나쳐 가는데 이거다 싶은 말을 고를 수가 없어서 나는 그냥 네가 하는 이야기를 가만히 듣고 있었다. 그러고 나면 나는 또 한동안 너를 피했다.

도무지 난 너를 이해할 수가 없었다. 내가 너한테 아무런 도움도 못 주는데 왜 자꾸 나랑 이야기하자고 하는지 힘이 들었다. 그래, 네가 힘든데 너에게 아무런 영향도 주지 못한다는 게 제일 힘이 들었다. 그런데 그러다 어느 날 네가 엘리베이터 앞에서 내 손을 잡고 말했다. '나 할 말이 많아. 우리 밥 한번 먹자' 그때 마침 엘리베이터가 도착했고 난 네 손을 놓으며 '응, 그러자. 지금 바쁜 거 마무리되면 꼭 밥 먹으면서 얘기 좀 하자.' 그래 솔직히 빈말이었던 것 같아. 난 바쁜 일이 마무리되었어도 아마 먼저 너한테 연락하지 않았을 것 같아. 그래서 너무 후회된다.

이게 우리 마지막 대화였고, 난 네가 하고 싶다는 말이 뭐였는지 알 것도 같은데. 그래도 너의 입을 통해서 듣는 것과는 또

달랐을 텐데. 넌 하고 싶은 말을 잔뜩 안고 나에게 벌을 주듯 별이 되어버렸다. 지난봄 친구들과 함께 너를 찾아갔는데 그제서야 네가 나에게 계속 이야기를 하자고 한 이유를 조금은 이해할 수 있었다.

해맑게 웃고 있는 네 사진 앞에서 한 친구가 말했다. "넌 대답하지 않아도 좋으니 너와 이야기하고 싶다"고. 그제서야 조금 네가 자꾸 이야기하자고 한 게 어떤 의미인지 알 것 같았다. 아니, 무슨 의미인지 모르겠지만 나도 그러고 싶다는 생각이 들었다. 그리고 그냥 같이 있다는 게 너에게는 자그마한 위로가 되었을 거라는 생각이 들더라.

네가 별이 된 지 얼마 되지 않았지만 네가 나에게 너무나 잔인한 방식으로 알려준 그 의미를 나는 항상 마음에 새기고 있다. 다른 사람을 부담스러워하는 내가 이제 혼자 잠들기 무서워하는 후배와 함께 잠들기도 하고 술 없이 맨정신으로 힘들다고 하는 아이들에게 아무것도 묻지 않고 옆에 앉아 있어 줄 수 있는 그런 무언가가 생겼다. 예전에는 아무런 의미가 없다고 생각했던, 아무런 도움이 되지 않는다고 느낀 것들이 어쩌면 의미가 있을지도 모르겠다고 생각하게 되었다.

별아. 내 친구 별아. 그때 너를 이해해주지 못해서 미안해. 너의 아픔을 공감해주지 못해서 미안해. 너와 함께 있어 주지 못해서 미안해. 네 손을 그렇게 놓고 가버려서 미안해. 네가 마지막으로 나에게 하고 싶어 했던 말을 들어주지 못해서 미안해. 그래도 내가 너한테 잘못한 것들을 다른 사람들한테 반복하지 않을 테니까, 부디 넌 더 이상 외로워하지도 아파하지도 말고 편안해졌으면 좋겠어.

익명

마치며

인터뷰에 참여해주신 분들의 글을 엮고 감수하면서 모두 찬찬히 읽어 봤습니다. 족히 10번은 본 것 같습니다. 다들 솔직하게 대답해주셔서, 잘 알고 있는 친구들이 깊은 고민을 털어놓는 듯 느껴졌습니다. 글을 보내준 대부분의 얼굴도 모르고 직접 대화해본 적도 없지만, 누구에게도 쉽게 내비치지 못했을 속마음을 읽고 나니, 어떤 유대감이 느껴졌습니다. 어떤 사람에게선 지독한 외로움이, 어떤 사람에게선 아직 끝 모를 절망이, 어떤 사람에게선 따뜻한 희망이 느껴졌습니다.
작업 중에 머릿속을 계속 맴돌던 구절이 있는데, '밤' 님이 위안이 된 글이라며 인용했던 문장입니다.

괴물과 싸우는 자는 스스로 괴물이 되지 않도록 주의하라. 오랜 시간 심연을 들여다보면, 심연 또한 그대를 들여다보리니.

- 니체

사람들이 품은 우울함을 오래 들여다보고 있으니, 그 사람들의 마음이 느껴져서, 때론 안타까워서 저도 울적해지곤 했습니다. 그럴 때면 가끔 작업을 중단하고, 바람을 쐬거나 다른 책을 읽거나 그랬습니다. 읽는 것만으로 우울은 이렇게 힘든 것인데, 이런 감정을 직접 느끼는 사람들은 얼마나 버거울까 하는 생각이 들었습니다.

책을 엮으며 글을 여러 번 읽고 나니, 그들이 가진 그림자의 윤곽이 어렴풋이 보이는 듯했습니다. 어떤 말이 상처가 될지, 어떤 사람이 그들에게 위안이 될지 조금은 알게 되었습니다. 그들에게 상처를 준 말들을 보며 어떻게 사람들이 이렇게 무심할까 싶으면서도, 어쩌면 나도 무심코 이런 말을 해버린 적이 있지 않을까 걱정했습니다.

많은 사람이 상처가 된다고 꼽은 말은 "너만 힘들어? 다 힘들지"였습니다. 그런데 잘 생각해보면, 이 말은 사실입니다. 세상에 힘든 사람은 많습니다. 근데 왜 이 말이 그렇게 상처가 될까요? 제 생각에 저 짧은 말은 누군가가 어떻게 힘들고, 왜 힘들어졌는지 같은 각자의 독특하고 구별된 아픔을 담지 못하기 때문인 것 같습니다.

그저 여러 사람의 깊고 긴 슬픔을 단순히 한 문장으로 압축해 버린 야만적인 말입니다. 이 말이 그래서 상처가 되는 겁니다. 너의 아픔도 별거 아니라고 말하는 것 같거든요. 실제로는 한 사람의 삶이 끝없이 어두워질 수도 있는 그런 고통인데 말이죠. 역설적이게도, 이 책 역시 "당신만 힘든 게 아니야. 다른 많은 사람도 아파"라고 말하고 있는지도 모릅니다. 그러나 이 책을 통해 우리는 우울의 개별성을 인정하고, 각자의 아픔에 귀 기울여 보려고 노력했습니다. 당신의 우울이 별거 아닌 게 아닌, 100명의 우울이든, 1,000명의 우울이든 귀 기울여야 하는 것이라고 말하고 싶었습니다.

우울한 사람들에게 가장 도움이 된 사람들은 별다른 말 없이 공감해주고, 귀 기울이며 옆을 지켜주는 친구들이었습니다. 많은 경우 누군가 우울하다는 말을 들으면 사람들은 그 문제를 해결해주려 하거나 가르치려 합니다. 아니면 그 우울에서 자신은 분리되고 싶어서 잔인한 말을 해버리곤 합니다. 하지만 우울한 사람들은 동정이나 어설픈 가르침이 아닌 묵묵히 말을 들어주고, 옆에 있어 주는 사람들의 이해와 공감이 필요하다고 말합니다. 누구나 결국은 자신이 해결해야 한다는 사실을 알고 있으니까요.

대부분의 사람이 이 사실을 알고 있어도, 말처럼 쉽게 우울함이 해결되지는 않는 것 같습니다. 이 책을 엮으면서 읽은 우울증 관련 서적에서, 전문가들은 한결 같이 이렇게 말했습니다.

"우울증은 치료할 수 있는 병이다. 겨울이 지나 봄이 오고, 해를 가린 구름이 지나가듯 우울증을 가진 사람들의 힘든 시기도 지나가기 마련이다. 다만, 지금까지 그렇게 못한 건 아무도 당신에게 올바른 길을 가르쳐주지 않았기 때문이다."

이 책이 우울증을 가진 사람들이 올바른 길을 찾는 데 도움이 되길 바랍니다.

정성동

번외편

하지 못했던 이야기

김현경

무엇이든 할 수 있었던

얼마 전까지 나는 '폐인' 혹은 '사회 부적응자'라는 말이 어울리는 사람이었다. 잠깐 동안 회사에서 일을 하던 시기를 빼놓고는 대부분의 시간을 게임을 하며 보냈고 술을 마시지 않고 잠든 날이 더 적었다. 밖에 나가는 시간은 거의 없었고, 있어도 끼니를 때우러 잠깐 나가는 일 뿐이었다. 지방에 있는 부모님이 계신 집에 더 이상 있을 수도 없어 동생이 지내던 서울의 원룸에서 혼자 그저 하루하루 시간을 흘려보냈다. 내일이 오지 않길 바랐다.

언젠가의 나는 무엇에든 자신감에 가득 차 있었고 무엇이든 할 수 있었다. 사람들 앞에 나서는 일을 좋아해서 굳이 수업과 세미나 등의 발표를 도맡아 했고, 일을 만들어내는 걸 좋아해 동아리들을 여럿 만들어 활동했다. 그래서인지 《아무것도 할 수 있는》 프로젝트를 진행한다는 소식을 듣고 친구들은 "역시 멋있게 살고 있구나"라고들 했다. 하지만 지난여름의 나는 더 이상 그들이 기억하는 그런 사람이 아니었다.

모든 것이 운

나는 항상 운이 좋았을 뿐이었다. 미래에 대한 계획도 없었고, 내가 어떤 사람이고 무엇을 해야 하는지도 몰랐다. 그저 운이 좋아서 사회가 원하는 기준에 부합하게 되었을 뿐이었다. 운이 좋아서 노력한 것보다 훨씬 좋은 결과가 나왔고, 그래서 '좋은'이라는 수식어가 붙여진 고등학교와 대학교에 입학할 수 있었다. 솔직히 말하면, 그때는 운이 좋았다기보다는 내 자신이 잘났기 때문이라고 생각했다. 그래서 오만했다 고백한다.

원래는 경영학을 전공했다. 경영학과에 간 이유는 물리 과목이 가장 재미있었지만 수학을 못해 이과에서는 남들보다 잘할 수 없을 거라 생각해 문과로 옮겼고, 또 단지 문과에서 가장 커트라인이 높은 학과가 경영학과였기 때문이다. 한때 철학과나 심리학과에 가겠다고 했을 때와 경제학과 혹은 경영학과에 가겠다고 했을 때의 어른들의 표정은 달랐다. 그래서 나는 경영학과에 가는 게 '옳은' 일이라 생각했다. 그리고 결국 경영학과가 나와 맞지 않다는 사실을 깨닫고 제품 디자인 전공 수업을 더 많이 듣고 졸업했다.

그런 내가 나에 대해 설명할 수 있는 사실은 어느 대학교의 '경영학과' 출신이라는 점뿐이었다. 그렇게 사회가 원하는 기준에 가까워질수록 오만해졌고 멀어질수록 불안해졌다. 졸업을 앞둔 나의 선택지에는 대학원 진학과 대기업 취직, 둘 밖에 없었다. 모두가 그렇게 했고 그게 '옳은' 것이라 생각했기 때문이다. 하지만 나는 경영학 전공으로 취업하기 위한 학점이나 스펙도 없었고, 디자인 전공으로 취업할 수 있는 포트폴리오도 없었다. 그래서 대학원에 가기로 했고, 별 생각 없이 늦게 지원한 공간 디자인 전공 대학원 한 군데에는 떨어졌다. 재작년에서 지난해 여름까지의 나는 결국, 이제야 운이 다해 패배했다고 생각했다.

나의 성취들이 내 자신의 것이 아닌 운이었다고 생각하게 된 계기가 있었다. 포트폴리오를 만들기 위해, 잠깐 있던 사회적 활동을 하는 단체인 인액터스(Enactus)에 도울 일이 있는지 물었다. 당시 미혼모에 관련한 프로젝트를 진행하기 위해 관련 재단을 인터뷰하던 후배들은 그 재단에서 운영하는 카페에서 파는 비누 패키지 디자인이 필요하다고 했다. 누군가를 돕겠다는 생각보다는, 비누 패키지 하나쯤 만들어주고 포트폴리오의 콘텐츠가 하나 생긴다면 괜찮은 거래라고 생각했다.

그렇게 시작한 비누 패키지 디자인은 생각보다 더 깊고 큰 문제를 가지고 있었다. 랩으로 둘둘 말아 팔던 수제 비누는, 패키지는 물론 로고도 없었고 카페 자체는 겨우 적자를 면하는 수준이었다. 충분한 마케팅과 멋진 브랜딩과 패키지 디자인이 있다 해도 그 카페가 어느 정도 수익을 낼 수 있을지 예측할 수 없었다. 그래서 범위를 넓혀 브랜딩에서 제품 디자인, 마케팅까지 진행 하겠노라 말했다. 그렇게 그 프로젝트에 1년이 넘는 시간을 쏟았고 결과적으로는 포기에 가까운 실패를 했다. 그때부터 우울증과 공황장애 약을 먹었다.

결국 재단에 도움은 되지 못했지만 개인적으로는 그 프로젝트를 통해 배운 것이 많았다. 프로젝트에 대해 압박을 갖게 된 건 리서치를 위해 미혼모 센터를 드나들면서부터였다. 원장님은 그 센터에서 자란 아이들에게 다른 아이들이 다니는 학원에 한번 보내보는 게 꿈이라고 하셨다. 그리곤 내게 그 대학교에 다니는 것이 온전히 나의 노력의 결과라고 생각하느냐고 물으셨다.

그때 나는 모든 게 운이었을 뿐 나의 것은 없었음을 깨달았다. 내가 먹고 입고 쓰는 모든 것과 대단치는 않아도 걱정 없던 삶 자체가 운이었다. 다른 학생들은 몰라도 살면서 단 한 번도 노력이라는 것을 해본 적 없던 내게는, 나를 설명할 수 있는 유일한 타이틀이었던 대입의 결과도 온전히 운이었다. 그럼에도 처음 노력해본 디자인이란 것이 생각만큼 잘 되지 않는다고 불평할 뿐이었다.

문제의 본질

당시 그 프로젝트를 초기에 봐주신 한 교수님은 내게 미혼모들이 현재의 문제들을 갖게 되는 본질적인 문제와 이유, 그리고 그에 맞는 적절한 해결책에 대해 생각해보아야 한다고 말씀하셨다. 나는 "그러면 저는 사회 운동가가 될 것 같은데요?" 라고 농담 섞인 답을 했고, 나의 능력 안에서는 진짜 본질적 문제를 해결할 수는 없다고 생각했다. 그리고 그때 나는 예쁜 디자인과 효과적인 마케팅만 있으면 카페에 이익이 될 것이고, 또 그것이 내가 배워온 디자인의 가치인 '문제 해결'에 얼추 맞는 답이라 생각했다.

그때 재단의 원장님께서 읽어보라 주신 책이, 그 복지 재단인 물푸레 재단에서 낸《나는 미혼모다》라는 책이었다. 미혼모들의 이야기들을 있는 그대로 실은 책이었다. 어떻게 센터에 들어오게 되었는지, 가족과의 관계는 어떠한지, 어떤 문제들을 겪고 있는지 하는 문제들에 대한 미혼모들의 글이 그대로 옮겨져 있었다. 나는 학교로 돌아가는 길에 그 책을 읽으며 길에서, 그리고 버스에서 엉엉 울었다. 우울증에 관한 책을 만들 때 고려하진 않았지만 이때의 기억이 어느 정도 반영되어 글을 '그대로' 실어야 한다고 생각했을 지도 모르겠다.

우울증에 관한 책을 만든 후, 내가 그동안 생각하지 못했던 방법이 '문제 해결'의 한 방안이 될 수 있다는 것을 깨달았다. 어쩌면 졸업전시에서 보잘것없는 디자인의 쓰이지도 않을 패키지 세트를 가져다 놓는 것보다, 《나는 미혼모다 2》라는 제목의 책을 만들어 전시해두는 게 더 의미 있었을지도 모르겠다고 생각했다.

이제와 생각해보면 미혼모들에게 가장 어려운 것은 그들에 대한 사회적 공감이 없다는 것이었다. 미혼모가 되는 것, 어린 부모가 되는 것, 어쩌면 아이를 버리게 되는 것까지의 문제는 어느 한쪽만의 책임이 아니었음에도, 많은 사람들이 미혼모의 책임만을 운운했다. 그래서 진짜로 필요한 것은 눈에 띄는 디자인이 아니라 사람들이 그들이 가진 어려움에 대해 공감하게 만드는 것이었다. 많은 사람들이 공감을 한다면 예쁜 패키지의 비누를 팔지 않아도 그들이 그토록 어려운 삶을 살아갈 이유가 줄었을 것이기 때문이다.

우울증도 같았다. 나와 그들의 생물학적 오류로 생긴 책임이 아니었고, 이를 위해서는 주변 사람들의 공감과 이해가 필요했다. 그리고 그것이 교수님께서 말씀하신 진짜 문제에 대한 해결책에 가까웠다. 많지는 않아도 《아무것도 할 수 있는》이 가족 간의 이야기의 매개가 되었다거나, 주변 사람들을 이해하기 위해 구매했다거나, 스스로에게 꽤 위안이 되었다는 이야기들을 전해 들었다. 어떤 수치적 성과보다도 그 점이 의미 있었고, 그 점에서 본다면 꽤 성공한 프로젝트였다. 공감을 하게 하는 일은 제품 디자이너가 되지 않아도, 혹은 사회 운동가가 되지 않아도 할 수 있는 일이었다.

지난 프로젝트에 대해 이야기가 길었지만, 나는 다른 사람들이 생각하는 것처럼 이타적인 사람도 아니고 좋은 일만을 하는 사람도 아니다. 오히려 쓸데없는 홍보물들을 많이 만들어 온 까닭에 자연과 사회에 해악을 끼쳤으면 더 끼쳤다고 할 수 있다. 다만 그래야만 한다고 생각하는 바가 있고 아주 조금 노력할 뿐이다. 길을 가다 읽을거리가 없을 때 지하철 입구 앞에서 〈빅이슈〉를 산다든지, 일회용 교통카드의 보증금 500원을 받는 대신 카드로 기부를 한다든지 하는, 누구나 할 수 있는 일을 하는 정도다. 책의 수익을 기부하기로 한 이유는 물론 도움이 된다면 좋겠지만, 그보다도 내 마음이 편하기 위해서였다.

책을 만들기까지

다시 책을 만든 이야기로 돌아오자면, 처음 말 한 것처럼 나는 보통 사람들만큼도 아닌, '폐인'에 가까운 모습으로 내일이 오지 않길 바라며 매일을 보냈다. 꼬박꼬박 출근을 하고 친구들과 함께 이야기를 나누며 밥을 먹는 사람들보다는, PC방 컴퓨터 앞에 밤새 앉아 끼니로 컵라면을 먹는 사람들이 더 친근하고 익숙했다. 그러던 어느 날 문득, 정말로 문득, 책을 만들어야겠다는 생각이 들었다. 돌이켜보면 그때는 'Depression: the secret we share'라는 제목의 테드 강연을 봤고, 왜인지 갑자기 기분이 좋아졌고 의욕이 생겨 노트에 "이상하다"라고 썼다. 그 외에 다른 계획도 생각도 없었다.

"이상하다"라고 적은 몰스킨 노트는 열정적으로 살자는 생각으로 붉은색을 큰맘 먹고 골랐다. 재미있는 일들과 생각한 점들을 기록하고자 쓰기 시작한 일기는 한동안 비워져 있었다. 그리고 그 후에는 우울증과 공황장애에 대한 기록만이 가득했다. 상담사 선생님의 "한 주 동안 어떻게 지냈어요?"라는 말에 기억이 나지 않아 도저히 답을 할 수 없어 다시 기록하기 시작했던 것이다. 그리고 책을 만들어야겠다고 생각했을 때, 그 노트에서 내가 써둔 글을 먼저 옮겼다. 그리고 혼자 할 수 있는 일이 아니라고 생각해 팀원들을 모았다.

처음에는 누가 다른 사람들의 우울, 심지어 '우울증'에 관한 이야기를 찾아 읽을까 싶었다. 아무리 주변에 힘들어 보이는 친구가 있다 하더라도 이 책에 담긴 우울함을 감내해가며 다른 사람들의 이야기를 읽어보려 할까 싶기도 했다. 하지만 확신은 없었지만 만들어야겠다는 생각은 강했다.

텀블벅 페이지를 연 다음 날, 텀블벅에서 메인에 실을 이미지를 보내달라고 했다. 나는 그때부터 이 일이 생각보다 스케일이 커질 지도 모른다는 생각에 〈위로의 예술〉 부분을 창작자들의 이야기로 채우려 연락을 드렸고, 모두 흔쾌히 글을 쓰겠다고 했다.

함께 기획한 학교 후배인 혜민은 나의 어설픈 기획에 뼈대를 만들어주었다. 목차와 글쓴이들에게 보낼 질문지의 초안을 짜고 제목을 지었다. 일러스트를 그린 인범 님은 책에 쓰인 것처럼 한 디자인 워크숍에서 우연히 옆자리에 앉게 된 게 인연이 되었다. 이 셋이서 '기획회의'라는 이름의 작당 모의를 하면서 여러 가지 테마에 대한 아이디어가 나왔다. 그 후 혜민은 외국에 일을 하러 갔고, 스스로 이끌어가는 일이 힘들었던 나를, 처음에는 글의 감수만 하려고 참여한 성동 선배가 여러모로 많은 도움을 주었다.

때로 내게 책을 만들게 된 구체적인 시점이나 이유에 대해 캐묻는 사람들이 있다. 사실 그런 건 뚜렷하게 없다. 정말 그냥 그때의 상황이 전부이고, '어느 날' 그리고 '갑자기' 그런 생각이 들었다. 무엇에도 책임감 없이 진득하지 못했던 내가 결과물을 만들어낼 수 있었던 것도 대단한 목표 의식도 아니었고 다른 설명할 수 있는 이유도 없다. 그저 설명하기 어려운 어떠한 책임감과 흥미가 있을 뿐이었다.

책을 만드는 과정은 어쩌면 내게 말로 설명할 수 '있는' 목적이 있었다면 일찍이 포기했을 거라 생각했을 정도로 힘들었다. 어쩌면 사람들은 책을 만드는 일이 꽤 고상하고 멋진 일이라 생각할지도 모르겠다. 하지만 나는 대부분 단칸방의 책상 앞에 앉아 맥주와 커피, 에너지 드링크의 캔을 수도 없이 쌓아놓고 작업했다. 심지어 나는 보내주는 글들이 너무 슬퍼서 거의 매일을 울면서 작업했다. 울면서도 틀린 맞춤법을 찾아내고 또 계획을 짜고 메일을 보내는 일을 했다. 낮에는 연락을 하고 새벽까지 작업을 하고 계획을 짜며 하루에 서너 시간을 쪼개 잤다. 나중에는 만성 위염 때문에 밥도 거의 먹지 못해 초콜릿 같은 걸 먹어가며 작업했다. 그렇게 우울증 약을 먹으며 불어난 체중 10킬로그램은 작업을 하던 한 달 사이 그대로 빠졌다.

또 다시 운

최근에는 드라마 〈도깨비〉를 열심히 봤다. "삶에서 멀어질 때 삶으로 등 떠밀어 주는 신이 있다"는 대사가 감명 깊었다. 지난여름까지 나는 삶에서 최대한 멀어져 있었다. 문득 생각난 일을 갑자기 시작했고, 이상하리만치 도와주는 사람들이 많았다. 예전처럼 '운이 좋았다'라고만 하기에는 겁이 날 정도였다. 모든 일이 너무 잘 맞게 풀려서, 어쩌면 내가 무언가 크게 착각을 하고 있거나 내가 불쌍해서 다함께 나를 위한 연극을 시작한 건 아닐까 싶을 정도였다.

책을 만들던 당시 〈립반윙클의 신부〉라는 영화를 봤다. '립반윙클'은 자신을 위해 과자를 담는 점원의 분주한 손에서도 큰 고마움을 느낀다고 했다. 누군가 우산을 씌워준다거나, 짐을 옮겨주는 택배사 직원들, 그런 소소한 고마움들이 너무 크게 느껴져서 오히려 불안하다고 했다. '내가 뭐라고', '나 같은 것이 뭐라고'.

그 부분을 보고 크게 공감했다. 아직 나오지도 않은 책에 모르는 사람들이 매일 고맙다고 메시지나 메일을 보내주기도 하고, 주변 사람들은 나를 응원해주는 일들이 나에게는 익숙치 않았다. 그래서 당시에는 '얼마 가지 않아 또 좌절하게 되지 않을까', '시작하지 말걸 그랬나' 하는 생각이 들 정도였다. 다음에 해야 할 일들에 대해 다른 사람들이 실망하면 어쩌지 하는 걱정도 컸다. 또 그런 고마움들을 내가 당연하게 느껴버릴까 봐, 그래서 그런 일들이 사라졌을 때 내가 또 크게 좌절해버릴까 봐 걱정했다.

그런 일은 다행히도 아직 없었다. 책이 아닌 다른 상황에서는 누군가 거절하고 실망하고 비난하는 일들은 있었지만 그 일들에 대해 좌절하거나 상처받기보다는, '그쯤이야' 하고 넘길 수 있게 되었다. 책을 작업하면서 결심했던 '조금 더 이기적인 사람'이 되었고, '조금 더 남 탓을 하는 사람'이 되려 노력하고 있기 때문이다.

책을 만든 이후 가장 큰 변화는 미래를 생각하게 되었다는 것이다. 나는 오늘, 그보다는 어제를 사는 사람이었다. 즐거운 모든 기억은 어제의 일이었고, 오늘을 보내기는 버거웠고, 내일을 생각하기는 두려웠다. 그러다 문득, 언젠가부터 다음을 생각하고 계획하는 나를 발견했다. 거의 처음으로 1년 후 내 모습이 기대가 되었고, 더 먼 미래에는 어떤 일을 할지 생각해볼 수 있게 되었다.

요즘 때로는 바깥에서 자신의 일들을 해나가는 사람들과 시간을 보낼 때, 내가 사회의 일원이 되었음을 느끼고 그 자체가 감사하다는 생각이 들 정도다. 또 내게 해야 할 일이 있다는 사실이 스트레스이기도 하지만, 그것을 할 수 있고, 그렇게 말할 수 있는 것이 대단한 일로 느껴진다.

작은 깨달음

어떻게 우울증을 이겨냈는지에 대한 질문을 많이 받았다. 나는 지금껏 딱히 '이겨냈다'고 생각해본 적이 없었기 때문에 가끔 인터뷰에서도 "많이 놀고 많이 쉬다보니"라고만 답했다. 여전히 파도 타듯 좋아진다 싶으면 일을 하고, 나빠진다 싶으면 집에 틀어박혀 있거나 게임을 하고 술을 마신다. 다만 그러면서도 깨달은 점이 있다면 무엇보다도 자신을 아껴야 한다는 것이다. 쉬운 말 같지만 사실 어려운 일이다. '현실적인' 이유들과 의무들, 기대들을 져버리고, 상대가 상처받을 지라도 "오늘은 나가고 싶지 않아"라고 말하고, 집에 가서 따뜻한 방바닥에 누워있는 것이다. 나는 결국 나를 위해 나를 향한 기대들을 져버리는 편을 택했다.
이를 할 수 없다면 삶의 곳곳에 자신만을 위한 장애물들을 설치해두는 것이 필요하다고 생각한다. 내가 전문가는 아니지만 전문가의 조언을 들어온 나만의 결론은 그것이다. 예를 들어, 몇 주 뒤의 공연을 예매해둔다든지, 집안 곳곳에 좋아하는 브랜드나 캐릭터의 제품들을 배치해두거나, 해보고 싶었던 일들을 그냥 당장 시작하는 등의 일이다. 컴퓨터 앞에 앉아 있었던 일들과 자신의 생각, 주변 사람들에 대해 기록해볼 수도 있고,

촉감 좋은 펜을 하나 사서 그림을 그려보는 것도 좋다. 돈이 많이 들지도 않고, 나만의 일이니 잘 하고 못 하고도 중요하지 않다.

또 다른 한 가지는, 주변에 도움을 많이 요청하는 것이다. 책을 만들고 나서 자신에게는 도움을 줄 사람이 없다는 후기를 보았다. 주변 사람들이 상처 주는 말들만을 한다면 더 멀리서 찾을 수도 있다. 상담실과 병원은 금전적으로 부담이 된다. 그래서 책에서는 소울링과 생명의 전화를 소개했다. 혹은 나와 같은 사람이 있을 수도 있다. 당신의 이야기를 들어줄 사람들은 분명 있다. 세상 모든 이들이 그런 이야기를 하는 당신을 그대로 무심히 버려두진 않을 것이다. 혼자서 안고 갈 수 있는 문제가 아니다. 누구에게라도 이야기하면 좋겠다.

동시에 우울증을 가진 친구나 가족에게 어떻게 대해야 하는지, 도움이 되었던 말이나 도움이 되었던 일은 무엇이었는지를 묻는 질문도 많이 받았다. 나도 사실 잘 모르겠다. 나의 친구들과 가족들, 스승들은 언제나 그 자리에 있었고 그 무엇도 해내지 못하는 나를 기다려주었다.

어쨌거나 나는 여기에도 운이 좋았다고 답할 수밖에 없다. 운이 좋아서 좋은 사람들이 곁에 있었기 때문이다. 언제나 갈팡질팡 하던 나를 굳이 찾아내 밥을 먹이고 말도 안 되는 이야기들을 들어주며 조금이라도 시작해보라고 격려해준 사람들이 있었다. 내 주변 사람들은 내게 자신들의 힘든 이야기를 잘 하지 않았고, 이야기를 할 때도 "부담주고 싶지 않지만"이라는 말로 조심스레 시작했고 꼭 장난스레 이야기를 끝냈다. 나는 그 사람들에게 이제 나는 괜찮으니, 얼마든지 들을 준비가 되어있으니, 어줍잖은 위로조차 할 줄 모르지만 그래도 들어줄 순 있으니, 내게도 얼마든 말하라고 하고 싶다.

상담 선생님께 책을 들고 가서 이야기를 나눈 날, 선생님은 그동안 상담을 하며 들었던 우울증에 관한 이야기들이 책에 나온 내용들과 아주 비슷하다고 했다. 그리고 우울증을 겪는 일이 나쁘다고만은 할 수 없다고 하셨다. 나는 책을 다 만들고 나서도 나쁘다고만 생각했는데.

선생님은 깊은 우울에 빠졌던 사람들이기에 다른 사람들의 마음과 자신의 마음을 더 잘 헤아리고 공감할 수 있다고 했다. 감기가 얼마나 아픈지, 또 감기에 다시 걸릴지라도 어떻게 해야 좀 더 빨리 나을 수 있는지 알게 된다는 것이다.

개인적으로도 우울증을 겪은 일은 삶을 더 넓게 보았을 때 긍정적인 일이라고 할 수 있다. 오만과 불안 사이 그 어느메에서 오가며, 다른 사람들이 말하는 정답지만을 꼽았던 내게 큰 변화를 만든 사건이었기 때문이다. 만약 내게 남들이 원하는 좋은 학점과 좋은 포트폴리오가 있었고 그래서 복지재단의 일을 하지 않아도 되었더라면, 아마 나는 내가 좋아하고 잘 하는 일이 무엇일지 생각해보는 시간은 영원히 없었을 것이다.

하지 못했던 이야기

이 이야기는 이야기로 소비되는 게 싫어서 인터뷰에서도, 행사에서도 하지 못했던 이야기지만 한 번쯤 해야 할 것 같아서 번외편에서 풀어보려 한다. 책의 마지막 장에 '끝내 밥 한 끼 하지 못했던 언니에게'라는 말을 싣게 된 이야기다.

디자인과 학생들은 밤새는 일이 잦았기 때문에 자주 야식을 함께 시켜 먹곤 했다. 서로 알지 못해도 그렇게 안면이 생기고 서로 알아가게 되는 경우가 많았다. 그중에서도 그 언니와는 많은 선배, 동기들과 함께 술과 야식을 먹는 날들이 많았다. 언니는 술을 마시지 못한다고 했다. 나는 그때 그냥 원래 술을 못 마시는구나 생각했다. 어렴풋이 약을 먹는다고 했던 것 같기도 했다.

언니는 나를 처음 본 날부터 나를 이미 알고 있었다고 했다. 내가 친했던 사람들 모두와 친했고, 두 개의 학부를 같이 걸치고 있었기 때문이었다. 낯을 가려 먼저 말을 잘 못 거는 내게 그렇게 말해주는 언니가 참 좋았다. 함께 아는 친구들이 많으니 함께 보자고도 했다. SNS 친구가 되었고 언니는 내가 올리는 별것 아닌 게시물들에 모두 '좋아요'를 눌러주었다.

그 후 2주 간 학부가 겹쳐서인지, 언니와는 계단에서 간간히 만나곤 했다. 나는 수업을 듣고 싶지 않아서 항상 출석만 하고 나오는 길이었고 언니는 수업에 가는 길이었다. 그때마다 언니와는 웃으면서 다음에 밥을 먹자고 했다. 그날도 밥을 먹지 못했지만 항상 '다음에'라고 했다. 그리고 그 2주가 지나고 영영 밥을 먹을 수 없게 되었다. 다음은 없었다.

나는 그 전까지 운다는 말을 입에 올린 적이 거의 없었다. 우는 것 자체도 왜인지 지는 것 같고 약해 보였기 때문이었다. 그럼에도 나는 그 후 며칠 뒤 공학관 앞에서 엉엉 울었다. 이유는 두 가지였다. 하나는 언니가 얼마나 힘들었을지, 내가 감히 그 힘듦을 안다고 할 수 없지만 어느 정도 짐작이 되어서였고, 다른 하나는 함께 알던 친구들에게 내가 같은 슬픔을 전하지 않으리란 확신이 없어서였다. 솔직히 말하면 그때가 적기라고 생각했다. 같은 슬픔을 띄엄띄엄 겪는 것보다 한 때가 나을 거라고.

크게 다른 다짐을 한 적은 없다. 여전히 같다. 고백 컨데, 나는 책을 만드는 와중에도 술에 취해 집에 들어와 창밖을 보며 안 좋은 생각을 많이 하기도 했다. 책을 만들고 난 후에도 술에 취해 다음 편을 꼭 만들어달라는 문자를 사람들에게 보내고 길을 서성인 적도 있었다. 모두 진심이었다.

어쨌거나 나는 여전히 그런 사람이고, 책에 '끝내 밥 한 끼 하지 못했던 언니에게'라는 말을 덧붙이게 된 이유는 언니의 일기장이 궁금했었기 때문이다. 어떤 이야기들이 쓰여져 있었는지, 어떤 이야기들을 하지 못했으며, 무엇이 그토록 언니를 힘들게 했을 지에 관한 것이었다. 그리고 우울증에 관한 테드 영상을 본 날, 그 이야기들을 모아야겠다는 생각을 했고 이 책을 만들게 됐다. 그리고 언니가 하지 못했던 그 이야기들이 어쩌면 이 이야기들일 거라 생각했다. 그리고 컴퓨터를 켜 가장 먼저 마지막 장에 그 글을 입력했다.

그리고

그럼에도 여전히 나는 들려오는 아픈 이야기들에 할 수 있는 게 없다. 마치 다른 사람들의 이야기들을 모아 들려준 것 밖에 없는 이 책과 같았다. 여러 방면의 사람들 중 행복해 보이는 사람도 자신이 행복하다고 말하는 사람은 몇 없다. 오히려 "나도 우울하다", "힘들다"라는 말을 하는 사람들이 훨씬 더 많다. 힘들다는 이야기들에 나는 위로의 말은 더 전할 수가 없어졌으며, 이렇다 할 해결책을 제시해주지도 못한다.
친했던 친구 중 한 친구가 연락이 되지 않는다고 한다. 주변 친구들이 우울증에 대해 넌지시 말한 후였다. 또 책에 글을 써 준 글쓴이 중 한 명이 연락이 와서 다시 힘들다고 어떻게 해야 할지 모르겠다고 하는 말에도, 나는 이렇다 할 답을 하지 못했다. 나는 이런 책을 만드니 하면서도 주변 사람 하나 챙길 방법도 모르는 사람이었다. 긴긴 이야기였지만, 여전히 나는 그런 사람이다. 다만 고민하고 노력할 뿐이다. 우리 다 함께, 아직은 모르더라도 들어주고, 계속 노력이라도 해보았으면 할 따름이다.
책을 만들기 전, 대학원에는 처음부터 갈 생각이 별로 없었기 때문에 떨어진 사실도 크게 와 닿지 않았다. 하지만 주변 사람들은 나를 위로했다. 그때, 내게 "차라리 잘 됐어요"라고 말 해준 사람이 있었다. 그 사람은 또한 많은 것들을 놓으려는 순간에 큰 위로가 되었고, 괜찮다는 말을 마음에 와 닿게 해주었다. 그럼에도 나는 도대체 무엇이 잘 되었는지 알 수가 없어 따지고 싶었다. 지금 생각하면 차라리 잘 된 일이 맞는 것 같다. 여전히 하고 싶은 일이 무엇인지 알지 못한 채 부유하고 있었을 것이기 때문이다. 지금은 하지 못했던 이야기를 모으고 누군가에게 들리게 하는 일을 하고 싶다고 말할 수 있다.

책을 만는 과정에서 메일을 주고받던 한 사람은 내게 이 프로젝트가 훗날 내 삶에 큰 영향을 끼칠 것 같다고 말했다. 그리고 그 말은 사실이 되었다. 계속 이런 일을 할 거냐는 질문에 나는 "그러고 싶진 않았는데, 그럴 것 같아요"라고 답했다. 잔잔한 물길인 줄 알고 그저 떠내려가는 데까지만 가다 돌아오자고 생각했던 책을 내는 일은 나에게 커다란 급류였고 지금은 그 급류에 휩쓸려 또 가는 데까지 가보려 한다. 여전히 미래에 대한 생각을 할 수는 없었지만 하고 싶은 일이 있냐고 묻는다면 그 다음 책, 또 다른 책을 내는 일이라고 답할 수 있었기 때문이다.

어쩌면 이 책은, 내가 이렇게 감격스러워하는 것에 미치지 못할 정도의 작은 일일 수도 있다. 하지만 그 여름의 나로서는 상상도 못한 일이기에 언제나 감격스럽고 대단한 일인 냥 말하고 있다. 나의 가까운 사람들에게는 아직 고마운 사람이 되지 못 한 것 같지만, 어떤 사람에게는 의미 있는 일을 한 사람이 될 수 있었던 것 같아 '시작하며' 부분에 썼던 '누군가에게 고마운 사람이 되고 싶은 것'이라는 꿈을 이룬 셈이다.
다만, 다들 조금은 더 행복해졌으면 하는 바람이다.

아무것도 할 수 있는

초판 1쇄 발행 2019년 5월 17일
초판 2쇄 발행 2021년 4월 28일

엮은이 김현경
펴낸이 이승현

W&G 팀장 류혜정
디자인 강경신

펴낸곳 (주)위즈덤하우스　출판등록 2000년 5월 23일 제13-1071호
주소 경기도 고양시 일산동구 정발산로 43-20 센트럴프라자 6층
전화 031)936-4000　팩스 031)903-3893　홈페이지 www.wisdomhouse.co.kr

ISBN 979-11-90065-57-3　03810

*이 책의 전부 또는 일부 내용을 재사용하려면 반드시 사전에 저작권자와
㈜위즈덤하우스의 동의를 받아야 합니다.
*인쇄·제작 및 유통상의 파본 도서는 구입하신 서점에서 바꿔드립니다.
*책값은 뒤표지에 있습니다.

끝내 밥 한 끼 같이하지 못했던 언니에게